U0603609

借鉴与传承

闻一多的文化阐释批评研究

陈欣 著

社会科学文献出版社
SOCIAL SCIENCES ACADEMIC PRESS (CHINA)

本书为 2020 年湖北省高等学校省级教学研究项目"高等师范类专业通识课程思政育人路径创新研究"（项目编号：2020665）的阶段性成果。

序

许祖华

闻一多为 20 世纪中国文化做出的贡献，最值得关注的主要是两个方面：一个方面是新诗的创作；另一个方面是中国古代典籍的研究成果。由于他在这两个方面做出的贡献不仅十分杰出且影响深远，还十分独特且几乎无人能替代，因此，他也当之无愧地获得了"著名诗人"和"杰出学者"两个称号。

对闻一多的评价与研究，国内外学术界也主要聚焦于闻一多在这两个方面所做出的贡献，并产生了众多优秀的研究成果。直到当下，关于闻一多的研究成果，特别是闻一多在新诗和中国古代典籍研究方面的学术成果，依然在不断地产生。2019 年 10 月，中国闻一多研究会在湖北黄冈（闻一多家乡所在地）召开了一次学术研讨会，会议收到学术论文 67 篇，检索这些学术论文，我们会发现，相比较而言，聚焦闻一多新诗的研究成果要多于聚焦闻一多研究中国古代典籍的成果。事实上，不仅是在这次会议上如此，即使扫描关于闻一多研究的学术史，我们也可以发现这样的情况是普遍存在的。造成这种研究状况的原因也许有很多，但一个重要的原因是要研究闻一多关于中国古代典籍的研究成果，研究者本人不仅需要具备中国古代典籍的知识，还需要相应的理论与方法作为研究展开的支撑。而要具备这两个方面的条件，又是"冰冻三尺非一日之寒"的，更何况，即使具备了这两个方面的条件，还存在一个理论方法与研究对象契合的问题需要解决。也就是说，闻一多对中国古代典籍的研究，古代典籍本身的内容以及研究闻一多的研究者本人所借助的理论方法，这三个问题，都是研究闻一多关于中国古代典籍研究成果必须解决的问题，而且是必须一起解决的问题。只要一个问题无法解决或解决不好，研究就无法展开，即使勉强展开，也几乎不可能获取令人满意或认可的研究成果。

可是，就是在这样的学术背景之下，青年学人陈欣却完成了这部十几万字的关于闻一多研究中国古代典籍的学术成果。

陈欣是我指导的博士研究生，我的研究方向是中国现代文学，她在我门下自然也是从事中国现代文学研究。当初，她选定以闻一多为自己的研究方向和博士论文的选题方向的时候，我是很支持的，因为我认为，闻一多不仅才情横溢，感情充沛，还知识丰富，思想敏锐，敢于创新，善于创新，他的"情结"还较为复杂。闻一多本是学绘画出身，却不仅以自己的《红烛》《死水》两部诗集开创了中国现代文学史的"新格律诗派"，还形成了自己的"美学思想"；他一方面高度赞赏郭沫若《女神》的"时代精神"，另一方面痴之念之的是"我们的长江，我们的黄河，我们五千年的华胄"；他本来在"清华园"里就较为系统地接受了西方的文化熏陶，出国留学学的也是"西洋绘画"，可是，后来选择的却是研究中国古代典籍。总之，我认为，虽然关于闻一多的研究成果已经很丰富了，但是，关于闻一多，事实上还有很多问题，包括闻一多的诗歌，包括闻一多为20世纪中国文化的建设特别是新文化的建设所做出的贡献，包括闻一多对于中西文化的"情结"等，并没有得到较为充分的研究（更何况，闻一多是我们湖北人，对我们湖北人来说，听到闻一多的名字，就几乎有一种天然的亲切感）。也正因为如此，我是支持陈欣研究闻一多的。但是，我没有想到的是，她却选择了一个我认为特别"难"的问题。我的本意是希望她即使研究闻一多，也主要从"中国现代文学"的层面或者从"现代"的层面来研究，也就是发挥我们研究中国现代文学的学人的特长、特点来研究，如此选题或操作，不仅她研究起来方便一些，我指导起来也顺畅一些。为此，我还特别列举了厦门大学俞兆平老师关于闻一多"美学思想"的研究成果。俞老师本是研究文艺理论的，他研究闻一多的美学思想，就很有效地发挥了他的专业特长。不过，面对我的一脸惊讶，陈欣倒是显得信心十足，在这种情况下，我也不好给自信满满和积极性很高的年轻人泼冷水，于是同意了她的选择。

要指导陈欣进行关于闻一多研究中国古代典籍的"文化阐释批评"，我自然也需要进行三个方面的知识积累：一是闻一多本身的研究；二是闻一多研究的对象，如《诗经》《楚辞》等；三是西方的文化人类学。经过一段时间的自我"补课"，我有了一些收获，对"长江后浪推前浪"也有了自己的新体会，对青年学人也多了一份新的认识，也更欣赏他们的开拓精神了。

经过一段时间的辛勤耕耘，陈欣终于完成了自己的博士学位论文并顺利地通过了答辩，获得了博士学位。她今天的这部书稿，就是在博士学位论文的基础上修改完成的。这部书稿，在我看来，虽然得出的一些结论或形成的研究观点值得关注，但更值得关注的是书稿对我前面所说的三个问题的解决，其中，理论方法与研究对象的契合问题，我认为是解决得尤其好的一个方面。正因为作者较好地解决了这样一个问题，不仅保证了研究的顺利展开，还形成了自己的观点，如作者认为，闻一多借鉴20世纪初期引入中国的文化人类学理论，采用中国传统的"训诂"方式研究《诗经》所取得的成果是具有创造性的；闻一多研究中国古代典籍的"反思意识"是具有现代性的；闻一多学术研究的"诗性"特点是别具一格且具有特殊价值与意义的；等等。这些观点，虽然只是陈欣自己的一家之言，但书稿中不仅列举了很多事实作为依据，还基于文化人类学的理论进行了言之成理的分析。

该部书稿的出版，既是陈欣研究的一个小结，也应该是其学术研究的一个新起点，我真诚地希望陈欣在今后的学术研究中能取得更多成果！

是为序。

2020 年 11 月 27 日

目录
CONTENTS

绪　论

━━━━━━━━━━━━━⚜━━━━━━━━━━━━━

一　文化人类学的研究范围、对象及特点

文化人类学是 19 世纪末 20 世纪初兴起的一门新兴学科。它是一门综合性学科，具有独特、宽广和全面的视野。西方人类学家一致认为："人类学是所有学科中最具解放性的。它不仅纠正种族和文化优越性的谬误，而且致力于研究任何地方、任何时代的所有民族，它对人的本质的阐明超过哲人的所有反思或实验科学家的所有研究。"①

文化人类学研究的对象，是文化与社会。首先提出明确的现代的文化概念的，是 19 世纪末的文化人类学家爱德华·泰勒。他指出："文化，或文明，就其广泛的民族学意义来说，是包括全部的知识、信仰、艺术、道德、法律、风俗以及作为社会成员的人所掌握和接受的任何其他的才能和习惯的复合体。"② 在此之后，更多的学者给"文化"下定义，目前的"文化"定义倾向于"文化不是可观察的行为，而是共享的理想、价值和信念，人们用它们来解释经验，生成行为，而且文化也反映在人们的行为之中"③。每一种社会都显示了独特的文化，每一种文化也代表了某种特有

---

① 〔美〕威廉·A. 哈维兰：《文化人类学》（第十版），瞿铁鹏、张钰译，上海社会科学院出版社，2006，第 2 页。

② 〔英〕爱德华·泰勒：《原始文化》，连树声译，上海文艺出版社，1992，第 1 页。

③ 〔美〕威廉·A. 哈维兰：《文化人类学》（第十版），瞿铁鹏、张钰译，第 36 页。

的社会结构。文化是整个社会成员共同分享的，所以个人行为不仅能得到社会其他成员的认同，还有着特殊的文化意义。研究文化与社会，归根结底是为了更好地了解作为文化创造者的人类自身。文化人类学试图了解世界各个民族的生存状态，以便让人们更真切地了解自己的文化和社会的真实状态。他们在不同类型的社会中发现了多种多样的文化习俗，并试图找到其中的共性和差异，从而改变人类看待世界的方式。文化人类学研究的对象十分广泛，涉及"各式各样的人类行为，包括音乐、口述故事、仪式舞蹈、编织和粗糙雕刻等"①。

由于研究对象的复杂性，文化人类学又可以划分为考古学、语言人类学和民族学三大分支。考古学通过研究人类的上古遗留物，即考古，来描述和解释人类的行为。考古学家研究人类过去的文化，专注于研究人类过去的文化遗留，力图通过那些古代遗迹考察原始时代人类行为的各个方面，了解古代人的生活习惯和行为方式。语言人类学则是通过研究人类的语言，尤其是古代祖先残留的语言，发现一些在古代历史书籍中没有明显表述出来的隐含的东西。而这种隐含的内容，从某种程度上来说，可能比明白表露出来的"显"的部分更能反映当时社会的真实状况。民族学是文化人类学中最基础的部分，其核心在于记录民族志。民族志就是"指以第一手的观察为基础对一种特殊文化的系统描述"②。它要求民族志学家亲自进行田野考察，不仅要仔细地观察一个民族所有的文化制度，找出它们之间的联系；更重要的是亲自体验并融入这种文化，从而冷静、客观地分析出这种文化现象形成的原因。文化人类学的这三大分支，共同构成了文化人类学研究的基本内容。

文化人类学最突出的特点是跨文化比较和整体论视角。它具有不同于其他学科的崭新视角，是独一无二的跨文化和长期的历史视角，也就是说，"在可能最宽广的背景中观察文化的各个部分，以便理解它们的相互关系和相互依存性"③。文化人类学的独特视角有利于我们了解自己的文化

---

① 〔美〕威廉·A. 哈维兰：《文化人类学》（第十版），序言，瞿铁鹏、张钰译，2006，第3页。
② 〔美〕威廉·A. 哈维兰：《文化人类学》（第十版），瞿铁鹏、张钰译，第14页。
③ 〔美〕威廉·A. 哈维兰：《文化人类学》（第十版），瞿铁鹏、张钰译，第14页。

及其他各民族文化，有利于我们理解人类行为与人类状况的真正复杂性和广泛性。透过这种视角，我们用新的方法看待旧事物，从而引发进一步的思考，探索特定风俗和文化产生的最初缘由。文化人类学采用跨文化比较和整体论视角，其根本目的在于"还原历史上曾经有过的真实的生活场景"。这也是文化人类学最根本的特点。为了尽可能地"还原"历史和社会生活场景，文化人类学采取了一系列的方法，其中最常用的是田野考察、考古工作、语义钩沉、古代典籍破译等。在此基础上，就形成了具有现代意义的文化阐释批评方法。

二　文化阐释批评的"还原"特点

文化阐释批评是从文化人类学引申出来的一种文学研究和批评的方法，其基本特点在于"还原"。"还原"是 19 世纪末 20 世纪初兴起的文化人类学、社会学的研究方法所共同追求的目标。具体而言，就是通过考古、田野考察、语义钩沉、破译典籍等一系列方法，尽可能地"还原"当时的历史文化和社会生活场景。"还原"就意味着去揭示历史上曾经有过的"原生态的生活"，意味着回归到当时的历史现实生活中去看待文学创作，研究并诠释神话，揭示古代文学典籍真实的思想内涵。

文化人类学的先行者之一、18 世纪的意大利思想家维柯，是最早具有"还原"意识的学者。维柯最先提出"追本溯源"的研究方法，他认为"本科学必须从它所处理的题材开始处开始"[1]，也就是说，我们应该回到原始时代去发掘，回到原始初民的生产和生活中去探寻人类思维的起源，从而还原原始初民的生产和生活状态，以便更好地研究人类的文化意识形态形成的根源，找到"各民族共同性的根源"[2] 和"共同的真理基础"[3]。维柯进一步说明："我们必须和语言学家们一道回到杜卡良和庇娜的石头，回到安菲翁的岩石，回到从卡德茂斯的犁沟里生长出来的那些人，或是回

---

① 〔意〕维柯:《新科学》，朱光潜译，人民文学出版社，1986，第 139 页。
② 〔意〕维柯:《新科学》，朱光潜译，第 32 页。
③ 〔意〕维柯:《新科学》，朱光潜译，第 88 页。

到维吉尔的硬橡木去找这种开始。"① "我们的研究起点应该是这些动物开始以人的方式来思维的时候。"②

维柯在《新科学》中运用这种新的研究方法（"追本溯源"），从四个方面还原了古代人类的基本特征和古代社会生活的真实面貌。

第一，维柯还原了古代人类的"诗性"思维方式。

维柯指出，人类意识形态形成的根源，是"一种诗性的或创造性的玄学"③；并解说其基本特征，将之概括为"诗的本性"④。他认为古代人类的思维方式，是"以己度物"的思维认知方式，具有形象性、情感性和想象性等特征，完全有别于现代人类的逻辑思维方式。其内涵接近于法国文化人类学家列维－布留尔所说的"原始表象"和"互渗律"的思维方式。20 世纪的现代思维科学称之为"原始思维"。

第二，维柯还原了古代文学作品中的一些原始语义早已模糊的语境和词义。

维柯列举了大量事实来还原文学作品中"金羊毛"的真实含义。他认为："根据金属矿物在颜色上类似当时人们最重视的谷粮，人们才以比喻的方式称金属矿物为金。"⑤ "后来由于重视和珍藏的观念进一步推广，人们必然就把'黄色的'这个词运用到优质的羊毛上。"⑥ 由此维柯推断，"金羊毛"其实就是指上等的优质羊毛。维柯还还原了古希腊文学作品中"半人半兽"的真实身份，就是指贵族和平民结合所生下的子女，"亦即李维所说的混血杂种"⑦。

第三，维柯还原了某些湮没在历史风尘中的原始的典章制度。

维柯认为，这些典章制度往往隐藏在神话传说中，我们应当立足于古代人类的思维方式、宗教习俗、道德伦理法则来"还原"历史和神话传

① 〔意〕维柯：《新科学》，朱光潜译，第 139 页。
② 〔意〕维柯：《新科学》，朱光潜译，第 139 页。
③ 〔意〕维柯：《新科学》，朱光潜译，第 40 页。
④ 〔意〕维柯：《新科学》，朱光潜译，第 32 页。
⑤ 〔意〕维柯：《新科学》，朱光潜译，第 264 页。
⑥ 〔意〕维柯：《新科学》，朱光潜译，第 264 页。
⑦ 〔意〕维柯：《新科学》，朱光潜译，第 337 页。

说，把神话还原为现实。例如，我们熟知的古希腊、古罗马的神话传说中，天后朱诺是善妒的。我们一直将这种"妒"理解为男女间的争风吃醋。但维柯指出："朱诺是妒忌的，她的妒忌是政治性的。"①他认为朱诺妒忌的原始含义遭到了歪曲，这本来应该是古罗马贵族将平民们排除在婚姻典礼之外的体现。维柯这样写道："本来天后悬在空中，一根绳子捆着颈项，另一根绳子捆着双手，两块大石捆在脚上的那种象形文字或神话故事实际上是指婚礼的神圣义务。""可是现在这个神话故事却被看成代表一位淫荡的天帝所加的凶残的惩罚。"②维柯追本溯源的目的，就是要找到原始时代的"事实真相"。

第四，维柯还原了历史上那些产生古代文学作品的社会的生活现状。

维柯力图通过古代文学作品还原原始时代的社会风貌，并以此证明一定时代的文学就是对那一时代历史风俗的真实写照。维柯指出："本科学的另一项大工作就是把这类事实真相的根据重新找到——由于岁月的迁移以及语言和习俗的变化，流传到我们的原来的事实真相已被虚伪传说遮掩起来了。"③维柯还原了"荷马史诗"。他认为史诗是对民族历史的真实记录，而"荷马史诗"是真实存在过的历史或传说；"荷马"这一名字代表了实际上曾经存在过的某位或某些作者，并不一定是实指具体的某一个人，而是一个民族文化的代表和象征。这些都是维柯对"追本溯源"原则的实际应用。

维柯的"追本溯源"的研究方法，揭示了古代社会生活中的政体形式、宗教信仰、伦理习俗和民俗风情的最初的真实状况，并由此启示了19世纪后期到20世纪上半叶的文化人类学研究，推动了19世纪兴起的社会—历史批评方法以及20世纪文学中的文化阐释批评方法和神话—原型批评方法的形成。例如，英国人类文化学家弗雷泽在《金枝》中，还原了古代人类关于王位继承的方法和巫术仪式；泰勒在《原始文化》中还原了古代人类的万物有灵观，以及各种巫术仪式的思维内涵；法国文化人类学家

---

① 〔意〕维柯：《新科学》，朱光潜译，第 511 页。
② 〔意〕维柯：《新科学》，朱光潜译，第 242 页。
③ 〔意〕维柯：《新科学》，朱光潜译，第 89 页。

列维－布留尔在《原始思维》中还原了古代人类共有的"前逻辑"思维方式，揭示了原始思维的"集体表象"和"互渗律"等思维规律；瑞士心理学家荣格以"集体无意识"和"原始意象"的理论来还原古代人类的心理及思维特征；加拿大学者弗莱在《批评的剖析》中还原了神话传说的社会内涵，提出了"原型"、"母题"和"原型意象"等范畴。正是这一系列研究方法的发展，逐渐完善了文化阐释批评方法。

三　闻一多的文化阐释批评方法

闻一多的文化阐释批评，有其形成的时代背景。20 世纪初至 30 年代，西方各种现代学说流派蓬勃发展。例如，风靡一时的"审美移情说"、费希纳的科学实验方法、弗洛伊德的"精神分析学说"、杜威的实证主义、荣格的心理学理论以及同样注重实证和田野调查的"社会学研究方法""人类文化学的研究方法"等，都开启着人们的思维，扩展着人们的研究视野。五四运动之后，中国学者开始大量引进西方先进的科学思想和研究方法。一些国学功底深厚的中国青年学者，受到强劲的西学东渐之风的影响，开始以西方的研究方法重新审视中国文化和文学。那时，中国传统的"单纯的训诂考据法容纳了新输入的分析论证方法，而扩展变化为文化阐释法；西方的实证主义和经验主义研究模式被同化到清代以来的'实事求是'的朴学传统之中"①。

闻一多正是在国内清华园和国外留学的环境中，自觉地接受了这些新观念、新思维、新方法的影响，并创造性地运用这些方法来研究中国古代文学的。为此，他既有深厚的国学功底，又融五四精神于己身。在对中国古代典籍的研究和阐释上，他不仅发扬了五四青年反封建的传统，以激昂的批判精神重新对中国古代文化加以审视，还给予了新的发掘和阐释。

闻一多创造性地运用了文化阐释批评方法，这也是他在学术研究上的重大贡献。从 1927 年开始，闻一多到多所大学教书：他讲授外国文学、英

---

① 叶舒宪：《文学人类学探索》，广西师范大学出版社，1998，第 48 页。

国诗歌和戏剧，然后转而开展中国古典文学研究，再到金石甲骨文字研究。从最开始热情洋溢地写作新诗，到从诗人转变为学者，闻一多将自己走过的道路称为"向内发展的路"。而这恰恰是弄清楚祖国文化真实情况的一条必由之路。学者王康写道："他按着传统的治学方法、习惯进行研究，循着考据训诂的道路，追源溯本到甲骨金石文字，从缜密的考证中，取得了一定的成绩，澄清过一些前人未能澄清的疑难，但是也常遇到不少用传统观念难以排解的问题。"① 正是那些用传统的治学方法难以解决的问题，才更突显出闻一多学术研究方法的突破性成就。

　　闻一多把清代朴学的实证方法和西方人类文化学、社会学、民俗学的研究方法加以结合，形成了其独特的文化阐释批评方法。他力图融入古代社会人们的生活，用文化人类学的眼光对之给予整体性的观察和跨学科的综合思考。闻一多大量运用神话学、民俗学、民族学、考古学、美学以及心理学等方面的综合知识来透视中国古代文学现象，将《诗经》《楚辞》及神话传说等纳入研究视野，寻找潜藏在文学作品中的蛛丝马迹，力图还原那个时代的世界观、人生观、宗教信仰和民俗。

　　闻一多运用文化阐释批评方法，一方面以训诂和考证的实证态度，重新梳理古代典籍的具体词句；另一方面极力寻找其中的普遍规律、内在的逻辑联系和基本特点。在此基础上，他阐释了中国古代文学中的一些疑难问题，并得出了富有创见的结论。他的研究方法启迪了后来的学者，例如，赵沛霖先生的《兴的源起》、萧兵先生的《楚辞的文化破译》等著作都受到了闻一多的影响。当今的学术界更是掀起了以文化阐释批评方法研究古代典籍的热潮，以至于现代学者早已习惯于运用跨学科和整体的文化视角，对中国古代文化经典进行重新阐释。

　　闻一多运用文化阐释批评方法再现上古时代的文明，还原古代初民的生产和生活状况，必然要面临巨大的研究难度和繁重的任务。

　　首先，他必须从语言文字学的角度考察古代语言的原意及变化，借以还原当时的语境或词义，来破译古代典籍，还原神话传说，并由此揭示出

---

① 王康：《闻一多颂》，湖北人民出版社，1978，第13页。

某些原初的历史事实。

闻一多有着深厚的国学功底，对《易经》、《诗经》、《楚辞》、《庄子》、古代神话、乐府、唐诗、古文字学、音韵学、民俗学及绘画都有着深刻的研究和独到的见解。他做了大量艰苦的训诂和考据工作，力图在解释古代典籍字面意义的基础上，还原古代社会的真实面貌。例如，闻一多对"鱼"的意义进行还原，并对古代典籍中有关"鱼"的意象进行新的解说。在《说鱼》一文中，闻一多列举了大量古代诗歌和现存民歌中用"鱼"作隐喻的例证，说明在古代诗歌中，凡是"打鱼""钓鱼"等词句都具有求偶的象征含义，而"烹鱼""吃鱼"则是隐喻合欢或者结配，并往往以吃鱼的动物来隐喻对女性怀有追恋之心的男人等，由此推断出"象征爱情的"① 古代的鱼形书函，以及"如鱼得水"所指代的君臣关系。

其次，闻一多要对古代历史进行还原，就必然要从问题的源头开始，势必涉及文学、宗教、艺术的起源问题。

这也正是研究人文学科的难点所在。为此，闻一多必须了解古代各民族的宗教信仰和仪式，熟悉古代人类的民俗风情，透彻解读古代初民的文学艺术。这一切都要求闻一多是一个跨学科的综合研究的学者，而他恰恰就具备了这种博学的知识结构。闻一多自小就接受传统的国学教育，长大后又受到西方新思想的影响，学贯中西，博通古今。王康先生这样描述闻一多的学术研究："在这些研究中，他勇于吸收各个学科的见解，如弗洛伊德的精神心理分析以及图腾、禁忌之类的学说，接触之后都感兴趣；……接受人类学者以及心理学者的一些看法，在他的著作中，也经常引用这些新接触到的观点。……他超越了一般考据学家和文学史家涉猎的范围，读到了一些正直学者的著作，打开了眼界。有一次，他在一位搞体质人类学的教授那儿，看到美国摩尔根的《古代社会》（一八七七年出版）等书，觉得很有启发。因为不仅给他提供了丰富的原始社会的知识，还引导他开始接触马克思主义的经典著作——恩格斯的《家庭、私有制和国家的起源》等。"② 由此可见闻一多知识的广博精深。

---

① 《闻一多全集》第三卷，湖北人民出版社，1993，第 235 页。

② 王康：《闻一多传》，第 215 页。

闻一多的这种研究方法是"跨文化基础上的阐释"。早在 1943 年，闻一多就在给诗人臧克家的信中说："我的历史课题甚至伸到了历史以前，所以我研究了神话，我的文化课题超出了文化圈外，所以我又在研究以原始社会为对象的文化人类学。"① 他大量地运用人类文化学的材料和方法，对中国古代神话传说和古代典籍进行研究，因此这种研究实际上已经具备了现代意义上的文化阐释的意味。从这一角度讲，文学研究不再是单纯的文学语言和形式的研究，它具备了文化人类学的整体视角，是集文学、宗教、社会制度、民俗、哲学及艺术等各种文化现象于一体的跨学科的综合研究，也就是说，把文学放置到民族整体的文化背景上，进行多维的审视和总体的把握。闻一多就是运用这种方法研究古籍，从而打通了原始与文明之间的隔膜，在远古与现代之间，架起了一座思维逻辑和情感逻辑的桥梁。

在闻一多的学术研究中，涉及了多部中国上古时代重要的典籍。他的研究方法摆脱了传统注释批评方法的直观的经验的某些局限，改变了那种只注重以社会道德价值阐释作品的评价方式，力图对中国古代文学典籍做跨学科的综合研究。郭沫若先生指出："他那眼光的犀利，考索的赅博，立说的新颖而翔实，不仅是前无古人，恐怕还要后无来者的。"②

闻一多运用文化阐释批评方法，研究《诗经》和《楚辞》，不仅揭示了古代人们生活的本来面目，还揭示了古代中华民族诗性思维的特征，以及由此而形成的审美意象。他的研究，深刻揭示了古代中华民族的文化心理特征，即在生活习俗和诗歌艺术中显现出来的强烈的生命意识和浓厚的氏族血缘观念。本书主要以闻一多对《诗经》《楚辞》和中国古代神话的研究成果为分析对象，来对其研究方法加以归纳总结，以期再现闻一多文化阐释批评方法的特点及其所显示出来的自觉的历史反思意识。

---

① 《闻一多全集》第十二卷，第 381 页。
② 《闻一多全集》第十二卷，第 432 页。

第一章

闻一多对训诂学的创造性运用

第一节　训诂学对文化阐释批评的重要性

闻一多在其学术研究中，始终贯彻文化阐释批评方法。这种批评方法所遵循的途径就是，从文字的训诂和考据入手，解释古代典籍的字面意思；在此基础上，进一步揭示诗歌的象征意义，从更深的文化层面阐释诗歌的内涵，力求还原古代初民真实的生活和思想意识状况。其中，训诂和考据不是最终目的，只是手段；阐释诗歌字句的象征意蕴和审美意象，揭示《诗经》丰富的社会内涵和当时鲜活而生动的生活状态，才是文化阐释批评的目的。

对训诂学的运用是闻一多文化阐释批评的起点，它是文化阐释批评所必须经历的过程，是更好地还原古代先民生活的手段。闻一多指出："钻求文义以打通困难，是欣赏文艺必需的过程。但既是过程，便不可停留得过久，更不用提把它权当了归宿。"① 闻一多在阐释古代典籍时，就是借助训诂学来"钻求文义"，最终达到欣赏文艺的目的。

闻一多要还原古代典籍的真实风貌，必须从训诂学的基础研究开始。中国文人历来重视对古代典籍的阐释，而训诂学是阐释的重要基础。中国

① 《闻一多全集》第五卷，第 382 页。

的训诂和训诂学，早在春秋战国时期就开始了，主要研究内容是古代文化典籍解释的原则、方法和目的。关于"训诂"的概念一直很模糊，直到唐朝，孔颖达第一次对训诂给出了明确的定义。他在《毛诗正义·周南·关雎》中给"训诂"下定义："诂者古也，古今异言，通之使人知也；训者道也，道物之貌以告人也……然则诂训者，通古今之异辞，辨物之形貌，则解释之义尽归于此。"这就明确了训诂的精神和要旨是重在"解释"。具体而言，就是用现代的语言解释古代的语言，用通用的语言解释地方色彩浓烈的语言，用形象的语词解释蕴藏在古代典籍中的深厚意蕴，从而达到训诂所要达到的目的——对古代文化典籍的阐释。这一概念得到了后世学者的肯定和发展。遵循这样的概念，历代学者都在自己所处的特定时代对古代文化典籍做出了独特的阐释。

训诂考据之学，看似简单易行，实则费时费力，而且不容易见到成效。

首先，每一个方块汉字的理解都包含复杂的文化含义。它不仅具有本身的字形、字音、字义，在特定的语境中还有其特定的含义。因此，中华民族的汉字，一直都被认为是世界上最难解的语言文字之一。随着时间的流逝，即使是当时人们所理解的特定文字的特定含义也已经失传，只剩下文字的表面意义。正如闻一多所说，"时间的自然的剥蚀，字体的变迁，再加上写官的粗心和无识"[1]，这些都构成了看不到古代典籍真实面目的原因。因此，中国古代典籍的难读难解，弄清文字的内涵是第一步。这也说明了训诂考据之学的重要性和必要性。

其次，训诂之学并不仅仅是考据古代文字的表面意义，更重要的在于训诂本身具有创造性。

训诂的创造性产生于学者对古代典籍进行训诂的过程中，也就是说，在解释文化典籍中的具体词汇的过程中，阐释者一般都带有其自身的主体倾向性，很自然地将主体精神融入其中，创造性地运用自己独特的视角和方法进行阐释，从而达到阐释者的特定目标。中国历代的哲人学者都曾自觉或不自觉地将自己的主体精神，融入他们所要阐释的文学经典中。所

---

[1]　《闻一多全集》第三卷，第 199 页。

以，古代的文人学者从来就不是为训诂而训诂，他们往往立足于新的社会现实和新思想，从古老的典籍中不断阐发出新的意境，也因此促成了文化经典阐释的创造性。这种创造性因素，一方面带来了积极影响，使千百年来人们对文化经典的阐释始终保有其自身的活力和魅力；另一方面却使我们今天的读者在欣赏古老的典籍时，很难不被前人的目光遮蔽。

闻一多指出："在今天要看到《诗经》的真面目，是颇不容易的，尤其那圣人或圣人们赐给它的点化，最是我们的障碍。"① 面对前人所带来的古代经典阐释的困境，闻一多并没有停止探究的脚步，他继续前行，执意挖掘出古代经典背后隐藏的奥秘，探索古代先民究竟是如何生活的，他们曾经有着怎样精彩的生命乐章。为此，闻一多提出了他的"社会学"阐释方法。他一方面努力破解由于前人训诂的主观性导致的重重迷雾，另一方面创造性地将西方现代的科学研究方法与古老的中国训诂学结合在一起，创造出新的更科学的充满现代意义的文化阐释批评方法。

第二节　闻一多的"社会学"阐释方法

闻一多将训诂学与文化人类学结合在一起，将训诂的创造性发挥得非常充分。对于闻一多的训诂方法，郭沫若指出："用科学的方法来治理文献或文学，其实也就是科学。……闻先生治理古代文献的态度，他是继承了清代朴学大师们的考据方法，而益之以近代人的科学的致密。为了证成一种假说，他不惜耐烦地小心地翻遍群书。为了读破一种古籍，他不惜在多方面作苦心的彻底的准备。这正是朴学家所强调的实事求是的精神，一多是把这种精神彻底地实践了。唯其这样，所以才能有他所留下的这样丰富的成绩。但他的彻底处并不是仅仅适用于考据，他把考据这种工夫仅是认为手段，而不是认为究极的目的的。"② 郭沫若的这段话可以说道出了闻一多训诂方法的根本。他所指出的闻一多的研究方法，就是借鉴西方的科学的分析方法，运用系统扎实的古代文化知识，去还原古代社会的真实生

---

① 《闻一多全集》第三卷，第 199 页。
② 郭沫若：《历史人物》，中国人民大学出版社，2005，第 253 页。

活，从而揭示古代文学作品中丰富鲜活的生命意识。

在闻一多之前研究《诗经》的学者，往往是盲人摸象，只及一点，不及其余。闻一多不同，他站在山顶上，俯视整个《诗经》时代的全貌，尝试用宽广的视角对远古的文字进行重新解读。为了更好地对古代典籍进行训诂，闻一多尽可能多地了解他所要阐释的对象，考察这些研究对象的历史背景、当时人们的生活习俗等，从而提炼和修订之前的学者得出的假定性的结论。

闻一多反对历史上研究《诗经》的传统方法。在《风诗类钞甲·序例提纲》一文中，他将传统的研究方法称为"三种旧的读法"——"经学的""历史的""文学的"；并提出他的新见解——"社会学的"的读法。

所谓"经学的方法"，是指传统的汉儒注经的方法，即"微言大义"，引比兴之词穿凿附会，借咏诵之物标榜贤德；抓住《诗经》中的个别章句，随意引申和附会，力求获得道德教化之类的意义。例如，《毛传》将《关雎》解喻为"后妃说乐君子之法"或"后妃有关雎之德"。而对于《候人》中的"季女斯饥"，明明是性的饥渴，《毛传》却将其解喻为"人之少子""民之弱"①。就连具有新思想的清代思想家魏源也因深受汉儒注经的影响，仍旧把《候人》一诗解喻为讽刺共公"远君子近小人"②。闻一多反对汉儒的"美刺说"，不赞成这种道德教化式的解释方法，认为《诗经》时代的诗人，"恐怕当时他没有许多心思来'美'这个，'刺'那罢"③，并由此推论历代后人"总还免不掉那传统的习气，曲解的地方定然很多"④。因此，闻一多立足于新的视角和方法，站在全新的角度进行思考，从远古时代的生命价值观来推断，从而揣摩出《候人》中诗人的心理："诗人恐怕是一个血气方刚，而性欲不大满足的少年。"⑤ 这样的解说无疑冲破了汉儒教化的道德功利的目的，是不同于古代注家的创造性的结论。

---

① 《闻一多全集》第三卷，第175页。
② 《闻一多全集》第三卷，第176页。
③ 《闻一多全集》第三卷，第176页。
④ 《闻一多全集》第三卷，第169页。
⑤ 《闻一多全集》第三卷，第176页。

所谓"历史的方法"，是指历史上某些注家"总喜欢用史事来解《诗经》，往往牵强附会，不值一笑。"① 这其实就是指，古代的很多注家习惯于在诗歌中寻找历史，甚至将诗歌中虚构的情景等同于历史事实，把某一首诗直接解说为历史上的史实，把诗中的某一个人和现实存在的人合而为一。这就不免带有生搬硬套的嫌疑，正如同很多基督教徒一定要将《圣经》中的任何文字都还原成真实的历史一样。他们不仅相信诺亚方舟一定存在，甚至连《圣经》中记载的方舟的尺寸也要一一核实。闻一多的这种看法与茅盾提出的观点类似，后者在《神话研究初探》中也反对过这种"历史的方法"，认为应该将历史还原成神话，而不是将神话"历史化"。

所谓"文学的方法"，是指把《诗经》当作训诂的范本或关于社会道德教化的经典来解读。前者旨在阐释字义，后者旨在赋予《诗经》各种实用的社会功利的解说。而这名为"文学的"方法，却恰恰忽略了文学本身的美，忽略了文字背后隐藏的文学意象、作品所反映的诗人的情感，以及文学经典中潜藏的生机盎然的生命之美。对于《诗经》中表现的两性之间如痴如醉的恋爱激情之美，古代解诗家更是装作没看见。对此，闻一多指出："汉人功利观念太深，把《三百篇》做了政治的课本；宋人稍好一点，又拉着道学不放手——一股头巾气；清人较为客观，但训诂学不是诗；近人囊中满是科学方法，真厉害。无奈历史——唯物史观的与非唯物史观的，离诗还是很远。"② 不论是单纯地阐释字义，还是对《诗经》进行实用的功利性的解说，都不是正确的批评方法。显而易见，闻一多反对的是批评的非文学化，主张批评应当回归到文学本体中去，发现文学自身的美和其中蕴含的生命活力。

由此我们可以看出，闻一多既反对把《诗经》当成"六经"的注解，也不赞成用《诗经》附会历史，更不同意把《诗经》看作可供教化的文字读物。他认为，如果想要真正读懂《诗经》，就不能遵循传统的解读和阐释方法，而要运用"社会学"的解读方法。这种读法也是闻一多在《风诗

---

① 《闻一多全集》第三卷，第182页。
② 《闻一多全集》第三卷，第214页。

类钞甲》中所说的"缩短时间距离——用语体文将《诗经》移至读者的时代"①的方法,即可以通过考古学、民俗学、语言学的方法,"直探本源","带读者到诗经的时代"②。正是这样的治学方法,使人们能够"用'《诗经》时代的眼光'读《诗经》","用'诗'的眼光读《诗经》"③,从而真正揭示《诗经》丰富的社会内涵和当时鲜活而生动的生活状态。闻一多所提出的"社会学"的阐释方法,实际上也就相当于现在我们所说的"文化阐释批评方法"。

闻一多力图还原古代社会生活的全貌,从古老的文化经典中阐发出新的思想理论,促进了对文化经典的重新阐释,使学术界对古代典籍的训诂进入新的领域,激发了文化经典阐释的新的生命活力。他在《楚辞校补》的引言中给自己定了三项研究课题:说明背景;诠释词义;校正文字。其中,"校正文字"是"诠释词义"的基础,而"诠释词义"又是为了最终的目标——"说明背景"。这三项研究课题实际上概括了闻一多对古代经典进行文化阐释的全部内容。郭沫若认为:"他所规定的三项课题,其实也就是研究古代文献上的共同的课题。尤其是第一种,那是属于文化史的范围,应该是最高的阶段。但中国自秦、汉以来两千多年,实在还没有产生过一部好好的文化史。专家的研究也是同样。汉儒的研究是在第二第三阶段上盘旋,宋儒……只是在第二阶段的影子上跳跃。清儒……陶醉于训诂名物的糟粕而不能有所超越。……要想知道'时代背境'和'意识形态',须要超越了那个时代和那个意识才行。"④

闻一多所做的诸多研究,恰恰就是"超越了那个时代和那个意识"的工作。他从训诂这种基础工作开始,深入了解那个时代的背景和人们的思维方式,站在全新的高度对古代典籍进行文化阐释。所以,郭沫若评价说:"他对于他的《周易义证类纂》《诗经新义》《诗经通义》《庄子内篇校释》《离骚解诂》等,这样一连串的在文字训诂上极有价值的文字,也

---

① 《闻一多全集》第四卷,第 457 页。
② 《闻一多全集》第四卷,第 457 页。
③ 《闻一多全集》第一卷,开明书店,1948,第 357 页。
④ 郭沫若:《历史人物》,第 253~254 页。

不过是视为第二第三阶段的工作罢了。……他虽然在古代文献里游泳，但他不是作为鱼而游泳，而是作为鱼雷而游泳的。他是为了要批判历史而研究历史……他有目的地钻了进去，没有忘失目的地又钻了出来。"① 这是对闻一多训诂工作最恰如其分的评价。

第三节　闻一多训诂动植物词汇的思维基础

闻一多对古代语词的创造性训诂，是从考据草木虫鱼之名开始的。孔子在《论语·阳货》中强调对《诗经》的解读要"多识于鸟兽草木之名"。为此，闻一多指出："学了诗，诚如孔子说的，可以'多识草木鸟兽之名'。但翻过来讲，'多识草木鸟兽之名'，未必能懂诗。"② 这说明了两个问题：其一，古代典籍中含有大量动植物名称，因而要读懂古书，首先就要了解这些语词的意义；其二，我们在读《诗经》的过程中，不能仅仅满足于对字词的字面意义的理解，必须深入挖掘语词背后的文化意蕴。

闻一多的这一看法无疑为古代典籍的研究指明了方向。后来的诸多学者都以对"草木鸟兽之名"的重新阐释为突破口，从新的角度去解读《诗经》，发掘其中的文化意蕴。例如，叶舒宪认为："《诗经》虽不是原始时代的产物，但它去古未远，在相当多程度上保持着文明时代以前对自然万物的细微区别和具体知识，尤其是具有咒术意义和药用价值的各种动植物，这些对于孔子时代的文明人来说已经显得有些陌生了，所以孔子希望借助于学习《诗经》，能使人物恢复当初那种人与自然息息相关相通的亲缘关系，保持对一草一木的细微认识和敏锐体察。这种期望中所蕴含的人类生态意义绝非记忆名称所能包容。"③ 李泽厚也对此提出疑问："也许，此鸟兽草木之名乃或巫术或图腾之象征符号？其'名'均有历史之'实'在？故'述而不作'之孔子如是说？不可知也。"④ 也就是说，《诗经》时

① 郭沫若：《历史人物》，第 255 页。
② 《闻一多全集》第三卷，第 203 页。
③ 叶舒宪：《诗经的文化阐释》，湖北人民出版社，1994，第 99～100 页。
④ 李泽厚：《论语今读》，生活·读书·新知三联书店，2004，第 478 页。

代的各种动植物不仅仅具备药用价值，更重要的是它们反映了原始初民的思维方式，很可能带有原始巫术和原始图腾的文化意蕴。

闻一多所做的对于古代典籍中动植物词汇的训诂和考据工作，对我们还原古代社会生活的真实情状有着十分重大的意义。这有以下三个方面的原因。

第一，古代初民的思维基础是"万物有灵观"。

爱德华·泰勒认为，古代人类最显著的特点是对灵魂和精灵的普遍信仰，所以在当时的生存环境中，人和大自然融为一体，万物有灵，彼此互相感应和渗透。基于这样的情感，古代人类对每种自然生物的性能功用都了如指掌，对每种花草、树木、虫鱼都有独特的称呼。在他们看来，山川河流、各种树木、飞禽走兽，都有自己独特的生命形态。一草一木，一花一石，都是有生命的存在，有其独特的意义。威廉·A. 哈维兰指出："美洲原住民坚持认为，任何东西或每个人都有其自己的灵魂，这个灵魂不遭谴责也不会改变，相反受到尊敬，甚至得到鼓励。这种范式内拥有一种固有的教育，从这种教育看，宇宙的每一部分，每颗星星，每棵树木，每一种动物，每一颗沙粒都被视为神圣的、圣洁的。"①

文化人类学家们发现，根据各个民族的生存环境的差异，不同的民族针对某类具体的动物或植物，都会有上百种不同的名称。例如，有的民族对牛从颜色、大小、品种、特性等区分出几十种不同称谓。因此，在闻一多的研究对象《诗经》《楚辞》和神话传说中，都保留着大量的古代人类对大自然的认识和观察。在这些反映中华民族远古时代的生活状况的经典古籍中，涉及了相当多的古代日常生活中常见的草木鸟兽之名。

第二，在万物有灵的思维基础上，古代人类往往采用"以己度物"的思维认知方式，即用日常生活中最常见、最熟悉的事物来表达自己的思想。

维柯指出古代人类的心灵有这样的特点："人对辽远的未知的事物，都根据已熟悉的近在手边的事物去进行判断。"② 那个时代的人们常常用具体的事物来表达抽象的概念，他们既不习惯也不擅长使用抽象的语词来表

① 〔美〕威廉·A. 哈维兰：《文化人类学》（第十版），瞿铁鹏、张钰译，第138页。
② 〔意〕维柯：《新科学》，朱光潜译，第83页。

达思想，这就是"以己度物"的思维认知方式。例如，他们通常说风在吹，海在微笑，波浪在呜咽，田地在干渴。这些词语都非常形象，用熟悉的事物去描述不熟悉的现象，很容易让人想象到大自然万事万物的情状。直到现在，我们在文学中还沿用这种表达方式，使它逐渐成为我们语言修辞中必不可少的组成部分。

古代人类和大自然的关系与现代社会中人和自然的关系完全不同。前者是水乳交融的、物我同一的，而后者则是黑格尔所说的"人化的自然"。西方哲学大师黑格尔主张"绝对精神"，即从人的自我意识的角度谈"绝对精神是一种自生发的认识"。在他看来，一切自然万物都为"我"而存在，在"绝对精神"的支配下，人类强行改变自然，变荒山为花果山，完成了自然的人化过程，使自然成为人化了的自然。而古代社会的自然和人是和谐统一的，自然中的万事万物都和人一样，有自己的生命，所以那时的人们"以己度物"，借用生活中常见的草木鸟兽来表达自己的思想和观念。正是这样的思维认知方式，拉近了古代人类与自然的密切关系，从而使古代典籍中处处都是自然事物的痕迹。因此，闻一多要对古代典籍进行文化阐释批评，就必须对这些动植物名称所代表的意义有清楚的认识。

第三，古代人类的思维方式与我们现代文明人的逻辑思维方式完全不同。

从文化人类学的角度来说，现代富有逻辑的、理性的思维方式，与情感性、想象性的原始思维大不相同。我们总是试图把我们这个时代的文化道德和社会意识形态强加给《诗经》时代的人。我们自己的文化塑造的感情和偏见，让我们很难在读古书和古代历史的时候，把个人的感情和偏见放在一边。所以维柯说，"我曾不得不从我们现代文明人的经过精炼的自然本性下降到远古那些野蛮人的粗野本性，这种野蛮人的本性是我们简直无法想象的，只有费大力气才可以懂得"[1]。维柯的这段话一方面说明了现代思维与原始思维之间的巨大差异，另一方面也反映了早期文化人类学者对原始文化居高临下的态度。我们习惯于给原始社会贴上"未开化的"或

---

[1] 〔意〕维柯：《新科学》，朱光潜译，第 140 页。

"野蛮的"标签，认为古代人类的本性是"粗野的"，对原始文化的看法和思考有强加的嫌疑。但所谓"野蛮人"的行为和他们自身理解事物的独特思维是密切相关的。我们自身就是我们身边文化的产物，因此我们从事理论活动很容易受到文化的束缚。由于这种文化束缚，当我们研究自己社会的各个方面时，我们的"视力"就会受到扭曲。如果要正确地认识古代社会的真实场景，了解古代人类的真实生活，我们就要尽量避免扭曲的"视力"，应该努力用原始思维去思考古代人类的行为，理解他们的生活方式和看待世界的角度。

古代社会人们的生活与认识世界的状态密切相关，在他们的生活中，大自然中的一切都和他们的生存状况紧密相连，因此他们对大自然的认识远比现代人类具体和广泛得多。"对原始人来说，纯物理的现象是没有的。流着的水、吹着的风、下着的雨、任何自然现象、声音、颜色，从来就不象被我们感知的那样被他们感知着。"① 也就是说，尽管我们面对同样的风雨雷电，我们和我们祖先的感受却大相径庭。列维－布留尔指出："原始人用与我们相同的眼睛来看，但是用与我们不同的意识来感知。"② 这就意味着，那些古代典籍中的草木鸟兽之名，曾广泛地存在于古代初民的生活中，它们代表着古代社会人们的思想和观念，反映着那个时代人们的社会生产和生活的真实情况。闻一多要融入古代人类的生活，感受他们的所见、所闻、所感，就必须加深对古代典籍中记载的大自然各种现象的认知，也就必须从训诂草木鸟兽之名开始。

正因为原始初民的思维认知方式与我们现代人截然不同，闻一多才要从训诂考据做起，力图在训诂学的研究基础上揭示出古代典籍中的象征意蕴，还原当时的历史、文化以及社会生活。《诗经》《楚辞》影响了中国文学两千多年。树木的根扎得越深，枝叶就越繁茂；《诗经》《楚辞》的文化底蕴越浓厚，影响才越深广。闻一多从文化人类学的角度破译古代典籍的神秘符号，还原我们祖先留存的古老而神秘的神话传说，使中华民族灿烂的文明得以在上古时代重现。其中草木的巫术与药用价值十分突出，含有

---

① 〔法〕列维－布留尔：《原始思维》，丁由译，商务印书馆，1981，第 34～35 页。
② 〔法〕列维－布留尔：《原始思维》，丁由译，第 35 页。

大量图腾崇拜与祭祀巫术文化的痕迹。这些草木虫鱼之名，不仅具有实用价值和艺术的审美价值，还蕴含了远古时代的图腾意识，具有特殊的象征意义。

第四节　闻一多对古代典籍中的动植物的创造性训诂

闻一多针对训诂考据的方法，在《风诗类钞甲·序例提纲》中提出了两种方法：其一，从声韵方面讲，是"摹声字标者以声见义（声训）"；其二，从文字方面讲，是"肖形字举出古体以形见义（形训）"①。这两种方法的目的和意义就在于"直探本源"②。闻一多以训诂阐释的方法释字考源，拟构古字音和古字义。他指出："要解决关于《诗经》的那些抽象的、概括的问题，我想，最低限度也得先把每篇的文字看懂。"③ 在这一点上，他敢于质疑古人对古代典籍的阐释。

尽管在《诗经》中有很多"点化的痕迹"，却还是存留了相当多的原始风貌。据孙作云《诗经研究》统计，《诗经》中涉及的植物是 143 种，动物是 109 种，《楚辞》中的植物共计 104 种，动物 118 种。④ 其中包括各种上古时代常见的草木、鸟兽、虫鱼。要真正读懂诗，就要从这些与古代人类生命、生活息息相关的动植物入手，结合原始初民的心理状态和认识世界的方式，尽可能客观地还原当时的社会风貌。闻一多用训诂的方式还原古代典籍中的草木鸟兽之名，努力寻求《诗经》中反复描摹那些动植物的深层原因。为此，闻一多做了大量的训诂考据工作，并在其中融入了自己独特的文化阐释，将训诂的创造性充分发挥出来。

第一，闻一多在训诂中发现，古代人类利用植物的自然功效达到自己的实用功利目的。

---

① 《闻一多全集》第四卷，第 457 页。
② 《闻一多全集》第四卷，第 457 页。
③ 《闻一多全集》第三卷，第 198 页。
④ 孙作云：《诗经研究》，河南大学出版社，2003，第 7 页。

原始人类会利用某些草木的芳香气息进行祭祀和祈祷，以便获取神灵的庇护。例如，《离骚》中常常提到的幽兰、桂枝之类的具有芳香气味的植物。这类植物往往因为它们独特的芳香功能，引起原始人类的注意，并发现它们的特殊功效。闻一多指出："人忧愁时则气急，草木的芬芳，可以舒气，所以《离骚》'结幽兰而延伫'，本篇'结桂枝兮延伫'，都带有医学作用。"① 正是因为这些植物能够舒缓忧愁、使人心情愉悦，所以原始人类在祭祀时往往使用它们的解忧功效，既娱神又娱人。因此，古代人类在进行祭祀、祈祷之前，有一个既定的程序，即必须进行熏香沐浴。那些用来熏香沐浴的草木，就是原始人类在生活中发现的那些具有芳香气息的植物。这种既定的熏香沐浴程序，既可以表达出他们对神灵的尊崇与虔诚，又能够在芳香弥漫中营造与神灵沟通的良好氛围，最终达到获得神灵庇护的目的。

芳香类的植物主要被用于祭祀、祈祷之途，还有一类有利于增强性功能的植物则主要被用于表达原始人类对性爱的向往。例如，芄兰是《诗经》时代的常见植物，对于它的功效，原始先民自然是非常熟悉的。由于芄兰补精强阴的特殊功用，闻一多认为《芄兰》这首诗是在描述一个情急的寡妇。为此，他点出诗歌的关键字——"能不我甲"中的"甲"字，认为"郑、王皆以甲为狎"应该是正确的解释。究其原因，在于芄兰的特殊药用价值："据陆疏芄兰又名萝摩。陶隐居说：'其叶生啖煮食，俱可与枸杞同功。'……如果诗人用芄兰起兴，是具有那一层深意的，她不是一个情急的寡妇了吗？"② 而在此之前，闻一多已经考证过，"枸字从木从句，句恐怕就是女阴，因此申引为'补精强阴'的药材——枸杞"③，也就是说，不论是芄兰还是枸杞，都因为独特的"补精强阴"的功效而被赋予了相同的意义，即原始人类对性爱之情的渴望。因此，闻一多指出该诗的主人公是一个"急色的妇人"，诗中的"芄兰"是别有意蕴的。

第二，闻一多在训诂中发现，古代人类使用植物名称的谐音来表达

① 《闻一多全集》第五卷，第447页。
② 《闻一多全集》第三卷，第187页。
③ 《闻一多全集》第三卷，第182页。

思想。

在古代典籍中，植物本身的名称如果符合先民们所要表达的思想，他们就会直接使用名称谐音的意义。例如，《楚辞》中提及一种叫作"疏麻"的植物。闻一多解释道："疏麻是隐语，借草名中的疏字以暗示行将分散之意。"① 也就是说，取"疏"字的疏离之意来进行象征。"疏麻"和"疏离"本来表达两种毫不相干的意义，前者是植物，是名词；后者是分散，是动词，在这里却因为两个词中共同的"疏"字来表示相同的含义。这种利用汉字同音或近音的条件，用同音字或近音字来代替本字而产生辞趣的做法，就是谐音。例如，"莲（怜）子心中苦，梨（离）儿腹内酸"，这就是非常明显的谐音的用法。

闻一多指出："这类借草木名以喻意的办法，是古代语言的一种特殊形式，而其习惯在诗歌中的尤其多。"② 为此，闻一多特举芍药为例。芍药是一种常见的多年生草本植物，既能药用，又有观赏的价值。在《郑风·溱洧》中有诗句"赠之以芍药"，这里的芍药并不仅仅指赠送的礼物，它还具有更深层的意味。闻一多认为，芍药在此处是指男女双方感情的约定，他指出："案郑谓谑为行夫妇之事，又谓赠芍药以结恩情，胥是。"③可见芍药所代表的深意绝非普通植物那样简单。现代学者宋书功也指出："芍药：香草名。谐声酌约、妁约，有约定之义。以此草表示男女定情约婚。"④

《诗经》时代的人们用疏麻和芍药的名称借以表述隐含的喻意，很显然已经有了象征的意蕴。这种手法一直延续到后世，如经典名著《红楼梦》中运用最多最普遍的辞格就是谐音双关。其中，甄士隐家中有一个丫鬟娇杏，"偶因一回首，便为人上人"。正是她的不合礼教的"回首"，让贾雨村错以为娇杏慧眼识英雄，从而对她念念不忘，以至于发迹后专程纳了这个丫鬟；后来娇杏生了儿子，在贾雨村的原配夫人死掉之后就顺理成

---

① 《闻一多全集》第五卷，第484页。
② 《闻一多全集》第五卷，第446页。
③ 《闻一多全集》第五卷，第474页。
④ 宋书功：《诗经情诗正解》，海南出版社、三环出版社，2007，第92页。

章地成为新的正室夫人。与娇杏当年服侍过的甄府那个被拐走的小姐甄英莲（真应怜）的悲惨际遇相比，娇杏的命运实在是"侥幸"，曹雪芹为这个小丫鬟采用植物娇杏命名，以此来暗示人物的命运，其中蕴含了特殊的寓意，这就是她谐音姓名的由来。

第三，闻一多在训诂中发现，古代人类用某些生殖力旺盛的动植物来作为象征，借以表达他们对生殖力的渴求，以及对生命的向往。

《诗经》时代的人类生产力十分低下，与老天爷抗争，和大自然搏斗，生存多艰，因此表现出对旺盛生命力的崇拜和渴求。他们把这种强烈的愿望寄托在日常生活中司空见惯的动物和植物身上，祈求自己能像那些具有旺盛生命力的动植物一样，不断繁衍，生生不息。

《诗经》中写到了大量具有旺盛生命力的木瓜、梅子、花椒、螽斯、鱼类等，这些动植物的繁殖力极强，尽管外表柔弱，却始终保持活力，生生不息。闻一多在训诂中发现，花椒因为多籽而吸引了古代人类的目光，他们希望能和花椒一样，成串地生长，具有蓬勃的生命力，不断繁衍；再加上花椒不仅气味芬芳，还能驱寒、杀虫，于是人们"用椒末和泥来粉饰堂壁"[1]，以期不仅能有一定的功效，还具备宜生殖、宜子孙这样美好的象征意义。正因为花椒芳香而多籽，寓意吉祥，西汉未央宫皇后所居宫殿称为椒房殿，也称椒室。闻一多在《风诗类钞》中指出："《椒聊》喻多子，欣妇女之宜子也。"《诗经·陈风·东门之枌》也提到了这种植物。诗中描绘的是一次祭祀活动的场景：男女青年在特定的日子里，唱歌跳舞，举行祈雨活动，等到活动结束，主人公"贻我握椒"。闻一多认为："此诗之'贻椒'，与《溱洧篇》之赠芍药用意正同。"[2] 这正是男女约定的信物。之所以以此为信物，还有更深层的原因，正如葛兰言所说，"事实上，种子是一种生育力的象征，恋人赠送'握椒'不仅仅是爱情的象征，同时也是生育力的象征"[3]。

---

① 《闻一多全集》第五卷，第 440 页。
② 《闻一多全集》第四卷，第 300 页。
③ 〔法〕葛兰言（Marcel Granet）：《中国古代的节庆与歌谣》，赵丙祥、张宏明译，广西师范大学出版社，2005，第 142 页。

古代人类在恶劣的生存环境下，渴望生养众多，将他们的种族世世代代繁衍下去，因此对椒类植物崇拜的根源，就在于它们所象征的旺盛的生殖力。先民们崇拜那些动植物，具有极强的现实功利目的，即为了保证自身生存和种族延续。例如，《诗经·螽斯》中反复出现"宜尔子孙"，《诗经·桃夭》中反复强调"桃之夭夭……宜其室家"，就是古代人类祈求多子多孙、多子多福的表现。《螽斯》《椒聊》《麟之趾》等篇章，都是《诗经》中祝福多子多孙的诗作，表达着古代人类对生命的渴望，对生殖力的崇拜与向往。

在远古时代，鱼也是人类的崇拜对象。这不仅仅因为鱼类是人们赖以生存的重要食物来源，更重要的一点在于鱼类多籽，具有极强的生殖能力。因此，古代先民在自觉或不自觉中崇拜起鱼这种生物，并以鱼为图腾，在它们身上寄予了美好的希望。

闻一多在《说鱼》中列举了《周南》《齐风》《邶风》《召南》《卫风》《桧风》《陈风》《曹风》中涉及的鱼的诗篇，并从文化阐释的角度分析了鱼文化的内涵，认为这些反映了上古时期人们普遍的文化心态，表达了人们对生存与繁衍的渴求。闻一多写道："为什么用鱼来象征配偶呢？这除了它的繁殖功能，似乎没有更好的解释，大家都知道，在原始人类的观念里，婚姻是人生的第一大事，而传种是婚姻的惟一目的，这在我国古代的礼俗中，表现得非常清楚，不必赘述。种族的繁殖既如此被重视，而鱼是繁殖力最强的一种生物，所以在古代，把一个人比作鱼，在某一意义上，差不多就等于恭维他是最好的人，而在青年男女间，若称其对方为鱼，那就等于说：'你是我最理想的配偶！'现在浙东婚俗，新妇出轿门时，以铜钱撒地，谓之'鲤鱼撒子'，便是这观念最好的说明。"[①] 随着时间的流逝，鱼逐渐成为吉祥的象征。直至今日，我们虽然改变了远古先民的原始的图腾崇拜，不再因为鱼的多产多籽而崇拜它；却仍然沿用了鱼所代表的吉祥的喻意，不仅用它表达多子多孙的喜庆意义，还借用它的谐音

---

① 《闻一多全集》第三卷，第248页。

"余"，来祈求年年有余，祈求丰收与富饶。

第四，闻一多在训诂中发现了前代注家的错漏之处，并用文化阐释批评的方式对其进行文化还原，给予新的解说。

闻一多大胆质疑，小心求证。他作《诗新台鸿字说》，对《诗经·邶风·新台》篇中的"鸿"字的解说颇为深刻透彻。为了证实《新台》篇所描述之"鸿"并非鸿鹄之鸿，闻一多从"鱼网之设，鸿则离之"的诗句开始，对古书的解释产生了质疑。《毛传》中将"鸿"解释为"殆以为鸟名，人所习之，无烦词费"，按照这种理解，这两句诗应该解释为，设网捕鱼，却不料逮着了一只天鹅。闻一多认为此解于情理不符，因为如果鸿真是鸟名，那么"取鸿当以矰缴，不闻以网罗也"；而且，"鸿但近水而栖，初非潜渊之物，鸿既不入水，何由误絓于鱼网之中哉?"[1] 闻一多从《传》对此诗句的阐释中看出，《毛传》将"鸿"理解成丑鸟。为证实鸿并非丑鸟，闻一多旁征博引，考证了诸多古籍：《说文》《史记》《毛诗义疏》《韩诗外传》等，因而从审美意象的角度指出，在该诗中，"以鱼喻美，鸿喻丑……然而夷考载籍，从无以鸿为丑鸟者"[2]。"令鸿与籧篨戚施为伍，至目为丑恶之象征，窃恐古今人之观念之悬绝不至如是也。"[3] 因此，闻一多很肯定地说："《诗》之'鸿'，其必别为一物，而非鸿鹄之鸿"[4]。

推翻了旧说，闻一多顺势提出自己的观点，认为"鸿"应为"蟾蜍"。他先确证了"鸿"与上下文的"籧篨""戚施"当为一物，然后又指出《太平御览》和《说文解字》诸书中均将二者解释为"蟾蜍"。因此，他大胆地得出论断："《诗》意以戚施籧篨与鱼对举，又以鸿与鱼对举，戚施籧篨并即蟾蜍，则鸿亦当即蟾蜍矣。"[5] 为了进一步补充论证，闻一多通过《尔雅》《名医别录》《汉书》《说文》等古籍，考证"蟾蜍为大腹虫，鸿

---

[1] 《闻一多全集》第三卷，第191页。
[2] 《闻一多全集》第三卷，第191页。
[3] 《闻一多全集》第三卷，第192页。
[4] 《闻一多全集》第三卷，第192页。
[5] 《闻一多全集》第三卷，第193页。

为大腹鸟，故蟾蜍亦得谓之鸿，形相似，斯名得相通也"①。而这样"形相似，斯名得相通"的例子很常见，因为和闻一多举证的"虾蟆谓之田鸡"是一个道理。对此结论，闻一多还进一步用音韵学知识给予印证。最后还以《诗经》中"鸿则离之"与《易林》中"反得居诸"相印证，认为是"鸿为蟾蜍之明验"②。如此一来，人们对《新台》篇的理解，就与传统的解说相距甚远了。

闻一多在《楚辞》中也发现了类似的讹误。《天问·释天》中有云："夜光何德，死则又有，厥利维何，而顾菟在腹。""顾菟"一词，从王逸的《楚辞章句》以来，一直都解释为"顾望"，以至于"朱熹以下诸家皆无异说"③。到了清代毛奇龄，认为顾菟为"月中兔名"，而刘盼也提出了新的看法，认为顾菟是"叠韵联绵词"。而闻一多通过训诂，大胆提出与前人截然不同的见解："古无称兔为顾菟者，顾菟当即蟾蜍之异名。"④ 为了证实自己的论断，闻一多举出了十一条理由，可见他考据之细密，论证之严谨。

闻一多对《诗经》《楚辞》的训诂考据，严密而又翔实，为他深刻阐释这些古代典籍的文化意蕴，揭示古代初民的象征性思维方式，奠定了坚实的基础。郭沫若对闻一多在文字学、文献学方面的贡献非常钦佩，他指出："象这样细密新颖地发前人所未发的胜义，在全稿中触目皆是，真是到了可以使人瞠惑的地步。"⑤ 当代学者赵沛霖指出："闻一多根据'三百篇'的特点和训释的需要，创立了从文化视野解读作品的新的训诂学。"⑥正因为如此，闻一多的训诂成果，直接影响了后来学者对《诗经》和《楚辞》等古代典籍的研究。例如，在1984年金启华译注的《诗经全译》中，就大量引用了闻一多对《诗经》的训诂。譬如，书中《椒聊》的注释部

---

① 《闻一多全集》第三卷，第 194 页。
② 《闻一多全集》第三卷，第 196 页。
③ 《闻一多全集》第五卷，第 511 页。
④ 《闻一多全集》第五卷，第 511 页。
⑤ 郭沫若：《历史人物》，第 252 页。
⑥ 赵沛霖：《现代学术文化思潮与诗经研究——二十世纪诗经研究史》，学苑出版社，2006，第 330 页。

分就有"（一）闻一多《风诗类钞》：'古诗叫作"聊"，今语叫作"嘟噜"。'"① 很多今人所注的《楚辞》中，也都引用了闻一多的训诂成果。闻一多的训诂成就，和在他之前的古文注家的注解一起，成为现代学者大量引用的对象。由此可见闻一多训诂影响之深远。

---

① 　金启华：《诗经全译》，江苏古籍出版社，1984。

第二章

闻一多论原始思维的象征性特征

第一节　原始思维象征性特征的思维基础

20 世纪以来，文化人类学者普遍认为，"原始"一词的含义更多是指古代人类独特的思维方式。列维－布留尔将这种思维方式称为"原逻辑思维"："原始思维在极大多数场合中不同于我们的思维。原始思维的趋向是根本不同的。它的过程是以截然不同的方式进行着。"① 原始思维有其独特的表达方式和心理基础，象征性是其中最重要的特征之一。

闻一多在研究古代典籍时，从文字的训诂和考据入手，在更深的文化层面上阐释诗歌的内涵，从而发现了隐藏在字面意义之后的语词的象征意蕴。

古代人类之所以使用了大量的象征意象，并用象征的手法去表达感情、传达思想，有如下原因。

首先，"万物有灵"的思维基础使世界在古代人类眼中充满了神秘的色彩和无穷的魅力。在他们看来，世界万物都和人一样，有灵魂和肉体，是具有生命力的活体。古代人类对大自然充满了想象与情感：在自然事物中，当有些生命力特别长久地引起我们的无限感觉，和我们的有限生命形

---

① 〔法〕列维－布留尔：《原始思维》，丁由译，商务印书馆，1985，第 2 页。

成对照时，就具有神性，例如，给人以崇高感的珠穆朗玛峰，滋养着人类生命的尼罗河等圣河；或者是一些动物由于具备人所难以企及的技巧，而拥有神性。在万物有灵的基础上产生神性，这就形成了东方的泛神论。它使艺术充满了神的意味，充满了汪洋恣肆的想象，充满了象征和比喻。久而久之，便形成了古代初民的形象思维，即我们通常所讲的意象思维。意象思维注重体悟性，它是非语言的，很难用语言进行准确的描述和传达，往往是"只可意会，不可言传"。这同样也是艺术的特征。

其次，在原始思维状态下，古代人类无法用抽象的词语来表达某些精神性的意念或事物的普遍性质。每当要表现某些抽象观念时，他们总是把抽象性的观念转化成"具体的物质形式"① 来加以表达。例如，古代先民用"收获了若干次"来代表"过了若干年"。在原始思维状态下，人类还不能自由地思维对象的属性，只能借助现实生活中的"具体的事物"来加以说明："例如用'首'（头）来表达顶或开始，用'额'或'肩'来表达一座山的部位，针和土豆都可以有'眼'……'葡萄的血'代表酒，地的'腹部'，天或海'微笑'，风'吹'，波浪'呜咽'，物体在重压下'呻吟'，拉丁地区农民们常说田地'干渴'，'生产果实'，'让粮食胀肿'了，我们意大利乡下人说植物'在讲恋爱'，葡萄长的'欢'，流脂的树在'哭泣'……"② 维柯所揭示的原始思维的具体性特征具有普遍意义和重要性：它决定了古代人类的语言特征，即以具体的事物或感性的意象来表示思想观念。这种表示方法就是"借此而言彼"的比喻和象征，即"诗性的"表达方式。

最后，原始思维的具体性特征决定了古代人类只能以借喻的方式，运用"具体的事物"来说明抽象的道理；决定了他们"以己度物"的认知方式，即以自己为中心，以考察自身来观察事物、揣度事物，探究人与万事万物之间的关系。维柯指出："人们在认识不到产生事物的自然原因，而且也不能拿同类事物进行类比来说明这些原因时，人们就把自己的本性移

---

① 〔意〕维柯：《新科学》，第 250 页。
② 〔意〕维柯：《新科学》，第 180 ~ 181 页。

加到那些事物上去。"① 也就是说，人以自己的经验和感受为标准，来体验外物、比附外物，用已知的事物感受未知的事物。这种"以己度物"的思维认知方式，导致古代人类把比喻、象征作为最基本的认知外界未知世界的手段。因此，古代人类常常借"春花秋月"表达心中美好的感情，用"细雨蒙蒙"表达心中淡淡的惆怅，这就是我们所说的"托物咏志""借物言情"的表情达意的方式。这也正是象征的表达方式。由于古代人类只能用感性的形象来思维，他们丰富的想象力被大大激发了，也因此产生了原始思维的重要特征——象征性。

第二节　原始思维象征性特征的主要特点

象征，是"有意味的形式"，即运用感性的物质的形象，隐约而曲折地表达理念或观念。苏珊·朗格在《艺术问题》中指出："艺术中使用的符号是一种暗喻，一种包含着公开的或隐藏的真实意义的形象。"② 它是一种特定的符号，其表达的感性形式必须与表达的主题和内容相称。

象征具有三个主要特点。

其一，象征最本质的特点是"借此而言彼"，即用间接、曲折的方式表情达意。

象征往往借助具体的形象来表现永恒的精神观念，它表达的不仅仅是事物本身的表层意义，更重要的是它所暗示的深层意义。为此，人类创造了许多图画符号、语言符号和声像符号等，来表达这种象征的观念。例如，印度佛教的万字符号、水瓮和莲花之类的图案，犹太民族的"六角星"符号，希腊母性神庙上的倒三角形符号等，都是用来代表生命的生生不息和永恒无穷。象征的意义不在于形象本身，而在于指向事物形象之外的内在性质或含义，是意义对形象的依存和超越。

其二，由于象征"只及一点，不及其余"，因此具有朦胧性和多义性。

---

① 〔意〕维柯：《新科学》，朱光潜译，第 97 页。

② 〔美〕苏珊·朗格：《艺术问题》，滕守尧、朱疆源译，中国社会科学出版社，1983，第134 页。

希尔特有所谓的"特性"一说，他认为任何事物都有与众不同的难以忘怀的特性、特征，即事物表现形态的特征，就是事物独特的表现方式。特性是象征的基本要素，任何美的事物都有特性，抓住了事物的特性，然后才能象征。由于用来表达象征意义的事物，除了象征所需要的性质外，还有其他性质和特点，所以，象征"在本质上是双关的或模棱两可的"①，因此，象征的观念和表达的形式之间，有吻合、不吻合和局部吻合的状态，这就导致了象征的多义性、暧昧性和朦胧性。

其三，民族之间的象征具有不可通约性，这造成了象征的神秘性与含蓄性。

由于每种象征都可以从不同角度进行切入，这就导致了各个民族的象征渠道不同，蕴含的观念不同。文化人类学的材料，可以证实这一点。例如，印度将蛇作为神圣的象征，以及神秘统治力量的象征。但在中国，"心如蛇蝎"是贬义词，是从否定的角度对蛇的象征意义进行界定。再如，红色是鲜血的颜色，在很多国家和民族都代表着热血沸腾和激动。中国的红色象征神圣和庄严，是中国色的代表，是喜庆和吉祥的表征。但在日本，红色是污秽的，接触了血，就要用盐或海水来洗涤、净罪。也就是说，同一象征物可以具备多种含义的象征意蕴，这就造成了象征在内容含义上的模糊性和朦胧性。

第三节　闻一多论《诗经》中的象征意象

对于象征的三个主要特征，闻一多在研究古代典籍时有诸多发现。他从文字的训诂和考据入手，从更深的文化层面上阐释诗歌的内涵；在运用训诂的阐释方式解释古籍时，很自然地发现了隐藏在字面意义之后的象征意蕴。

第一，对于象征"借此而言彼"的特性，闻一多指出："隐在《六经》中，相当于《易》的'象'和《诗》的'兴'（喻不用讲，是《诗》

---

① 〔德〕黑格尔：《美学》第二卷，朱光潜译，商务印书馆，1979，第12页。

的'比'），预言家必须有神秘性（天机不可泄露），所以占卜家的语言中少不了象。《诗》——作为社会诗、政治诗的雅，和作为风情诗的风，在各种性质的沓布（taboo）的监视下，必须带着伪装，秘密活动，所以诗人的语言中，尤其不能没有兴。象与兴实际都是隐，有话不能明说的隐，所以《易》有《诗》的效果，《诗》亦兼《易》的功能，而二者在形式上往往不能分别。"① 这就指明了象征是曲折而含蓄的表达方式。正因为在表达的过程中，旨隐而意藏，象征隐含的神秘性的兴味才愈发浓烈，给人以无限的想象空间，在隐晦中表现出无穷的意蕴。

原始思维是形象性的思维，象征的内容和对象都不能脱离感性形象，同时在意义上又必须超越这一形象本身。直观的感性形象可以引起人们丰富的想象，正是这种想象赋予了象征神秘的色彩。人类面对的对象——大自然，是一种有形的真实的存在，于是早期人类的认知能力就是从具体的形象开始，并对这些形象赋予了象征的意蕴。

《诗经》及文学创作中大量运用象征、隐喻的手法。赵沛霖在《兴的源起》中认为《诗经》的三种表现手法之一"兴"，具体是指暗喻，即表情达意的方式并不直接，是先言他物，再言所咏之词，也称为"起兴"。"起兴"不同于"比"的手法，在起兴之前的语言都是有特定含义的。例如，要写恋人们的情爱，不能直接描写爱情本身，因为那样会由于直白而索然无味。谈情爱要先谈春天来了百花开，有了氛围才有情趣，有了情趣才可以写情爱。所以古典诗词中往往以花鸟起兴，先谈"关关雎鸠，在河之洲"，再说"窈窕淑女，君子好逑"。这也是东方文学中的惯用手法。为此，闻一多在《诗经》《楚辞》和民歌当中，找到了大量隐语的实证，并对其象征意义进行还原。

首先，对"风""雨"等审美范畴底蕴的阐释。

闻一多指出："《诗经》里多数的情诗或淫诗，往往不能离开风和雨。……风雨常常一块儿来，雨既含有性的意义，或许风间接的也和性发生关系了。……风同性应该有一种单独的，直接的关系。……《终风》

---

① 《闻一多全集》第三卷，第 231~232 页。

《凯风》《晨风》《匪风》，都是从风讲到爱情或性欲。"① 也就是说，在《诗经》和《楚辞》中，"云雨""风雨""虹霓""风"等都有象征的含义，暗喻"性"或"性交"。他还引《尚书·费誓》《尚书正义》和贾逵的注文加以补充说明："风便是性欲的冲动。由牝牡相诱之风，后来便申引为'风流'、'风骚'之风，也都含有性的意味。"② 闻一多举例说，"几篇以风起兴的诗，要算《终风》写得最淫了。……他愈凶猛，她愈能忍受，愈情愿忍受。……她以痛苦为快乐，所以情愿一夜不睡觉来享受那虐刑"。③ 并进一步解释说，"朱子说这篇诗里'有夫妇之情，无母子之意'，是很对的。……其实《终风》不但是《长门赋》，其淫荡的程度，还远在《长门赋》之上"④。

闻一多运用《诗经》中的实例证实了"风"的象征意蕴。不仅《终风》如此，《小雅·谷风》《郑风·风雨》中也都有关于风雨的隐喻。进一步扩展开来，闻一多证实"云和水也都是性的象征"⑤。云雨、风雨、虹霓、风、水都是最常见的自然现象，它们往往变幻莫测。因此，古代人类用他们的原始思维对这些奇妙的现象进行思考，想象它们和人一样，充满了情感，他们认为世界上的万事万物都需要阴阳调和，因而风雨云雾也是如此。所以，古代先民运用云、雨、风等大自然中普遍存在的现象，来表现性交，是非常古老而普遍的象征手法。对古代人类来说，不论是自然现象，还是他们极其重视的性交行为，都是他们生产和生活中极其重要的组成部分，关系到他们的生存和发展。

因此，用自然现象来象征性交，在古代典籍中非常普遍。这种传统保持了下来，以至于在很多中国古典小说中，都用"云雨"来暗示和象征性交。例如，《红楼梦》中就描写过贾宝玉的"云雨"之事。闻一多认为在《诗经》中暗示性交的诗多得数不胜数，这种暗示的手法最能挑动古代人类的情感。古代先民没有很强的逻辑思维能力，欠缺理性的思考，他们往

---

① 《闻一多全集》第三卷，第183页。
② 《闻一多全集》第三卷，第184页。
③ 《闻一多全集》第三卷，第184~185页。
④ 《闻一多全集》第三卷，第185页。
⑤ 《闻一多全集》第三卷，第234页。

往用具体的事物表达抽象的情感，用熟悉的事物表达无法言说的快意。闻一多指出，古代的诗歌作品，"烘云托月的写来，刺戟性还来得更强烈"①。直至今日，"云雨"仍是性交的暗示和象征。正是这种朦胧的美感，刺激着中国历代文人的感官。这也是东方民族所熟悉的含蓄的表达方式。东方民族特别擅长使用这种朦胧的隐喻和象征，喜爱"犹抱琵琶半遮面"的感觉，欣赏"雾中花""水中月"，偏爱模糊的抽象的情感表述，充满了感性的色彩。

其次，闻一多发现，《诗经》中隐藏着大量用饮食象征性交的语词。

《诗经》中《周南·汝坟》的"惄如调饥"、《王风·丘中有麻》的"将其来食"、《唐风·有杕之杜》的"曷饮食之"、《陈风·株林》的"朝食于株"都具有象征意义。这些表示"饮""食"的字样都有暗示的作用，并不是单纯指肚子的饱饿状态。闻一多认为，"古人称性交为食"②，性欲没得到满足时称为"饥"，得到满足时称为"饱"。这其实是用古代人类所熟悉的饱和饿的状态，来表达他们所难以表达的抽象的心理感受。

闻一多在解说《周南·汝坟》时指出："朝饥的饥自然指情欲，不指腹欲。"③ 他指明历代古板的解诗人常闹的笑话，就是将"饥"按字面意义理解，从而把"季女斯饥"曲解为遇到荒年禁不起挨饿的少女。因此，闻一多指出："曹风的《候人》也是实指性交的。"④ 其中，"季女斯饥"的"饥"，"只可作'惄如调饥'解，看作没有吃饱饭的饥，便太笨了"⑤。历代文人学者总会因为各种原因，运用"经学的""历史的""文学的"方法进行解读，从而曲解了诗歌原始的意义。闻一多幽默地用诗性的语言将诗中的内容进行描述："但是你婉恋的少女，你只在那里干熬着肉欲的饥荒。"⑥ 并得出结论："《候人》不是刺共工的，更没有'远君子而近小人'

---

① 《闻一多全集》第三卷，第 185 页。
② 《闻一多全集》第三卷，第 6 页。
③ 《闻一多全集》第三卷，第 5 页。
④ 《闻一多全集》第三卷，第 174 页。
⑤ 《闻一多全集》第三卷，第 175 页。
⑥ 《闻一多全集》第三卷，第 176 页。

的深意。"① 这就更正了历代注家对这首诗的错误解读，还原了诗的本来意义，得出了富有创见的结论。

不单单是"饮""食"象征性交，和"饮食"内容相关的也可以象征性交。

古代先民常常以渔猎为生，因此饮食中的鱼成为不可缺少的事物。闻一多在《说鱼》中论证了大量关于"鱼"的象征意蕴。他认为鱼是匹偶的隐语，打鱼和钓鱼象征求偶，烹鱼或吃鱼意喻合欢或结配。鱼在古代人类生活中扮演着重要角色，鱼和饮食的关系密不可分。因此，闻一多在对《陈风·衡门》中的"疗饥"进行文化释义时指出："以食鱼比取妻，则疗饥的真谛还是以疗情欲的饥为妥。"② 很显然，情欲的饥渴与饮食的饥渴有相同之处，给人带来的感受是相似的，因此有必要对古代典籍中的某些用法进行重新阐释。由此，闻一多透彻地阐释了"饥"的象征意蕴。

闻一多对古代典籍中的象征意象的揭示，还原了古代人类原生态的生活场景，展现了他们粗犷豪放的民风，再现了古代先民对性的真实态度。比之以前的注家，闻一多提出了诸多新的见解。这些见解大多为后来的学者所肯定，并在此基础上进行了进一步的阐释。叶舒宪在《诗经的文化阐释》中这样评价闻一多提出的新见解："闻一多用性的象征分析替代古人的道德寓意说，在译《风》诗本旨方面别开生面。尽管当时就有人指责他过于偏重弗洛伊德的性象征理论……这绝非诗人自创的修辞法，而是当时因袭自古而然的措辞套式。闻一多据此断言《诗经》作品的原始性，但与印第安人或其他原始民族的诗歌相比，《国风》情歌的性象征显然要文明和委婉多了。"

最后，闻一多还发现《诗经》中有很多用动植物来象征性的语词，如鸤鹩、白鹭、野猫和獭等，这些都是吃鱼的鸟兽。

由于鱼在古代先民生活中的重要地位，因此与鱼有关的生物也都被纳入了先民们的视野。闻一多认为《候人》诗中"维鹈在梁，不濡其味，彼其之子，不遂其媾"和《白华》诗中"有鹙在梁，有鹤在林，维彼硕人，

---

① 《闻一多全集》第三卷，第 176 页。
② 《闻一多全集》第三卷，第 5 页。

实劳我心",都是讲"水鸟不入水捕鱼,只闲着站在梁上,譬如男人不来找女人行乐,所以致令她等得心焦。"① 这里是起兴的手法,也暗含象征的意味。这些带有象征意义的语词来源于生活中常见的动物,它们都与原始先民的生活息息相关,全部自然而然地反映在古代典籍中。闻一多指出:"麋鹿离山,蛟龙失水,喻失恋的痛苦。这也是隐语。"② 像这样的例证还有很多。诗篇《采蘩》《采蘋》《草虫》《桑中》《山有扶苏》《白华》等都以草木为隐喻。但不论是用哪一种植物或动物来进行象征,都必然是具有极强生殖力的,这表现出古代人类对性和生殖力的向往与渴望。

闻一多揭示了《诗经》中众多的象征意象,古代先民运用他们生活中随处可见的大自然现象、饮食和动植物等来象征性交,使用的范围极其广泛。而对于古人之所以采用这些象征意象的原因,闻一多认为:"凡是诗人想到那种令人害羞的事体,想讲出来,而又不敢明讲,他就制造一种谜语填进去,让读者自己去猜——换言之,那就是所谓隐喻的表现方法。懂得这种方法,《诗经》里有许多的作品便容易了解了。"③ 正是这样谜一样的语言,才使诗歌格外生动,也更有韵味。由此,闻一多竭力破解古代典籍中的象征意象,还原其本来面貌,真实地再现了古代人类对性的率真态度。

闻一多在《诗经的性欲观》中,一开始就指出清人江永、崔适等"前辈读《诗》,总还免不掉那传统的习气,曲解的地方定然很多,却已经觉得《诗经》云淫是不可讳言的了。现在我们用完全赤裸的眼光来查验《诗经》,结果简直可以说'好色而淫',淫得厉害"④。这可以说是真正还原了原始先民的对性的本真的态度。对于他们来说,"性"就和吃饭、睡觉一样平常,没什么好隐瞒和羞耻的。只是随着时间的流逝,我们用文明的眼光看待《诗经》,很难相信我们的祖先是如此"淫秽",自然而然在解读的过程中予以"文明的"解释,从而使古代典籍长期处于误读状态。

---

① 《闻一多全集》第三卷,第 175 页。
② 《闻一多全集》第五卷,第 438 页。
③ 《闻一多全集》第三卷,第 180 页。
④ 《闻一多全集》第三卷,第 169 页。

第二，象征"只及一点，不及其余"带来的朦胧性和多义性，使象征充满了未知的神秘感，也更有趣味。

闻一多指出："隐语的作用，不仅是消极的解决困难，而且是积极的增加兴趣，困难愈大，活动愈秘密，兴趣愈浓厚，这里便是隐语的，也便是《易》与《诗》的魔力的泉源。"① 这就说明了《诗经》以及文学创作大量运用象征、隐喻手法的深层原因。正因为隐语的妙处在于积极地增加兴趣，所以历代文人学者一向乐此不疲。在创作的过程中，象征也会顺应时代的发展而发生变化。闻一多举例说，《谷风》中的"毋逝我梁，毋发我笱"，通过《说文解字》等古书训"笱"字，认为"捕鱼的笱，实在不是指笱的本身，是隐喻女阴的"。② 甚至推演到后来，认为"恐怕不但笱字可以隐喻女的性部，或许古时便称女的性部为笱，或句"③。最后，闻一多讲到与史事有关的齐诗《敝笱》："敝笱是用坏了的笱。笱坏了，所以鳏鳏那样的大鱼，可以出入自如，和现在骂淫荡的妇人为烂东西一样。"④ 由此可见，"笱"的象征意义在文化的不断发展中，悄悄地发生变化，也越来越神秘。这就加大了我们破译古籍的难度。

闻一多在《说鱼》中谈到了中国古代诗歌"隐"与"喻"手法的区别。他指出："喻训晓，是借另一事物来把本来说不明白的说得明白点；隐训藏，是借另一事物来把本来可以说得明白的说得不明白点。喻与隐是对立的，只因二者的手段都是拐着弯儿，借另一件事物来说明一事物，所以常常被人混淆起来。"⑤ 也就是说，象征最不同于比喻的方式是"藏"，而象征之所以可以隐藏它的意义，正是因为象征的"只及一点，不及其余"所造成的朦胧和多义。在中国文学中，处处可以看到由于象征的朦胧和多义而造成的对相同事物的多种理解和不同角度的阐释。

象征的概念是非常模糊的：竹子可以象征正直向上，也可以象征奸邪小人；桃花可以说人面桃花，也可以说轻薄如桃花。至于"生活"和"幸

---

① 《闻一多全集》第三卷，第 232 页。
② 《闻一多全集》第三卷，第 180 页。
③ 《闻一多全集》第三卷，第 181 页。
④ 《闻一多全集》第三卷，第 182 页。
⑤ 《闻一多全集》第三卷，第 231 页。

福"这样的概念，本身就是模糊的。所以中国的象征笼罩了所有的艺术。例如，读书人的窗棂上，往往装饰冰裂纹，象征着十年的寒窗苦读，才能得到牡丹的富贵。中国的象征符号有一种集体无意识，代代传承，形成固定不变的含义，如花生和红枣的象征意义。现代人如果要举行传统婚礼，一定要在婚床上放上花生与红枣，取"早生贵子"和"多子多孙"这样的吉祥寓意。无论象征的对象和内容是什么，这些理念都是模糊的。例如，古诗词中的"东边日出西边雨，道是无情却有晴"，非常婉转地传达了那种朦朦胧胧、欲说还休的情感。象征中渗透的集体无意识，是人类文化无数次累积和沉淀的结果，是人类思想文化的浓缩。然而，人类文化中最初的富有意味的形式，早已在时间的流逝、岁月的沉积中渐渐弱化，最终变得朦胧和迷茫，让人难以理解。

对于《诗经》中常用的隐喻性的象征意象，闻一多指出："《诗经》里常常用水鸟比男性，鱼比女性，鸟入水捕鱼比两性的结合。"[1] 这在《白华》和《候人》两首诗中都有体现。《诗经》中用水鸟象征男性的说法，已经得到学术界的广泛认同。郭沫若在论述"玄鸟生商"的神话时，认为"这传说是生殖器的象征，鸟直到现在都是（男性）生殖器的别名，卵是睾丸的别名"[2]。现代学者赵国华也在《生殖崇拜论》中阐明，由于鸟头与阴茎头相似，鸟卵的蛋白与精液相似，并且男根与鸟都有"卵"等多种因素，古代先民以鸟纹象征男根。学者刘达临在《中国古代性文化》中指出，很多出土文物上的鸟衔鱼纹样和鸟啄鱼图案，都表现了古代人类把男根和女阴联系在一起，是对性交和生殖相互关系的进一步理解。这些学者的研究，都从不同角度对闻一多的学术研究进行了扩展。

"鱼"的意象则更为丰富。鱼不只象征女性，它还可以象征男性。在讲到《江南》这首诗时，闻一多指出："'莲'谐'怜'声，这也是隐语的一种，这里是鱼喻男，莲喻女，说鱼与莲戏，实等于说男与女戏。"[3] 这样就把男女情爱用鱼与莲戏表现了出来，非常生动活泼而又富有生命的情

---

① 《闻一多全集》第三卷，第 175 页。
② 《郭沫若全集·历史编》第一卷，人民出版社，1980，第 328 ~ 329 页。
③ 《闻一多全集》第三卷，第 235 页。

趣。由于象征的朦胧和多义，象征的对象虽然始终不变，象征的内容却在不断变化。闻一多列举了大量古代诗歌和现存民歌的事例来证实这一点。鱼是"匹偶的隐语"，它可以象征女性情偶，也可以象征男性情偶。闻一多认为，古代的书函往往刻成鱼的形状，是因为"那是象征爱情的"①。可是随着社会的不断发展，这种象征爱情的隐语，又发生了变化："依封建时代的观念，君臣的关系等于夫妻的关系，所以象征两性的隐语，扩大而象征君臣，蜀先帝得到诸葛亮，自称'如鱼得水'便是一例。"② 所以，鱼的象征意义有很多，可以象征爱情、女性、求偶、男性甚至君臣关系。现代学者赵国华通过研究，进一步指明古代人类以鱼进行象征的缘由。他指出："从表象来看，因为鱼的轮廓，更准确地说是双鱼的轮廓，与女阴的轮廓相似；从内涵来说，鱼腹多子，繁殖力强。当时的人类还只知道女阴的生育功能，因此，这两方面的结合，使生活在渔猎社会的先民将鱼作为女性生殖器官的象征。"③ 由此，"鱼"就具备了丰收、人丁兴旺、生命力繁盛的文化意义。

与此类似，"虹"的象征意义也是多义的。闻一多查证了《尔雅》《说文解字》《春秋元命苞》《逸周书》《河图稽耀钩》《易传》《淮南子》《月令章句》《郑笺》等古代典籍对于"虹"的解释。这些解释各不相同，有的说虹象征正当交合，也有的说象征苟合，更有的说"晚虹是女为主动，朝虹是男为主动"④。唯一能肯定的是，"虹是象征性交的"⑤。很显然，象征的朦胧多义性，为我们准确破译古代典籍带来了难度。

第三，各民族之间、古今之间象征的不可通约。象征的朦胧多义，以及时代的发展变化和民族的多样性，这些都加重了象征的神秘性、含蓄性，甚至不可知的特点。由此，导致了象征的隐与显。

隐是曲折的、隐晦的，潜藏在象征物之中的；而显是约定俗成的。显出于隐，过去的隐往往变成现在的显。隐的意义对于当时的人们来说是非

---

① 《闻一多全集》第三卷，第 240 页。
② 《闻一多全集》第三卷，第 239 页。
③ 赵国华：《生殖崇拜文化论略》，《中国社会科学》1988 年第 1 期。
④ 《闻一多全集》第三卷，第 178 页。
⑤ 《闻一多全集》第三卷，第 178 页。

常清晰的，因为他们有着共同的文化背景、民族心理条件。所以对于古代先民来说，"隐"是形式反映内容，清晰可见；对于现代文明人来说，这些意义和内容却由于时空的转变而变得不可知。对于古代人类来说非常清晰和明朗的概念，到了现代人眼中就变得复杂和晦涩。因此，古代很多图形的象征意义，我们至今仍然无法完全明白。

我们对象征内容的认知不是理性的分析性的认知，而是约定俗成的意会认知。佛经中的佛陀拈花，迦叶微笑的故事，就是对所象征的内容的意会认知。意会认知的关键就在于只可意会，不可言传，因此也带有强烈的主观色彩，对象征物所指代的对象没有确定的结论，各个民族都可以对同样的事物有各自不同的理解。即便是同一民族，也会因为时代的不同、个人理解的不同，而对同样的象征物进行不同的解释。古代人类大量运用象征的方式来表情达意，他们善于在生活中的一切方面运用象征的方式进行思维、表达思想，不止表现在文学和艺术方面。

文字的象征意义往往潜藏在文字背后，所以，想要读懂文字的象征意义，一定要了解相关的知识、时代背景、当时人们的普遍信仰等。闻一多认为，读者能够读懂一些很美妙的诗词，是因为"它们的背景，它们的情绪，它们所代表的意义，都和你熟识。譬如，拿采莲和采苤苡比，对于前者，你可以有多少浪漫的联想，美丽的回忆，整部的南朝乐府和无数的唐诗给它做注脚。但是后者，你若没有点古代社会，古代女性的知识，那便是完全陌生，像不认识的字，没猜破的谜，叫你如何欣赏？"[1] 正因为我们对采莲这种行为特别熟悉，对采莲背景知识的丰富性特别了解，所以更容易从诗人描述的采莲进入他们的内心世界，进而理解诗歌的内涵。可是，由于《诗经》时代距离我们实在太过遥远，所以采苤苡的行为，我们无法完全了解它的背景知识，弄清楚它所代表的深层意义。因此，闻一多指出："文字简单，意义不一定简单。甚至愈是简单的文字，力量愈大……所以症结不在简单不简单，只看你懂不懂每个字的意义，那意义是你的新交还是故旧。"[2] 古代汉语中的每一个字，都潜藏着它的独特意义，要看我

---

① 《闻一多全集》第三卷，第 209 页。
② 《闻一多全集》第三卷，第 210 页。

们是否能破译出它的奥秘。黑格尔也指出："熟悉某一象征的约定俗成的观念联想的人们固然凭习惯就能清楚地看出它所表示的意义，对于不熟悉这种习惯的联系或是过去虽熟悉而现在已不熟悉的人们，情况就不如此。"① 仅仅一个"鱼"字，闻一多就挖掘出了它的若干含义，包括原始意义、在历史发展过程中意义的转变、多种象征意义等，并直探本原。因此，闻一多坚持以"诗"的眼光读"诗"，把对"诗"的研究引向更深的层面，这也正是其文化阐释批评的意义所在。

象征在它的感性形象和所表达的意义之间，建立了一种约定俗成的联系，几乎每种东西都有它一定的观念性的符号。黑格尔指出："隐喻是一种完全缩写的显喻，它还没有使意象和意义互相对立起来，只托出意象，意象本身的意义却被钩消掉了，而实际所指的意义却通过意象所出现的上下文关联中使人直接明确地认识出，尽管它并没有明确地表达出来。"② 正因为象征只突出意象，隐藏意象本身的意义，所以这种约定俗成的模式，很容易随着时间和空间的转变而被人遗忘。曾经将婚姻视为人生第一大事，将种族的繁衍作为首要任务的古代先民的时代，已经一去不复返了。"生物的人"转变为"文化的人"，曾经狂热的生殖崇拜也逐渐转化为纯粹的艺术欣赏。所以闻一多指出："文化发展的结果，是婚姻渐渐失去保存种族的社会意义，因此也就渐渐失去蕃殖种族的生物意义，代之而兴的，是个人享乐主义，于是作为配偶象征的词汇，不是鱼而是鸳鸯，蝴蝶和花之类了。"③

在文化的发展过程中，远古时代人们所熟知的模式和象征意义，渐渐为历史的风尘所湮没，从而不为现代人所探察。要想了解历史的真实，我们必须采用文化阐释批评的方法进行还原。这与西方的某些理论主张是类似的。黑格尔认为，很多东西由于象征的不可通约性，只及一点，不及其余，被历史的风尘蒙蔽了，所以主张运用理性的思维解剖神秘的背后的普遍性。正因为如此，中国古代文学中保留的很多象征的寓意和意味，直到今天仍然因为时代的不同而造成古今之间的不可通约。所以要做古典文学

---

① 〔德〕黑格尔：《美学》第二卷，朱光潜译，第 14 页。
② 〔德〕黑格尔：《美学》第二卷，朱光潜译，第 127 页。
③ 《闻一多全集》第三卷，第 249 页。

研究，尤其是字源学和文字学方面的研究，一定要掌握字源学原始的含义。而破解这些原始密码，就需要揭示古代人类的象征性思维方式和古典文学的象征意象。闻一多文化阐释批评的意义就在于此。跟随闻一多的脚步，20 世纪 70 ~ 80 年代，很多学者都借鉴了西方文化人类学的视角，对中国古代典籍进行了大量研究。

象征性思维对原始人类的审美思想和艺术表现产生了重大影响。它促使古代先民用象征、暗示、拟人、比喻等形式表现艺术，大量运用象征的方式来表情达意。它反映了上古文化的隐喻文字系统，也由此揭示了中华民族的文化心理。在那里，隐藏着人类历史上最动人、最辉煌的篇章，回荡着原始生命的呐喊。

中国古代美学范畴中的"隐"与西方美学范畴中的"象征"之间存在一种对应关系。闻一多指出："《易》中的象与《诗》中的兴，上文说过，本是一回事，所以后世批评家也称《诗》中的兴为'兴象'。西洋人所谓意象，象征，都是同类的东西，而用中国术语说来，实在都是隐。"① 所不同的是，黑格尔从理性的角度谈象征，西方的象征重在主客二分，人与物、主与客是对立的关系；东方民族从同情观的角度谈象征，讲求万物与人同一、同情、互相转化，然后逐步走向明喻或不可知和不可通约。随着理性的发展，研究者不断破解古代社会神秘的象征，象征逐渐消退，含蓄性减少。

闻一多借鉴了西方文化人类学的研究方式，对充满象征意味的古代艺术作品进行理性破译，使象征逐渐明朗化，由隐而显，变象征为比喻。他主张用理性的思维解剖神秘的背后，从非理性到理性，从隐性到显性，探寻古代人类的"集体无意识"，发掘早期人类生活的普遍性。闻一多融合了训诂学、民俗学的知识，用理性的思维还原中国古代典籍；从理性角度对《诗经》《楚辞》，以及中国古代的神话传说进行非理性的破译。唯其如此，我们才能回到古代人类的生存状态中，窥见中国上古文化的丰富内涵，尽可能地还原当时的生活场景，对古代社会进行新的诠释。

---

① 《闻一多全集》第三卷，第232页。

第三章

闻一多论原始巫术的情感性特征

第一节　原始巫术的主要特点和遵循的法则

通过大量的田野考察，文化人类学者发现了古代人类独特的思维方式和心理基础。除了原始思维的象征性之外，情感性也是其中最突出的特征之一。原始思维是伴随着强烈情感活动的思维形式，是以情感倾向为思维和行为动力的。闻一多在研究古代典籍时，从文字的训诂和考据入手，不仅发现了隐藏在字面意义之后的语词的象征意蕴，还揭示出了古代中华民族原始思维的情感性特征。

原始思维的情感性特征可以从古代的巫术活动中找到典型表现。巫术活动是原始宗教的重要表现手法。宗教的本质是对外界进行虚幻的猜测、想象和变形，巫术的动机和行为都建立在愿望和假设之上，而猜测和想象的核心是激情和欲望。列维－布留尔认为："对我们来说是知觉的东西，对他来说则首先是和主要是与神灵、与灵魂的交往，与那些从各方面包围着他、决定着他的命运和在他的意识中占着比他的表象的经常可见和可触的因素大得多的地位的不可见和不可触的神秘力量的交往。"[①] 也就是说，在古代人类的世界中，不仅存在我们眼中所看到的一切，还存在那些我们

---

① 〔法〕列维－布留尔：《原始思维》，丁由译，商务印书馆，1981，第52页。

看不到、他们却能感觉得到的充斥整个自然界的神灵和灵魂。对他们来说，物质世界中存在的一切，以及整个自然界的运作方式，都是由那些神灵和灵魂决定的。那些看不见却能感受到的力量，在古代人类的物质世界中起到支配和决定作用。

巫术活动影响着古代先民生产和生活的方方面面。它有三个主要特点。

第一，它通常是通过特定的仪式，利用或操纵某种超人的神秘力量去影响人类生活或自然物，以达到某种直接的功利目的，实现某种预期的愿望。

第二，巫术活动中常常以人造实体来迷惑人心，掀动人的情感，使人们产生以假当真的错觉，也就是说，把模仿的实体认作真正的实体；把模拟或虚构的情境看成现实的真实情境；把虚拟物当成真实物看待，并以它们来表现情感。所以，古代先民在行为活动时的激情状态，就是巫术活动的典型表征。

第三，写真和象征是巫术活动必然追求的目标。巫术活动中追求写真，是因为古代人类相信对事物的精细模仿所产生的神秘力量。在他们看来，模仿的事物越接近事物的真实状态，越能代表真实事物本身，也就越能达到巫术的效果。在巫术活动中，原始初民的情感性特征贯穿始终，古代人类的激情和欲望都渗透在其中。李泽厚指出，原始宗教的各种行为都是"一种狂热的活动过程"①，那些狂热的巫术礼仪活动"浓缩着、积淀着原始人们强烈的情感、思想、信仰和期望"②。

巫术活动是表象与情感的叠加，而情感则是巫术活动中最核心、最激动人心的力量。之所以说情感性渗透在巫术活动中，是因为巫术活动的思维基础是"万物有灵观"和"互渗律"。

首先，原始思维的心理基础是"万物有灵观"。这是由英国文化人类学家爱德华·泰勒所揭示和论证的。

爱德华·泰勒依据大量的考古学材料和 19 世纪田野考察的成果，确立了"万物有灵观"在古代人类思维方式和生活实践中的重要作用；论证了

---

① 《李泽厚十年集》第一卷，安徽文艺出版社，1994，第 17 页。
② 《李泽厚十年集》第一卷，第 18 页。

"万物有灵观"是原始自然宗教的核心观念，是原始思维的最根本特性。古代先民认为，世界万物都有各自的生命，"对于进入他们视野的全部宇宙以及其中各个部分，他们都赋予生命，使之成为一种有生命的实体存在"①。在万物有灵观的支配下，古代人类深信各种形式的生命在本质上是一体的，是相互渗透、相互感应、彼此沟通的，甚至可以相互转换。万物之间是同情感、同感觉体验、同构造，即它们是"同情同构"的"生命一体化"的存在：人就是物，物就是人，古代先民和外在的自然事物紧密地融合在一起，人类和大自然的关系亲密而友好。这就是原始的"物我同一"的"万物同情观"。这也就是列维-布留尔所谓的"互渗律"和恩斯特·卡西尔所谓的"生命一体化"观念。

其次，由于生命一体化，古代人类认为任何事物之间都存在某些看不见的神秘力量或其他什么因素的联系。

法国人类学家列维-布留尔指出："土人们在确定事物和现象之间的因果依存性时，都完全无视于它们的实在联系。在事物和现象之间确定互渗，亦即确定神秘属性的共性……"② 任何事物的发生都是神秘力量作用的结果。如果是肚子疼，古代先民绝对不会考虑是否吃错了东西，而是会想到是否有人施加了巫术。在他们看来，那些神秘力量彼此作用，相互感染，互相促进或互相制约。同样，人同外界自然事物之间也存在这样的联系。

巫术活动就是人类在这种虚构性想象之下，力图通过人的主观意念，或以某种神秘方式获得的超常力量去作用、影响、支配、控制外在事物。列维-布留尔认为："以物力说的观点看来，存在物和现象的出现，这个或那个事件的发生，也是在一定的什么性质的条件下由一个存在物或客体传给另一个的神秘作用的结果。它们取决于被原始人以最多种多样的形式来想象的'互渗'：如接触、转移、感应、远距离作用，等等。"③ 在古代人类眼中，正是这些"互渗"，导致了生活中千奇百怪的各类现象。

---

① 〔意〕维柯：《新科学》，朱光潜译，第 164 页。
② 〔法〕列维-布留尔：《原始思维》，丁由译，第 460 页。
③ 〔法〕列维-布留尔：《原始思维》，丁由译，第 70~71 页。

　　苏格兰人类学家詹·乔·弗雷泽，对原始时代的巫术、祭祀、宗教等问题进行了大量的调查研究。他指出，巫术是原始人类企图直接控制自然力的行为。由于理性思维不发达，古代先民对大自然的控制完全表现在他们的巫术信仰之中。詹·乔·弗雷泽认为巫术产生于古代先民的因果观念，为了说明这一点，他在《金枝》中谈到了古代人类创造的狩猎巫术所遵循的"交感巫术"的"相似律"与"接触律"。

　　根据相似律，通过模仿动物的行为习惯或模拟即将发生的捕猎场景，可以达到巫术的效果，将模仿的行为变成真实发生的事实，这就是模仿巫术。古代人类在模仿巫术过程中的各种行为，服务于特定的功利性的巫术目的，是一种达到目的所必须使用的常规手段。根据接触律，可以通过与某人接触过的任何物品对拥有物品的那个人施加影响，由此产生交感巫术。"两者都认为物体通过某种神秘的交感可以远距离地相互作用，通过一种我们看不见的'以太'把一物体的推动力转向另一物体。"① 所以古代先民经常用图画、偶像、假面和模仿性舞蹈来实行他们的交感巫术。例如，祭礼中的歌舞都是用来保证巫术成功的必备手段。在北方岩画中，有关狩猎的题材占很大比重。狩猎者往往还戴上面具，由此获得神力，并能保佑人们取得猎物丰收，先民们也借此获得生产、生活的信心和希望。詹·乔·弗雷泽指出，古代先民想通过巫术的力量控制自然力，所以各个原始部族的风俗、仪式、信仰都起源于交感巫术。这也导致了古代人类在讲故事、唱歌、跳舞、绘画、雕刻方面的能力远远超过了他们对周围世界的理性认知能力。

　　古代人类的巫术活动主要遵循两条法则。

　　其一，类似法则，即认为相似的东西可以产生类似的事物及效力。

　　如果要达到某种目的，只要模仿真实的事物，或者使用此物的象征物，就可以得到实效性的结果。例如，诅咒仇敌用的偶人。《红楼梦》中赵姨娘请女巫作法，以模拟纸人象征王熙凤和贾宝玉，借以加害他们。现代人对他人的照片、画像加以泄愤和污辱，也是这种模仿巫术心理的历史

---

① 〔英〕詹·乔·弗雷泽：《金枝》，徐育新、汪培基、张泽石译，中国民间文艺出版社，1987，第21页。

延伸。

其二，接触法则，即相信接触到的东西相互感染。

如果先民们要对某人某物施加预期的作用，就对他接触过的部分或全体东西施加法术。古代先民大都习惯于把画像、雕刻或塑像当成被表现事物的本身。在詹·乔·弗雷泽所描述的"感应巫术"里，古代先民只要掌握了这个人的头发或甲屑、唾液、肖像等，就能控制这个人。双方作战，如果得到对方身体的某一部分，便可以通过巫术的力量将其置于死地。我国彝族的"埋魂"巫术就是将仇敌的头发或衣物等埋葬，可以置仇敌于死地。反之，也可以使亲人永生。中国人常用的"衣冠冢"也是这种巫术的遗留。

第二节　闻一多论古代先民的巫术心理

根据巫术活动中的类似法则和接触法则，闻一多还原了姜嫄履迹而孕的故事，发掘了《诗经》中"芣苢"的象征意义，并揭示了其中蕴含的古代先民的巫术心理。

第一，闻一多根据巫术活动中的类似法则，对《先民》中记叙的后稷之母姜嫄"履迹而孕"的故事，给予了透彻的解说和还原。

后稷是周民族的祖先和农业之神。对于那些在上古时代做出了重要贡献的英雄人物，古代人类往往会给他们附加上自己认为英雄所应该有的奇特出身。后稷的母亲踩上巨人的脚印，然后就奇迹般地怀上了这个周民族的祖先。从现在的科学观点来看，这是绝对不可能发生的事情。那么，真实的状况到底是怎样的呢？闻一多由《诗经·大雅·生民》中周初人传其先祖感生的故事说起，他怀疑姜嫄履迹其实是一种象征性的舞蹈。"履迹乃祭祀仪式之一部分，疑即一种象征的舞蹈。所谓'帝'实即代表上帝之神尸。神尸舞于前，姜源尾随其后，践神尸之迹而舞，其事可乐。……盖舞毕而相携止息于幽闲之处，因而有孕也。"[①] 按闻一多的说法，姜嫄怀孕

---

① 《闻一多全集》第三卷，第50页。

这样的事情应该是发生在祭祀仪式中。用现代人的眼光看，祭祀仪式是庄严而神圣的，男女的生殖性行为是猥亵而淫秽的，在如此庄重的场所发生如此猥亵的事情，实在是不可思议。

但是，从原始思维的角度看，自然界的万事万物都是互相联系、互相感应、互相渗透的。根据"互渗律"和交感巫术的原理，事物之间彼此作用、互相感染，古代先民在田野中野合的生殖力对于他们期盼丰收的农作物的生长同样具有繁衍的效力。因此，在万物生长的季节，在田野里发生性行为，可以通过交感巫术唤醒沉睡的庄稼，让它们迅速生长。古代先民的生活条件恶劣，不论是植物的生长，还是动物的繁衍，都与人类自身的生存状况和繁衍需求密切相关。所以，古代先民特别关注他们赖以生存的动植物的生长情况，尤其是在万物复苏的春季，则更是如此。他们很早就认识到春季对于草木萌生的作用和春耕在一年之中的重要性，因此往往选择春耕时节举行大型的有利于万物生长的巫术仪式。"姜嫄履迹而孕"的故事就发生在古代人类季节性的祭祀活动中。法国文化人类学家葛兰言认为，对于姜嫄履迹有子的事情，"一般的看法是，这种奇迹是在高禖和南郊的节庆中发生的"①。他认为高禖是求子之神，对于高禖和南郊的节庆，他解释说："中国的神灵经常是古代官吏的神化。古代曾设'媒氏'一职。据《周礼》所载，媒氏的职责是在仲春之月（春分之月）聚会男女。他的职务从婚姻制度确立伊始就已经有了，他负责在婚礼中执行某些袚除仪式。……这位身份模糊的神灵是在仲春之月举行飨宴，而不是与某些结婚净化仪礼有关，而且，人们到郊外远游的目的是向他求子。"② 这就肯定了姜嫄履迹而孕的事件发生在充满着勃勃生机的春季。

闻一多举《论衡·吉验篇》《释文》《史记·封禅书》《公羊传》《续汉书》中的相应文字进行考据，推究姜嫄履迹的行为即"履帝迹于畎亩中，盖即象征畯田之舞，帝（神尸）导于前，姜嫄从后，相与践踏于畎亩

---

① 〔法〕葛兰言（Marcel Granet）:《中国古代的节庆与歌谣》，赵丙祥、张宏明译，广西师范大学出版社，2005，第144页。
② 〔法〕葛兰言（Marcel Granet）:《中国古代的节庆与歌谣》，赵丙祥、张宏明译，第143页。

之中，以象耕田也。"① 这是古代生殖崇拜、祈祷丰产的巫术仪式的典型表现。人们相信人类自身的繁衍和所种植田地的丰收是相关联的，这种生殖力的相似性可以产生类似的效果，也就是说，如果在田地里进行人类的生殖性行为，也同样会影响庄稼的丰收。这就是巫术活动中的类似法则起作用的结果。现代学者郭淑云认为："祭后野合之俗的出现和延续正是先民们崇尚生命、崇尚生殖观念的反映。古今中外不乏此类事例。中国的上巳节即是由远古定期举行的生殖崇拜仪式演变而来，其间允许男女自由交合。在外域近代民族调查中也有类似习俗沿袭下来：以前越南农村阴历三月初八举行礼会……老百姓拿着事先用泥塑成的女娲生殖器模型游村。然后，把女阴模型拿到女娲庙磨成粉，每人拿一点撒到自己的田里，以保证来年丰收。游行后，大伙住在山洞里，未婚的男女可以自由交媾。这里，崇拜生殖器象征物和男女交媾及土地增收紧密相关，在祈求人口增加的同时，又赋予了产食的意蕴，使生殖崇拜文化的内涵更加丰富。"②

　　这种思维方式一直存在于古代先民的生产和生活方式中。《易·系辞下》指出："天地氤氲，万物化醇；男女构精，万物化生。"《易·象·归妹》中说："归妹，天地之大义也，天地不交而万物不兴。"这表明，人类早期的阴阳调和的观念，不论是天地、男女，还是自然界中的动植物，都是阴阳调和的产物。所以，人类性行为所产生的阴阳调和的结果，可以直接影响庄稼生长中的阴阳调和，促使谷物丰收。

　　随着人类文明的不断发展，后世的人类认为直接将性行为宣之于口，是十分羞耻的行为。正如《圣经》中人类始祖亚当和夏娃最初是裸体的，吃了智慧果后懂得了羞耻之心，找树叶来遮蔽自己。因此，在对祖先的崇拜中，后人用文明人的眼光，将履迹而孕的行为加以更改。闻一多指出："当时实情，只是耕时与人野合而有身，后人讳言野合，则曰履人之迹，更欲神异其事，乃曰履帝耳。"③ 闻一多的文化阐释，使从前带有神秘色彩的姜嫄"履迹而孕"的神话，还原到了历史的真实场景中。显然，"姜嫄

---

① 《闻一多全集》第三卷，第52页。
② 郭淑云：《原始活态文化——萨满教透视》，上海人民出版社，2001，第373页。
③ 《闻一多全集》第三卷，第53页。

履大人迹"是促进丰产仪式中的重要部分，在这种仪式中反映出古代先民的生殖崇拜观念。古代先民会举行各种形式的祭祀活动，来保证风调雨顺、五谷丰登和人丁兴旺。

古代典籍中履迹而孕的神话，除了后稷，还有伏羲。

闻一多指出："复考旧传古帝王感生之事，由于履迹者，后稷而外，惟有伏羲。"① 这在古籍中确有记载。《路史·太昊纪》中云："伏羲母华胥居于华胥之渚，尝暨叔嬉翔于渚之汾，巨迹出焉。华胥决履以铨之，意有所动，因生伏羲。"现代学者王大有用现代语言将其通俗化，"华胥氏很能干，她年轻时就和他的祖叔嬉，领着她的部属，逐水草而居，游牧到水草丰茂的雷泽——现在的甘肃西和县成县一带。在这里结识了雷泽氏酋长。华胥氏在水草丰茂的雷泽畔踏着这个男子汉的大脚印，春情发动，心有所感，向浓密的草丛走去，云雨交和，从此就怀孕了"② 伏羲和后稷均为母亲履迹而孕的事实是一致的，都属于古代先民的巫术活动，具有独特的象征意义。

闻一多指出："伏羲履迹而生，后稷亦履迹而生，事为同例。"③ 与闻一多的文化阐释相比，后来的学者尹荣方的推论则更加大胆。他认为："履帝迹生稷其实是顺履天时而生稷的意思了，也就是说，周的先民是在顺履天时，即掌握了播种、耕耘、收获的农业生产的时间节律之后，才在'姜原'（姜水平原）这块土地上生产出'稷'这种粮食作物。我以为，稷、姜原不必有其人，它们原是一种粮食作物与周人赖以生存、发展的居住地的人格化而已，周人尊供养蕃衍他们的姜水平原（姜原）为始祖之母，这与不少民族尊大地为'地母'如出一辙。"④ 正因为古代典籍中关于"履迹而孕"的记载太过神秘，而可供考证的史料又太过稀缺，所以学者们根据各自的考据大胆猜想、小心求证。然而，事实已然遥远，我们无法真正回到当初的具体情形中去探察真实的历史，只能尽可能多地考证和比

---

① 《闻一多全集》第三卷，第 55 页。
② 王大有：《三皇五帝时代》（上、下），中国时代经济出版社，2005，第 96 页。
③ 《闻一多全集》第三卷，第 55 页。
④ 尹荣方：《神话求原》，上海古籍出版社，2003，第 28 页。

对史料，以期最大限度地接近历史的真实。

很多神话传说在流传的过程中，因为语言的表达、记录的方式，出现了人为的附会现象，或干脆是误传。在有意和无意的夸大、变形之中，这些神话传说与它们原本的模样已经相去甚远，给我们的还原工作带来了困难。由于口头流传的非精确性以及流传者的主观意识，这种显而易见的事实在流传过程中发生曲解，神话传说发生变异，从而导致了与之紧密相随的祭祀仪式的变异。张岩指出："千百年来，人们敬神、事神；与此同时，却把神一个个变成了无从辨识其本来面目的'混沌'。在人们对神的千古不易的笃诚崇拜的背后，却是以崇拜者们的主观意志为转移的、对神的一次次亵渎与蹂躏。"① 在岁月的风尘中，姜嫄履迹而孕这件事本身，已与历史事实相距甚远。但不论是对履迹神话做出怎样的还原，有一点是始终不变的：上古的神话传说反映了古代先民看待世界的角度，表达了他们对生命的热爱与尊崇。

履迹而孕神话所涉及的巫术仪式，在古代典籍中还有很多。

例如，《小雅·甫田》中载有古代先民"御田祖"的祭祀仪式。简单来说，就是在田地播种的时节，以男女交合为祭，以期唤醒土地，促使雨水充沛、谷物丰收和人口繁盛。从原始思维的角度看，特殊时节的男女交合有助于庄稼的种植和收获。不仅如此，原始祭祀仪式还离不开原始舞蹈，古代先民会在舞蹈中模拟庄稼生长的情景，以便唤醒土地。科林伍德在《艺术原理》中说："他错误地相信他的舞蹈会在庄稼中鼓舞起一种竞相争高的精神，并且诱使庄稼长得像他跳得一样高，于是，他就在靠近庄稼的地方跳舞。"② 这就是原始巫术中类似法则的具体表现。朱狄也认为："在原始的农耕中，舞蹈被用来作为鼓舞农作物生长的一种巫术手段，这种情况曾经在许多原始民族中存在。……在他们看来，农作物的生长和收获同样也依赖着，甚至更多地依赖着正确的舞蹈，亦即正确履行巫术和宗教仪式，而不是适时合宜地照料土地。"③

---

① 张岩：《图腾制与原始文明》，上海文艺出版社，1995，第 26 页。
② 转引朱狄《艺术的起源》，武汉大学出版社，2007，第 188 页。
③ 朱狄：《艺术的起源》，第 188 页。

由于原始巫术心理，初民们在祭祀土地时，往往会放置女性使用过的器物和经血等，因为他们相信女性的强大生殖力量可以影响土地的生产力。女性的分娩往往也在田野中进行，因为古代先民认为分娩的成功同样可以促使五谷丰收。所以，他们在收割谷物的时候，也会选取已经成功生育过子女的妇女进行，相信只有这样才能保证土地丰产。古代人类的巫术心理和行为在现代人看来，十分荒谬和不可思议，但先民们就是凭借着这些巫术信仰，才在艰难的物质环境中生存下来，并逐渐发展壮大，超越了"野蛮阶段"，从"生物的人"转化成"文化的人"。

第二，闻一多根据巫术活动中的类似法则和接触法则，揭示了古代人类"采苤苢"的象征意蕴。

首先，采苤苢的行为符合巫术活动中的类似法则。

在讲解《周南·苤苢》这首诗时，闻一多指出："疑难是属于文字的呢，还是文艺鉴赏的？但这两层也有着连锁的关系。……这里凡是稍有疑义的字，我都不放松，都要充分的给你剖析。"① 中国文字向来就不简单，只要认真挖掘，总会发现其中深藏的奥秘，所以闻一多说，"苤苢是一种植物，也是一种品性，一个 allegory"②。这里苤苢就不单单是一种植物那么简单，采苤苢的行为必然代表了古代人类的某种观念。闻一多指出："我个人却认为《苤苢》之所以有讨论的必要，乃是因为字句纵然都看懂了，你还是不明白那首诗的好处在那里。换言之，除了一种机械式的节奏之外，你并寻不出《苤苢》的'诗'在那里——你只听见鼓板响，听不见歌声。"③ 在现代人眼中，采苤苢或许只是古代人类的一种日常劳动，没什么特别之处。但如果真的只停留在字面意思，那么，我们就无法得知采苤苢的行为所反映出的古代先民的心理状态，就永远无法探知其中深层的文化意蕴。

闻一多认为："古籍中凡提到苤苢，都说它有'宜子'的功能，那便

---

① 《闻一多全集》第三卷，第202页。
② 《闻一多全集》第三卷，第204页。
③ 《闻一多全集》第三卷，第202页。

是因禹母吞薏苡而孕禹的故事产生的一种观念。"① 为什么一定是吞薏苡而孕禹呢？带着这样的疑问，闻一多用古声韵学的知识对字义加以分析，发现"薏苡"的古音居然是"胚胎"。他指出："'薏苡'与'胚胎'古音既不分，证以'声同义亦同'的原则，便知道'薏苡'的本意就是'胚胎'。"② 接着，闻一多在《诗经通义》中补充说："故古人根据类似律（声音类近）之魔术观念，以为食薏苡即能受胎而生子。"③ 这里闻一多所说的"魔术观念"，就是指的巫术活动中的类似法则。根据詹·乔·弗雷泽《金枝》中的交感巫术原理，张紫晨进一步将原始巫术解释为，"通过某些事物之间的相似，包括形体、内涵及名称声音的相似，追求其中的象征意义。从这种象征的相似律产生某种追求，或进行某种行动"④。薏苡既然是胚胎，那么吃了薏苡，对古代人类来说，就等同于在肚子里装下了胚胎，就可以顺利生产了。这里，薏苡就象征着胚胎，通过对薏苡字音的考证，闻一多很自然地揭示出古代先民的巫术心理。

其次，采薏苡的行为符合巫术活动中的接触法则。

根据交感巫术原理，一种事物的性能和功用，可以通过接触传染给其他事物。跟随闻一多的脚步，现代学者宋书功进一步考证薏苡究竟属于何种植物。他在研究中发现，薏苡其实就是车前子，"大叶长穗，叶子布于地面如汤匙形，状如女阴"，"每棵的叶中间生长出四五个不等的长穗，花甚细，青色微赤，结子甚多"⑤，也就是说，薏苡除了发音与胚胎相近之外，它本身就是一种生殖力旺盛的草，而且形状还与女性的生殖器官相似。很显然，古代先民利用薏苡所代表的多子多产的意义来进行象征。

闻一多指出："薏苡的故事，已经讲过了，很简单。它的意义，惟其意义总是没有固定轮廓的，便不能那样容易捉摸了。"⑥ 采薏苡是古代先民生活中的一个重要组成部分，因为"薏苡既是生命的仁子，那么采薏苡的

① 《闻一多全集》第三卷，第204页。
② 《闻一多全集》第三卷，第204页。
③ 《闻一多全集》第三卷，第308页。
④ 张紫晨：《中国巫术》，上海三联书店1990，第72页。
⑤ 宋书功：《诗经情诗正解》，海南出版社、三环出版社，2007，第13页。
⑥ 《闻一多全集》第三卷，第205页。

习俗，便是性本能的演出，而《芣苢》这首诗便是那种本能的呐喊了。但这是何等的神秘！"① 古代先民将生命的传递与延续看作头等大事，芣苢所代表的生命意义让他们羡慕不已。为了将芣苢的生殖力转移到人的身上，《诗经》时代的女性试图通过采芣苢的行为，通过原始巫术中的接触法则，感染到芣苢旺盛的生命力。

原始巫术活动通过人的行为、活动以及物质形象，寄托人类的愿望和企求，具有明确而突出的功利目的。原始巫术还有多种存在形式，例如，原始岩画就是古代人类情感倾向和直接功利目的的外化或显现，是他们为了实现集体生存这一目的，冒着生命危险在悬崖绝壁上进行创作的结果。采芣苢也是原始巫术的一种。对于古代先民来说，生存和繁衍高于一切。不论是采芣苢还是创作岩画，那些巫术活动都是为了达到古代人类生存繁衍的直接功利性目的。先民们通过芣苢的外形特征、发音特点，以及采芣苢的行为活动，寄托他们希望多子多孙的愿望和企求。闻一多指出，从社会学的观点看，"宗法社会里是没有'个人'的，一个人的存在是为他的种族而存在的。一个女人是在为种族传递并蕃衍生机的功能上而存在的。如果她不能证实这功能，就得被她的侪类贱视，被她的男人诅咒以致驱逐，而尤其令人胆颤的是据说还得遭神——祖宗的谴责"②。这种说法与现代文化人类学的观点相一致。

在遥远的古代，人们缺乏个体意识，更多的是一种集体无意识。在集体无意识的支配下，任何人的存在都是为了整个部族的生存与发展。如果有人妨碍部族的生存与繁衍，就会遭到驱逐。那时的人类已经认识到女性在整个生殖过程中起到的作用，所以以生殖能力的强弱来确定妇女的重要地位。列维-布留尔举例说："在巴干达人那里，'不孕的妻子通常都被撵走，因为她妨碍自己丈夫的果园挂果……相反的，多产妇女的果园产果必定丰饶'。丈夫把不孕的妻子撵走，只是为了抵抗讨厌的互渗。……在日本，'树木的嫁接应当只由年轻人来作，因为嫁接的树木特别需要生命

---

① 《闻一多全集》第三卷，第205页。
② 《闻一多全集》第三卷，第205页。

力'."① 对于古代先民来说，世间的万事万物都是互相渗透、互相影响的。人的生命力、庄稼的生命力和果树的生命力都是相通的，互相起作用。正因为古代人类相信事物之间的互渗关系，他们才格外重视采苤苢的行为，希望能通过对苤苢的采摘，获取苤苢旺盛的生命力。因此，闻一多指出："你若想象得到一个妇人在做妻以后，做母以前的憧憬与恐怖，你便明白这采苤苢的风俗所含的意义是何等严重与神圣。"②

闻一多通过对苤苢的训诂考据，揭示出其中的象征意蕴，发掘出其中潜藏的原始巫术心理。原始巫术与古代先民的生殖崇拜，即与人类的生产、繁衍密切相关。在那样的情境下，人们创造了很多祈祷多子、祈祷丰收、祈祷风调雨顺的巫术。闻一多指出，采摘苤苢的行为"是一种较洁白的，闪着灵光的母性的欲望，与性欲不同"③。"知道了苤苢是种什么植物，知道它有过什么功用，那功用又是怎样来的，还知道那功用所反映的一种如何真实的、严肃的意义——有了这种知识，你这才算真懂了《苤苢》，你现在也有了充分的资格读这首诗了。"④ 闻一多超越了那个远古的时代和意识，客观地认识古代先民的生活情状，听到了他们对生命的呐喊，感受到了古代人类火一般的激情。闻一多感叹道："'采采苤苢，薄言采之'，是何等惊心动魄的原始女性的呼声，如果你真懂了原始女性。"⑤ 闻一多的这种解说，就深刻地进入文化学的层面了。它表明了上古先民对生命的渴望，体现了他们生命意志的奔涌和躁动，也体现了他们在精神层面上对大自然的抗争。

在巫术思维的影响下，《诗经》时代的草木、鸟兽、虫鱼就不仅仅具有生物学上的功能，更具有社会学、文化学的意义了。这些生活中常见的动植物，都被赋予了独特的象征意义。闻一多指出："结子的欲望，在原始女性，是强烈得非常，强到恐怕不是我们能想象的程度。……例如《螽斯》《桃夭》《椒聊》不都是这样欲望的暴露吗？这篇《苤苢》不尤其是

---

① 〔法〕列维–布留尔：《原始思维》，丁由译，第290页。
② 《闻一多全集》第三卷，第206页。
③ 《闻一多全集》第三卷，第206页。
④ 《闻一多全集》第三卷，第206页。
⑤ 《闻一多全集》第三卷，第210页。

母性本能的最赤裸最响亮的呼声吗？"① 古代先民眼中大自然中的一切，都围绕着同样的理想，表达着对生殖的渴望，所以闻一多指出："《芣苢》诗中所表现的意识也是极原始的，不，或许是生理上盲目的冲动。"② 这就将读者带回到那个时代的生活本身了。同样，闻一多在解释《椒聊》一诗时，也揭示了古代女性采摘"花椒"的活动中的象征意蕴，同样是满怀着热情而强烈的生殖愿望。《诗经》中美丽动人的诗篇比比皆是，闻一多并没有停留在文学欣赏的层面，而是从民俗学的角度，深入发掘文学形象中潜藏的文化含义和功能。葛兰言指出："这些诗歌是古代习俗的一面镜子，由于它们被当作经典树立起来，它们因此服务于传布那些由其注释者制定的生活准则，并因此保证人们会遵从社会习惯。象征主义的解释虽然曲解了这些诗歌，但象征主义为何具有如此大的力量？这种力量恰恰起源于诗歌最初具有的神圣性质。"③ 同时，注重自身生命的生产和物质的生产这两个方面，共同构成了古代人类生活的统一性。因此，闻一多在他的文化阐释批评中极力展现古代先民强烈的生命意识，还原当时原生态的生活。郭沫若也在《卷耳集·屈原赋今译》中指出："我们的民族，原来是极自由极优美的民族。可惜束缚在几千年来礼教的桎梏之下，简直成了一头死象的木乃伊了。可怜！可怜！可怜我们最古的优美的平民文学，也早变成了化石。我要向这化石中吹嘘些生命进去，我想把木乃伊的死象苏活转来。"

第三节　原始巫术活动的典型表征：
原始舞蹈的激情状态

　　古代先民巫术活动的典型表征，就是原始舞蹈的激情状态。由于远古时代的生产力极其低下，人类的各种生产活动都会受到大自然的严密控制，他们无法在物质层面上控制大自然的行为，因而古代先民只有在精神

---

① 《闻一多全集》第三卷，第 205 页。
② 《闻一多全集》第三卷，第 205 页。
③ 〔法〕葛兰言（Marcel Granet）：《中国古代的节庆与歌谣》，赵丙祥、张宏明译，第 134 ~ 135 页。

上获取对大自然的控制权，以便寻求一种安全和保障。所以，对古代人类来说，他们的巫术心理支配着他们的各种行为活动，在原始艺术中处处渗透着原始思维对世界的看法和态度。

原始舞蹈是原始艺术中最重要的组成部分，它不是一种完全独立的艺术审美活动，而是浸润了古代先民的思维方式、行为习惯和情感表达，反映了先民们的喜怒哀乐，充满了炽烈的迷狂的原始情感。朱狄指出："最早的舞蹈形式是个体的心醉神迷的舞蹈和集体的巫术和模仿的舞蹈。"①

原始舞蹈带有强烈的情感性，洋溢着古代先民的期盼、幻想、热切和虔诚，那种大规模的、集体的、有规律的动作都能给人带来强烈的震撼。参加舞蹈的所有人都全身心地投入他们所扮演的角色中，甚至进入一种迷狂的幻觉状态，想象自己真正成了所扮演的角色，物我两忘，与大自然浑然一体。原始舞蹈常常以让现代人惊叹的方式出现。很多文化人类学家都在田野考察中发现，那些平常看起来老态龙钟的巫师，一旦进入了舞蹈状态，都会变得异常亢奋，与平时判若两人。

在原始舞蹈中，人们充满了对宗教的虔诚、对神祇的敬畏，又怀着一种对未来生活的向往和期盼。人们的迷惘、欢乐、焦灼等情感融入舞蹈的过程中，使原始舞蹈笼罩了一层神秘而朦胧的色彩。在原始舞蹈中，人们更注重舞蹈的氛围和情感状态，舞蹈者是带着一种实用功利性的对宗教的虔诚态度，极认真地投入舞蹈，去领悟和体验原始舞蹈所带来的激扬和最高的生命情调。

原始舞蹈的激情状态是原始巫术活动的典型表征，这反映在以下三个方面。

第一，原始舞蹈反映了原始巫术所追求的写真与象征的意义。

闻一多在《说舞》中提到了非洲布须曼人的摩科马舞，"舞者跳到十分疲劳，浑身淌着大汗，口里还发出千万种叫声，身体做着各种困难的动作，以至一个一个的，跌倒在地上，浴在源源而出的鼻血泊中。因此他们便叫这种舞作摩科马，意即血的舞"②。很明显，舞蹈本身有一定的节奏，

---

① 朱狄：《艺术的起源》，第 134 页。
② 《闻一多全集》第二卷，第 211 页。

舞蹈者完成了一系列的身体动作，这些动作姿态都是固定的，蕴含着原始巫术意义。只有在模拟舞蹈的过程中装得真切、逼真，才能真正做到以假乱真，才能具有巫术的作用。列维-布留尔指出："'这种或那种家庭用具、弓、箭、棍棒以及其他任何武器的'能力'都是与它们形状的每一细部联系着的：所以，这些细部仿制起来总是与原来的毫厘不爽。此外，物品的形状不但赋予它们以'能力'，而且还限制这些能力的性质和大小。'"① 正因为如此，古代先民对于最微小的细节也会给予注意，而这些模仿所起到的写真效果，最终也是为了达到象征的目的。

原始舞蹈的服饰、神器、姿态与动作都是具有象征意义的符号，是古代先民信仰和观念的反映，并非简单的对自然的模仿。巫术活动所利用的形象，就是凝聚着激情的意象，对于参与巫术的人来说，就是"有意味的形式"，就是令人赏心悦目的美的形象。这种意象不同于普通形象，它不是现实的、真实的形象，而是加以组装、整合、扭曲、变形的形象。这是为了达成主观愿望而将现实对象加以夸大、变形。这是由原始思维的神秘性决定的。原始舞蹈的象征意蕴将古代先民对大自然的思考符号化，不仅有它本身的意义，还有隐喻的意义。

这些具有巫术性质的舞蹈，与古代人类的狩猎生活紧密相连。在先民的生活中，采集、捕鱼和狩猎是重要组成部分。遥远的古代，舞蹈源于祭祀性的活动，具有特定的象征意义。例如，满族最具代表性的舞蹈"莽式"，整个舞蹈的九折十八式，涉及生活和劳动中的各种常见姿势，如打鱼姿势、织网姿势、欢庆姿势、打猎姿势等，表现出"氏族部落人搏击生涯的特征，以及粗犷悍勇的民族性格"② 。这些舞蹈都被赋予了特有的形式和意义，具有"现代活态文化"之称的萨满跳的舞蹈"飞虎神"，就是由"身披虎皮外衣、手持神鼓和鼓槌的萨满，一边口念神名，一边施术，模拟虎的形貌动作：八面威风的飞虎神来时震撼人心，它先要在神案前小憩，然后醒来，伸伸懒腰，随即模仿带翅膀的飞虎，纵身跃上大树，并从这棵树到那棵树，穿行之间，神形并肖，下来后雄武阔步，走上几圈，再

---

① 〔法〕列维-布留尔：《原始思维》，丁由译，第32页。
② 王松林主编《远去的文明——中国萨满文化艺术》，黑龙江人民出版社，2004，第98页。

开始唱诵神词"①。直到今天，我们的民族舞蹈中还蕴藏着一定的民俗意义，这些意义就是古代先民精神思想的遗留物。

闻一多指出："原始舞是一种剧烈的，紧张的，疲劳性的动，因为只有这样他们才体会到最高限度的生命情调。"② 原始舞蹈的紧张程度的确远远超过了现代的舞蹈，古代先民为了达到逼真的效果而用尽全力，从而发挥巫术的效用。不论是何种形式的舞蹈，都必须在模拟的过程中做得惟妙惟肖，这样才会真正实现舞蹈中模拟的场景，才会弄假成真。同时，古代人类也在舞蹈的过程中体验到自身生命的真实存在，获取一种集体的力量，从而增强与大自然抗争的信心。闻一多在《说舞》中总结说："所谓模拟舞者，其目的，并不如一般人猜想的，在模拟技巧的本身，而是在模拟中所得的那逼真的情绪。他们甚至不是在不得已的心情下以假代真，或在客观的真不可能时，乃以主观的真权当客观的真。他们所求的只是那能加强他们的生命感的一种提炼的集中的生活经验——一杯能使他们陶醉的醇醴而酷烈的酒。"③ 这"酒"的力量能使古代先民忘记自己生存环境的艰难，鼓舞他们的士气。不论是舞蹈者本身还是观众，都融入集体热烈而迷狂的氛围中，进入物我两忘的境界，与大自然合而为一。因此，在这种舞蹈的律动中，不仅"舞者自身得到一种生命的真实感"，观者"也得到同样的生命的真实感"④。在这种真实感中，古代先民释放出自己所有的生命热情，舞出他们的生命力量与情感。

第二，原始舞蹈体现了巫术活动"以假当真"的原则。

在巫术活动中，古代人类把虚拟物当作真实物看待，并以它来寄托、实现自己的企望、理想、追求，来表达自己的情绪和愿望。巫术活动中的"以假当真"，体现出了原始思维强烈的情感性特征。先民们把情感倾向作为行为的动力，以情感倾向去选择喜爱或憎恨的象征物，从而表达自己的主观意愿。巫术活动往往以具体的感性表象为象征，从而引发狂热的激

---

① 王松林主编《远去的文明——中国萨满文化艺术》，第95页。
② 《闻一多全集》第二卷，第211页。
③ 《闻一多全集》第二卷，第212页。
④ 《闻一多全集》第二卷，第212页。

情。列维－布留尔指出："集体表象通常还形成一部分神秘的复合，在这种复合中，情感的和激情的因素简直不让真正的思维获得任何优势。对原始人的思维来说，很难存在赤裸裸的事实和实在的客体。这种思维想象到的任何东西都是包裹着神秘因素的：它感知的任何客体，不管是平常的还是不平常的，都引起或多或少强烈的情感，同时，这个情感的性质本身又是为传统所预先决定的。因为，除了那些纯粹个人的和依赖于有机体的直接反应的情感以外，在原始人那里，没有任何东西比情感更社会化了。"①

闻一多认为，跳摩科马舞的非洲布须曼人，"他们的目的是在追求疲乏"②，不论是舞蹈者还是观众，他们都全身心地融入其中。从巫师到普通演员，都虔诚地展示他们独特的舞蹈，举行这个特定的仪式。在这里，舞者是在模仿他们狩猎活动的全过程，模拟动物被他们追逐时的疲惫状态。所以，原始舞者追求疲乏的目的在于发挥巫术的实用效果，他们希望动物被追捕时也会像他们在舞蹈中一样疲乏，从而被他们捕获。古代人类对于生命情调的体会，就在于原始舞蹈的实用意义，他们相信自己的舞蹈所带来的巫术效用，并通过这样的形式来确认自身的存在，肯定自我价值，追求生命的存在与延续。

闻一多指出："他们不因舞中的'假'而从事于舞，正如他们不以巫术中的'假'而从事巫术。反之，正因他们相信那是真，才肯那样做，那样认真的做。……这种舞与其称为操练舞，不如称为'纯舞'，也许还比较接近原始心理的真相。"③ 也就是说，原始思维不同于理性的逻辑思维，在古代先民的眼中，常常是以假当真的。先民们对世界的认识还很朦胧，类似于人类的儿童时代。他们凭借自己的想象力，并灌注以强烈的情感，来认识周围的世界。它遵循着情感的愿望，按照情感的趋向来进行判断和推理。这种情感趋向往往是通过狂醉的想象方式，来推动主观愿望的达成。此时此地，巫术与艺术发生了重合，巫术活动的象征性的模仿形式成了原始艺术。

---

① 〔法〕列维－布留尔：《原始思维》，丁由译，第 102～103 页。
② 《闻一多全集》第二卷，第 211 页。
③ 《闻一多全集》第二卷，第 212 页。

　　第三，原始舞蹈体现了巫术活动的实用功利目的。

　　原始巫术往往通过特定的仪式来操纵某种超人的神秘力量，从而给古代先民的生活带来好的影响，以达到某种直接的功利目的，实现某种预期的愿望。朱狄指出："原始舞蹈是与祈祷、祭礼的活动联系在一起的。原始人认为依靠舞蹈就能与无情的大自然取得和解，因此原始舞蹈有着明显的实用目的。"① "无论是诞生、成年、结婚、死亡还是播种、收获、狩猎、战争，原始人都需要用舞蹈来和神沟通。"② 先民们认为，狩猎的舞蹈会帮助他们狩猎成功，象征植物生长的舞蹈能帮助他们的植物生长。舞蹈具有一种神秘的魔力，拥有一种巫术的力量，能帮助他们实现自己的愿望。

　　很多巫术仪式的举行常常在雨季开始之后，因为此时动植物正处于繁殖之际。此时的巫术活动主要表现为模拟动物行为的舞蹈。古代先民在表演过程中模拟动植物的繁殖状态，主要作用在于祈求图腾动植物的繁衍。这种模拟具有巫术的效力，古代先民不仅可以借此实现巫术的功利目的，还可以由此获得一种自身生命真实存在的满足感。另外，还有一种描述战争场面的原始舞蹈。"在歌唱和舞蹈中，在野蛮人为了鼓励自己工作得更好并调整他的活动的努力中，我们可以发现一种功利主义的模式，它所带来的利益是真实的而非想象的。它明显不属于一种独立的审美愉快，尤其是那种描写战争的舞蹈，目的是非常明确的。"③ 这里，描写战争的舞蹈一方面具有巫术作用，能使古代先民赢得未来的战争；另一方面，它也是一种战前演习，能帮助他们更好地进入战争的状态，以便获取最后的胜利。

　　原始舞蹈中还有一个最常见的主题：模拟动物的行为习惯，模拟狩猎时的场景。"当北美印第安人或卡菲尔人或黑人在表演舞蹈时，这种舞蹈实际上全部都是对狩猎活动的模仿，我们不可避免地会看到他们古怪的表演中所具有的原始特征……这种哑剧有它的现实性，正如这些动物的模仿和再现有着一种实践的目的那样，所有世界上的猎人都希望能把猎物引入

---

① 朱狄：《艺术的起源》，第186页。
② 朱狄：《艺术的起源》，第188页。
③ 朱狄：《艺术的起源》，第187页。

自己的射击距离之内。"① 根据交感巫术的原理，在舞蹈中模拟的狩猎活动的场景，也同样会发生在真实的狩猎活动中。这种带有巫术意义的舞蹈，显然不是为了审美娱乐的需要，它具有极强的实用目的。正如黑格尔所说，象征具有"实体性目的"。

闻一多认为这种带有模拟意味的原始舞蹈，是非常浪漫和富有诗意的。他称之为"一场原始的罗曼司"。闻一多用诗人的感性，带我们走进想象中的澳洲的科罗泼利舞蹈："灌木丛中一块清理过的地面上，中间烧着野火，在满月的清辉下吐着熊熊的赤焰。……闯入火圈里来的三十个男子，一个个脸上涂着白垩，两眼描着圈环，身上和四肢画着些长的条纹。……那些妇女已经面对面排成一个马蹄形。她们是完全裸着的。每人在两膝间绷着一块整齐的兒鼠皮。舞师呢，他站在女人们和野火之间，穿的是通常的兒鼠皮围裙，两手各执一棒。……有一次舞队是分成四行的……变作一个由身体四肢交锁成的不可解的结，可是各人手中的棒子依然在飞舞着。你直害怕他们会打破彼此的头，但是你放心，他们的动作无一不遵守着严格的规律……舞人们在自己的噪呼声中，不要命的顿着脚跳跃，妇女们也发狂似的打着拍子引吭高歌。……最后舞师两臂高举，一阵震耳的掌声，舞人们退场了，妇女和观众也都一哄而散，抛下一片清冷的月光，照着野火的余烬渐渐熄灭了。"② 在这里，我们可以看到，舞蹈中有男女双方的加入，有穿着兒鼠皮围裙的舞师。兒鼠很有可能就是这个氏族崇拜的图腾。从《汉语大字典》中，我们可以得知，兒鼠，"亦名'负鼠'。有袋囊，其尾细长，毛皮可制衣物。主要产于非洲"。可见，兒鼠是科罗泼利人重要的衣食来源，在当地人的生活中占有非常重要的地位。火圈中的女人们的装扮和舞蹈动作，很有可能象征兒鼠的行为习惯和活动方式。男人们手中的棒子很可能是捕猎兒鼠时使用的武器。而男人们不断变换的队形，正是他们平常狩猎时用来诱捕兒鼠的方式。在整个舞蹈中，原始舞者的动作是整齐而有规律的。因为古代先民相信他们所能掌握的东西，相信这种特定的模拟真实场景的程序会带有巫术的力量。最后，在舞

① 朱狄:《艺术的起源》，第 186~187 页。
② 《闻一多全集》第二卷，第 208~209 页。

蹈中，兒鼠为人所捕获，舞蹈的巫术目的达到了，舞蹈也就结束了。

与此类似的舞蹈，还有非洲西部的部落出猎大猩猩前所跳的舞蹈，表演的内容是，由一个人装扮大猩猩，并最终在舞蹈中被猎手"杀死"。达科他印第安人也会在猎熊前，表演熊被猎人驯服的舞蹈。古代先民认为，这种类型的舞蹈具有极强的巫术效用，舞蹈中表演猎物被捕获的行为能够影响未来狩猎的真实场景，因而这种舞蹈能保证狩猎的成功。从我们现代人的眼光来看，这种舞蹈也可以称为一种战前演习，在捕获动物的行动开始之前来一场实操性的训练，进行捕猎预演，这无疑提高了实际捕获行动中成功的概率。

由于原始舞者相信舞蹈所带来的巨大的巫术力量，因此在舞蹈中他们时刻处于激情状态，带有鲜明的情感性特征。这是我们现代人所万万不能及的。列维－布留尔指出："在他们那里，在集体表象中，客体的形象与情感和运动因素水乳交融；在那里，人在意识中拥有客体的形象，同时又体验这必然与客体形象一同产生的空间感、希望感、逃跑的愿望、感性、请求等等感觉和愿望。我们'百种成年文明人'已经不能再现那种能符合原始人集体表象的意识状态了。……只有观众厅里的人群在听到'起火啦！'的叫声时体验到的那种状态，或者在沙漠中迷失方向的商队看到绿洲时的狂喜，才能对这些集体表象得到某种观念。"[1]

诗歌、舞蹈、音乐都有激发热情的鼓舞作用。在原始艺术形式中，表现出了强烈的生命形态。这些原始巫术，不仅仅是简单地模仿大自然中的飞禽走兽，再现古代先民生活的部分图景，它还反映了潜藏在其中的深层的原始思维，是我们中华民族强盛生命力的象征。闻一多还原了古代先民的部分生活场景，为我们现代人研究原始思维提供了很好的物质依据。

闻一多从文化阐释批评的角度去还原这些原始巫术背后的含义，揭示原始思维的情感性特征。唯其如此，我们才能理解这些神奇文化艺术的源泉，以及舞蹈艺术悠久的生命力。闻一多总结说，原始舞蹈的目的即"以综合性的形态动员生命"，"以律动性的本质表现生命"，"以实用性的意义

---

[1]　〔法〕列维－布留尔：《原始思维》，丁由译，第 456 页。

强调生命"，"以社会性的功能保障生命"。① 无论是采用什么样的方式，原始巫术最终是为了唱响生命的赞歌，维持种族的生存与繁衍。不论是东方民族还是西方民族，都以生机盎然为美，例如，车尔尼雪夫斯基的《艺术对现实的审美关系》中有"美是生命"的命题，中国诗歌中的"池塘生春草"，都表达了同样的意思。东方民族以生殖崇拜为主要特点，喜欢老虎，因为它虎虎有生气；喜欢舞蹈，因为舞蹈是把生命力的张力提升到最高程度的艺术表现形式。

原始思维的情感性特征并不是孤立的，而是与原始思维的象征性、想象性等特征有机融合在一起，渗透在思维的全部过程和思维的各个方面。原始巫术表现了一种生命力的张扬，其艺术生命渗透在巫术活动中，尤其是在原始舞蹈中体现出巨大的生命张力，所以闻一多认为："舞是生命情调最直接，最实质，最尖锐，最单纯而又最充足的表现。"② 虽然原始舞蹈节奏鲜明，动作不断重复，但就是在这简单的律动中，体现出了生命的真实感。"原始舞看来简单，唯其简单，所以能包含无限的复杂。"③ 原始舞蹈所代表的原始巫术活动，也同样具有真实而热烈的情感。

---

① 《闻一多全集》第二卷，第 209 页。
② 《闻一多全集》第二卷，第 209 ~ 210 页。
③ 《闻一多全集》第二卷，第 210 页。

第四章

闻一多论原始图腾崇拜的想象性特征

第一节　原始思维的想象性特征

20 世纪的文化人类学家发现了古代人类独特的思维方式和心理基础，不论是原始思维的象征性特征还是情感性特征，归根结底，都离不开想象。因此，原始思维具有想象性，想象性是原始思维中最重要的一环。"文化人类学之父"维柯充分地认识到原始思维的核心和动力就是"想象"。维柯指出，诗性的智慧"是一种感觉到的想象出的玄学……这些原始人没有推理的能力，却浑身是强旺的感觉力和生动的想象力"①。维柯对古代先民的"想象"功能进行了细致的剖析。

首先，古代先民在认识事物的过程中就蕴含了丰富的想象力。

维柯认为，古代先民"必然具有惊人的坚强记忆力"，而在这种记忆力中又饱含创造性。他们用想象去认知事物，在他们认知和想象的过程中就蕴含着丰富的创造性。维柯指出："在人类还那样贫穷的时代情况下，各族人民几乎只有肉体而没有反思能力，在看到个别具体事物时必然浑身都是生动的感觉，用强烈的想象力去领会和放大那些事物，用尖锐的巧智

---

① 〔意〕维柯：《新科学》，朱光潜译，第 161～162 页。

（wit）把它们归到想象的类概念中去，用坚强的记忆力把它们保持住。"①
所以维柯总结说，古代先民"认识事物就是创造事物"，这也是他的著名
论断之一。

其次，原始思维本身就是创造性的思维活动。

维柯认为，古代先民的感觉都是尖锐、生动而强烈的，感觉中充满了
主体的能动的移情作用，他们感觉到的事物的某种特性，其实是他们自己
在感觉事物的过程中创造出的这种特性。例如，古代拉丁文中，"视"就
是"用眼睛占领"；"'嗅'到气味就是创造出气味，就像后来自然科学家
们通过清醒的观照，也发现到各种感官确实就是在制造叫作'可感觉的'
那些属性"②。"视看是一种行动，视觉是一种能力。……如果这些感觉是
能力的话，那末我们就是用看来创造东西的颜色，用尝来创造东西的滋
味，用听来创造东西的声音，用触摸来创造东西的冷热。……想象力是一
种真实的能力，因为在使用它时，我们创造了事物的意象。"③ 正因如此，
维柯认为，原始思维是运用想象力的思维，是诗性的思维，也就是创新性
的思维。

最后，原始思维的想象性特征具有功利色彩和明确的目的性。

这种想象的创造力就"是把分离的和各异的要素结合起来的能力"④，
因此，古代先民按照自己的情感趋向和想象的程序，对各种事物的性质、
功能或形式加以选取，重新排列组合或叠加在一起，创造出符合他们情感
和想象需要的东西或形象，如半人半兽、狮身人面、三面湿婆等显得十分
怪诞的形象。这些形象尽管因变形而怪诞不经，但它们却符合古代人类的
情感需求和想象力的程序，也就是说，那个时代所创造出来的"诗所特有
的材料是可信的不可能"⑤。这些怪诞的东西或形象具有原始思维的思维定
式和它特殊的内在的结构次序，这些形象的奇异的组合方式明显地违背了
理性逻辑，却符合古代人类想象性的自由的结构方式，符合先民们的热切

---

① 〔意〕维柯：《新科学》，朱光潜译，第 428 页。
② 〔意〕维柯：《新科学》，朱光潜译，第 365 页。
③ 《维柯著作选》，商务印书馆，1997，第 106 页。
④ 《维柯著作选》，第 109 页。
⑤ 〔意〕维柯：《新科学》，朱光潜译，第 167 页。

愿望，具有明显的合目的性。

　　闻一多在研究古代典籍时，发现了隐藏在文字背后的原始的图腾崇拜，并揭示出了古代中华民族原始思维的想象性特征。在图腾崇拜中，古代人类的想象性和创造力都渗透在其中，先民们的想象性特征贯穿始终。古代人类在认识事物的过程中就蕴含着丰富的想象力，这充分地表现在原始图腾崇拜中。

　　图腾文化是人类最古老、最奇特的文化现象之一。据文化人类学知识可知，图腾，即 totem，是古代先民视为与本民族有亲缘关系的某种自然物，如老鹰、鳄鱼等，并被视为该民族精神象征性的标志。在原始文化中，动植物崇拜、图腾崇拜占有突出的地位。这是因为古代先民的生存条件较为恶劣，大自然的力量占绝对的统治地位。古代人类对大自然的认识首先是畏惧，由畏惧又转向对大自然的崇拜。在原始思维看来，树木、鸟兽、高山、大海都是有生命的，即"万物有灵"。大自然操纵一切生灵，拥有让人畏惧的巨大力量。由于古代先民的理性思维不发达，因此他们依据自己的想象，来理解和认识自然。他们崇拜大自然中一切具有生命力的事物，而每一种被崇拜的动物或植物，都依照各自的生物特性，被赋予了不同的神性。古代人类往往以崇拜的某种具有神性的动植物为图腾。例如，由于野猪较为凶猛，北方民俗中以佩带野猪的獠牙为勇敢的象征，有些民族干脆以野猪为图腾。各个民族都会选择他们生活中常常见到的、为全体成员所熟悉的自然物作为氏族的图腾。

　　图腾崇拜饱含了古代先民对未知世界的想象，反映了原始思维的想象性特征。古代人类常常把他们臆想出来的所谓意义或因果关系赋予一定的客观事物或现象，他们将自己信仰的动物或植物视为自己族群的祖先，并认为自己与之有着亲近的血缘关系。图腾还可能是一种超自然力的象征，它控制着古代人类的生命、动植物的繁衍生长，包括狩猎、捕鱼等行为的成败。在图腾主义盛行的时代，先民们相信自然界所有的一切都隐藏着各种各样的精灵。考古学证实，在中国新石器时代，有不少图腾文化的遗迹。例如，仰韶文化中的人面鱼纹彩陶盆就是鱼图腾的遗留。那些作为图腾的动物、植物既是原始氏族的标志和象征，又被认为与氏族有着血缘关系，是氏族的亲属或祖先。这种现象不仅在世界上的许多民族中有记载，在现今仍然残存的原始部落中，也发现了类似的习俗。这些习俗反映了理性思维欠缺的民族中，人们的某些心理活动的状况。

第二节　闻一多论古代典籍中的图腾崇拜

闻一多在研究古代典籍的过程中，发现了其中大量的原始图腾文化的痕迹，并还原了古籍中原始的图腾崇拜。

第一，闻一多还原了古代典籍中的鸟图腾崇拜。

《诗经·商颂》中的《玄鸟》记载了商民族的起源和英雄祖先："天命玄鸟，降而生商，宅殷土芒芒。古帝命武汤，正域彼四方。方命厥后，奄有九有。"这个图腾神话说明了商民族是鸟图腾氏族，他们将自己想象成鸟的后裔，从而创造了这个神话。《史记·秦本纪》中也载："秦之先，帝颛顼之苗裔孙曰女脩。女脩织，玄鸟陨卵，女脩吞之，生子大业。"为此，闻一多引述了《左传·昭公十七年》中郯子关于以鸟为官的一段话，并指出："此上世图腾社会之遗迹也。《三百篇》中以鸟起兴者，不可胜计，其基本观点，疑亦导源于图腾。"[①]

在图腾神话中，氏族的祖先多为图腾动物或植物。由于鸟类与古代先民的生活密切相关，先民们渴望像鸟一样有锐利的爪子、开阔的视野、较强的生殖力，所以在原始神话中，部族成员视鸟类为祖先是非常常见的。学者岑家梧指出："图腾制度，为各民族必经的阶段；始祖诞生的传说，势必与图腾发生关系，既与图腾发生关系，势必有玄鸟生商一类的故事产生。"[②]

在远古时代，人们认为万事万物都是互相转化的，人和鸟兽之间没有本质的区别。古代典籍中记载的很多部族的开创之人或部族中的英雄人物，都被赋予了神秘的出身，例如，黄帝就是附宝见大电绕北斗而生。人类对于自身起源的认识非常模糊，常常运用自己的想象力想象自己祖先的

---

①　《闻一多全集》第三卷，第 293 页。

②　岑家梧、李则纲：《图腾艺术史·始祖的诞生与图腾》，上海文艺出版社，1988，第 76 页。

模样。《山海经·大荒南经》中载："有羽民之国，其民皆生毛羽。有卵民之国，其民皆生卵。"这反映了古代人类对先祖的认识。闻一多指出："古代诸民族，惟《诗经·生民》述后稷之生'不坼不副'，明周人自信其先祖为胎生；自馀诸民族诸多传其先祖为卵生。夏人先祖生于水族之卵，殷族之先祖生于鸟卵，明其宗神为水族或鸟类也。"① 古代先民羡慕和崇拜那些生殖力极强的生物，他们常常想象自己像鸟类或水族一样，能够生养众多。因此，他们将自己所熟悉的、崇拜的事物作为图腾。图腾崇拜的本质就在于生存的需求，对旺盛生命力的渴求与崇拜。

闻一多还进一步指出："歌谣中称鸟者，在歌者之心理，最初本只自视为鸟，非假鸟以为喻也。假鸟为喻，但为一种修词术；自视为鸟，则图腾意识之残余。历时愈久，图腾意识愈淡，而修词意味愈浓，乃以各种鸟类不同的属性分别代表人类的各种属性，上揭诸诗以鸠为女性之象征，即其一例也。后人于此类及汉魏乐府'乌生八九子'，'飞来双白鹄'，'翩翩堂前燕'，'孔雀东南飞'等，胥以比兴目之，殊未窥其本源。"② 这段解说不仅明确指出了鸟类意象的起源与图腾崇拜之间的关系，还指出了由原始宗教观念向艺术审美转变的复杂过程，即随着时间的推移和生产力的不断发展，人们对事物本质的认识逐步加深，因此原始宗教意识在逐渐淡化乃至消失，而艺术的修辞意味则越来越浓烈，从而产生了诗歌"起兴"的表现手法。其话语虽看似简单，却对后世学者的深入研究有着深刻的启发作用。

第二，闻一多还原了古代典籍中的狼图腾崇拜。

闻一多反对传统注家对《狼跋》的解说。他指出："在某种心理状态之下，人们每喜从一个对象中——例如一部古书——发现一点意义来灌溉自己的良心，甚至曲解了对象，也顾不得。……旧时代中有理想的政客，和忠于圣教的学者，他们自然也各有权利去从《诗经》中发现以至捏造一种合乎他们'心灵卫生'的条件的意义。便是在这种权利的保障之下，他

---

① 《闻一多全集》第五卷，第 547 页。
② 《闻一多全集》第三卷，第 293 页。

们曾经用了'深文周纳'的手术，把《狼跋》说成一首颂扬周公的诗。"①为此，他提出重塑公孙的形象："公孙究竟属于那个典型中的人物，他的仪表，他的姿态，他的服饰，乃至他的性情等等，若能寻出个头绪来，这不比仅仅把史乘上的一个人名加在公孙身上，来得更有意义，更有趣味得多吗?"②

　　闻一多揭示了古代先民在《诗经》中的想象性思维特征，他自己在解说《豳风·狼跋》时，就"把《诗经》当作'臆象的戏院'"，并由此展开充分的想象。他认为，全诗的歌颂对象是"公孙"，作者可能就是他的妻子，所以在作品中将他比喻成一只肥大的狼，心宽体胖。闻一多在这里进行了一种"有趣味的假设"，想象诗中的情景："一只肥大的狼，走起路来，身子作跳板（seesaw）状，前后更迭的一起一伏，往前倾时，前脚差点踩着颈下垂着的胡，往后坐时，后脚又像要踏上拖地的尾巴——这样形容一个胖子走路时，笨重、艰难，身体摇动得厉害，而进展并未为之加速的一副模样，可谓得其神似了。"③ 很显然，整首诗的气氛是诙谐幽默的，作者对"公孙"的态度是赞美之中兼有善意的嘲弄。

　　为什么说把丈夫（走路的模样）比喻成狼，是赞美而不是厌恶或惧怕呢？很显然，这是源于狼图腾的文化遗留。《狼跋》的创作源流就来自狼图腾。古突厥民族信奉狼崇拜，他们把狼视为自己的祖先和保护神。古突厥人奉行狼崇拜是和他们的狩猎生活密切相关的。狼是非常可怕的野兽，它坚韧、顽强，有群体战斗力，代表着古代先民对凶猛动物的崇拜。先民们将狼作为氏族的标志和象征，想象狼与自己的氏族有着血缘关系，是氏族的亲属或祖先。相传，单于就是匈奴女与狼交媾而生。现代学者郭淑云认为："狼凶暴残忍，但它也具有多种可贵的特性和习性，为狩猎民族所向往。狼有着极大的忍耐力，即使身负重伤或患重病，也能完全凭自己的体力战胜病痛；狼具有很强的抗饿力……狼群体团结……狼生性机敏……。这些正是原始狩猎民族奉狼为祖、为神的原因，认为'有苍狼佑

① 《闻一多全集》第三卷，第214页。
② 《闻一多全集》第三卷，第216页。
③ 《闻一多全集》第三卷，第218页。

护，大难不死，民族昌盛'。"① 由此可见狼在古代人类社会中的重要地位。

随着社会生活的变化，狼图腾逐渐发生了演变。从纯粹的狼崇拜，到古战场上的部落的狼旗帜，然后演变成了《狼跋》中夫妻玩笑的娱乐方式。在漫长的历史岁月之后，也许有些文化注定要消亡，但它们仍然会用其他的形式持久地延续下去。《狼跋》就是对狼图腾崇拜的一种变异。在古代典籍中，我们虽然看不到原始图腾崇拜的全貌，但总可以在其中找到曾经的蛛丝马迹，从而尽可能地还原当时社会的真实情状。

第三，闻一多还原了神话传说中鲧禹所代表的图腾崇拜的流变。

闻一多指出，传说中治水的鲧禹本为鱼鳖类的水族生物。他认为《搜神记》中张仪筑成都城的神话源流，来自上古时代的鲧的传说。闻一多推断，"疑张仪依龟迹筑城即鲧依龟迹筑城（即堤）之流变"②，认为龟与筑堤的母题是一致的。而龟之所以和筑堤联系在一起，是因为龟的承受能力强、重心低，给人以稳重之感。所以，闻一多指出："余谓古器物或刻龟形为趺；《史记·龟策传》载南方老人以龟支床，古代传说谓巨鳖戴山，鳖即龟；近世犹刻石为龟以承碑碣；盖以龟能重负善俯而不倾仄。筑堤有石龟、石鳖以固堤基，义与此同。"③ 他阐明了龟在古代社会中的实际用途，从而得知以龟作堤的缘由。之后，闻一多根据神话传说中鲧作堤的故事进行推断，他认为："以鱼鳖为堤基而鲧作堤，故遂以鲧为鱼鳖耳。"④ "鲧为鱼鳖属，故一说龟作堤，一说鲧作堤，后又调和二说，谓龟曳衔而鲧效之以作堤，则《天问》所本以致诘者是矣。"⑤ 同时，闻一多又从字源学的角度加以考证："疑传说中鲧本鱼鳖之属，故鲧字从鱼。"⑥ 所以，闻一多得出结论："鲧本水族动物之神，卵化而生禹，故世传禹剖坼而生焉。"⑦

---

① 郭淑云：《原始活态文化——萨满教透视》，上海人民出版社，2001。
② 《闻一多全集》第五卷，第543页。
③ 《闻一多全集》第五卷，第544页。
④ 《闻一多全集》第五卷，第544页。
⑤ 《闻一多全集》第五卷，第544页。
⑥ 《闻一多全集》第五卷，第544页。
⑦ 《闻一多全集》第五卷，第546页。

在神话传说流传的过程中，鲧禹的身份又发生了改变，鲧禹也可能是龙。闻一多经过考证，指出："鲧治水有鸱龟曳衔之异，禹治水有应龙画地之瑞，事属同科。""应龙画地即禹决渎之蓝本，而龙即禹之化身，可以隅反矣。神话中禹为龙，近世学者多道之。"① 而神话流传过程中的变异现象是非常普遍的。所以，闻一多又说，"神话诡变，何常之有？化鳖化熊，初无是非可辩"②。为此，闻一多推断："《天问》云化熊者，龙熊声近而讹，犹鲧化熊而入于羽渊，熊非水兽，亦龙之传讹。"③ 这样一来，闻一多就将鲧禹的神话源流考证得清清楚楚了。

根据文化人类学原理，在古代社会中，自然和人的关系异常亲密，人们基于生存繁衍的需要，将某些自身赖以生存的动物或植物作为自己的祖先来崇拜，因此创造出各种各样的图腾神话。他们在想象中，将自己与大自然的万事万物融为一体。原始的图腾崇拜关注的焦点在于对生命的崇拜，无论古代先民崇拜的是哪一种动物或植物，都是基于对其旺盛生命力的渴求。

由于地域和部族的不同，古代人类的崇拜对象也各不相同。先民们的认识范围有限，他们只会崇拜他们生活中的事物，不会相信他们生活中不存在的事物。因此，居住在山区的氏族往往崇拜大山，以及大山中与他们生活密切相关的狼、野猪、老虎等动物；居住在海边的氏族往往崇拜大海，以及海中的各种鱼鳖类水族生物。这种崇拜是古代先民在长期的生产和生活实践中逐步累积的经验。先民们在自己的想象中与世界万物交融在一起，他们的图腾崇拜充满了神秘的色彩，代表着当时人类认识世界的水平。

原始思维的想象性特征完全不同于现代的逻辑理性的思维，正是两种思维方式的差异，造成了我们理解古代典籍的困难。现代学者张岩指出："一方面，在这些图腾起源神话中，的确表述了许多曾实际发生过的有关群体的历史过程；另一方面，由于'原始思维'所特有的表述方式，导致

① 《闻一多全集》第五卷，第551页。
② 《闻一多全集》第五卷，第544页。
③ 《闻一多全集》第五卷，第578页。

了现代人在正确了解这些原始文化内容时所遇到的巨大的解读难度，或者说是解读障碍。"① 在神话传说流传的过程中，由于文明的演变，神话传说也逐渐发生变化，只能在其中寻找一些残存的图腾痕迹了。闻一多认为，"言禹母生禹，则是神话已变为人话，然亦有变而未尽变者存焉"②。尽管在文明的演变过程中，缥缈模糊的神话传说逐渐改变，以现代文明人可以接受的方式出现，但仍然会在有意无意间保留远古的文化信息。闻一多从古老的典籍中探寻出新意，揭示出其中蕴含的古代文化意蕴，为古代典籍的重新阐释带来了新的活力，也使我们能从神话传说中找到更多的社会历史发展的真相。

第三节　闻一多揭示民俗中的原始图腾主义心理

闻一多发现，图腾主义心理的特征就在于想象。原始思维是运用想象力的思维，是创新性的思维。所以，古代人类不仅仅是简单、单一地对动物或植物本身进行崇拜，他们还常常将自己"化身"为图腾，认为图腾与人之间有着不可分割的亲缘关系。为此，闻一多在《伏羲考》中，深刻地分析了古代越人以"断发文身"的方式来装饰自己的内在心理。

第一，古代先民在这种化身为图腾的过程中，充分融入了自己的想象。

闻一多指出，越人之"断发文身"，这是"一种虔诚心情的表现。换言之，'断发文身'是一种图腾主义的原始宗教行为。……因为相信自己为'龙种'，赋有'龙性'，他们才断发文身以象'龙形'"③。这种信念与南美印第安波罗罗人用"金钢鹦鹉"的羽毛来装饰自己，并虔诚地相信自己此时就是"金钢鹦鹉"的意念完全相同。回乔尔人也通过头上插鹰羽的办法，来使自己"变成"真正的鹰。列维－布留尔指出，他们的"目的不仅是打扮自己，而且这也不是主要的。他是相信他能够借助这些羽毛来使

---

① 张岩：《图腾制与原始文明》，上海文艺出版社，1995，第 53 页。
② 《闻一多全集》第五卷，第 546 页。
③ 《闻一多全集》第三卷，第 83 页。

自己附上这种鸟的敏锐的视力、强健和机灵"①。

闻一多认为，中华民族的图腾崇拜经历了三个发展阶段，即"人的拟兽化""兽的拟人化""始祖的人形化"。就后者来说，"先假定龙是自己的祖宗，自己便是'龙子'，是'龙子'便赋有'龙性'，等装扮成'龙形'，愈看愈像龙，愈想愈是龙，于是自己果然是龙了。这样一步步的推论下来，可称为'人的拟兽化'，正是典型的图腾主义的心理。"② 古代先民有着无限的想象力。在他们的想象中，他们能和那些大自然中的凶猛野兽一样，具备和它们一样的得天独厚的优越条件；他们的祖先很可能就是那些猛兽，并且能在猛兽和人的不同形态之间随意变幻，因此他们也会和祖先一样勇猛，并受到祖先的庇护，免去许多伤害。随着人类抗争自然的能力的逐渐增强，图腾崇拜也在不断发生变化，由单纯地崇拜某个猛兽，转向对自己祖先的崇拜，于是就有了具有超自然力的英雄人物的诞生。但是，不论图腾崇拜发展到哪一阶段，古代人类图腾崇拜的目的始终不变，就是保存种族并不断繁衍壮大。

第二，古代先民的"断发文身"具有实用功效。

化身为图腾是原始图腾崇拜中的重要内容。为了达到化身为图腾的目的，古代先民使用文身的办法给自己的身上印下图腾记号。朱狄指出："文身和一般的伤痕不同，它是一种有意图的、不断重复的'伤痕'，它属于文化范畴而不属于自然范畴。由这种人为图式可以发展出一系列复杂的符号系统，用之于不同的目的。"③ 图腾民族具有文身、绣面、结发、镶唇、穿鼻、毁齿等多种表现图腾记号的形式，这些都是为了模仿图腾本身的模样而进行的身体装饰。在进行身体装饰之前，先民们只是普通的民众，可是一旦进行了文身或增加了其他的身体装饰，他们就摇身一变，成了他们想要变成的神灵或图腾。它表达了一种象征：既是古代人类美的象征，也是对少男少女成年礼的一种勇气和忍耐力的考验；或者单纯地作为氏族图腾的标记和施展巫术的必要手段。马克斯·德索在《美学与艺

---

① 〔法〕列维-布留尔：《原始思维》，丁由译，第 93～94 页。
② 《闻一多全集》第三卷，第 84 页。
③ 朱狄：《艺术的起源》，第 171 页。

术理论》中说，"作为一种装饰，原始人所以为之着迷是由于其他一些原因，它吸引异性或威胁敌人，特别是有些装饰被认为具有符咒那样的保护作用"①。

中国古代各民族的文身习俗具有很强的实用功能，它既是图腾记号的代表，又表达了宗教魔术的用意，这在中国古代典籍中多有记载。例如，《淮南子·原道训》中载："九疑之南，陆事寡而水事众，于是民人被发文身，以像鳞虫。"高诱注曰："文身，刻画其体，内墨其中，为蛟龙之状。以入水，蛟龙不害也，故曰以象蛉虫也。"《说苑·奉使篇》载："彼越……处海垂之防，屏外藩以为居，而蛟龙又与我争焉，是以剪发文身，灿然成章，以象龙子者，将避水神也。"《汉书·地理志》载："（越人）文身断发，以避蛟龙之害。"由此可见，断发文身的宗教魔术用意就在于避免蛟龙之害。面对大自然的强大威力，居住在水边的氏族经常会遭遇水患，大水不仅可以淹没个人的生命，还可以威胁到整个部落的安危。在古代先民的想象力中，水中隐藏着巨大的人力无法抗拒的生灵，既然不可能战胜它，就一定要成为它的同族，这样就可以免受其害。《梅槎余灵》中载："黎俗，男女同俗，即文其身，不然上世祖宗不认其为子孙也。"《汉书·严助传》中载："越，方外之地，断发文身之民也。"直到今天，在黎族还有这样的图腾遗习。岑家梧指出："图腾民族的黥纹，以图腾图象附着于身体之上，即代表图腾祖先的存在，赖此发生魔术的保护力，避免蛟龙之害。"② 这里所说的"魔术"就是指巫术，古代先民正是凭借着自己的想象，把自己化身为图腾，从而达到保护自己的目的。

闻一多还根据古代人类文身的习俗，调整了《楚辞》中"文异豹饰"四字的顺序。闻一多在《楚辞校补》中训诂了"文异豹饰"，认为按照原始图腾主义的心理，这四个字应该改为"文豹异饰"。他认为，这种做法是古代人类在自己身上文上豹子的花纹，从而化身为豹子，以免受到豹子的侵害。朱狄在《艺术的起源》中也持相同看法。他指出："巴西的巴凯

---

① 转引朱狄《艺术的起源》，第 172 页。
② 岑家梧、李则纲：《图腾艺术史·始祖的诞生与图腾》，第 49～50 页。

里部落的印第安人身上都刺上黑点和黑圈，就像一张豹皮，因为他们认为豹是自己部落的标志，有了这个标志以后，豹就不会来吃自己了。我国台湾地区高山族人常在身上刺毒蛇的图像，他们认为自己身上饰了蛇纹，它就不会来咬了。"① 这些都是古代人类充分发挥自己的想象力，以图腾记号的巫术作用来保护自己免受图腾动物侵害的表现。岑家梧指出："如佛来则所云：'图腾部族的成员，为使其自身受到图腾的保护，就有同化自己于图腾的习惯，或穿着图腾动物的皮毛或其他部分，或辫结毛发，割伤身体，使其类似图腾，或取切痕，黥纹，涂色的方法，描写图腾于身体之上。北美印第安人的身体，每有描写动物的图象，（如野牛、海豹、龟、蛙、鸟之类。）此种精神状态的表现，正可以图腾信仰解释之。'"② 可见，原始图腾崇拜渗透在古代社会生活的各个角落。

由此可见，古代人类文身的功用有很多，它既可以单纯地作为审美的乐趣，也可以是氏族成员的标记，还可以是先民们有资格过性生活的成年礼的象征。由于文身对古代人类有着不同寻常的意义，所以即便文身的过程非常痛苦，人们也甘心忍受。这与现代文明人的文身是大不相同的。前者是为了实际生活的功利目的，后者却是单纯为了自身的美的追求和个性表达。对古代先民而言，文身带有符咒和巫术的意义，可以起到保护自身的作用。

文身是古代人类化身为图腾的最基本的步骤。为了尽可能地突出文身的效用，古代先民极其认真细致地在身体上描画，由此丰富了人类早期的艺术形式。文身表现了古代人类对周围世界幻想式的反映，是人类社会生活中出现得较早的艺术。先民们在他们超凡的想象中，利用文身将自己与图腾动物融为一体，物我两忘，实现了"生命一体化"的过程。他们这种奇异的幻想表现出一种神秘的特质，反映了古代人类认识大自然、理解周围世界的认知水平。又因为这种表现手段本身带有极大的偶然性和任意性，所以很容易随着时间的流逝、空间的转换而失去原有的意义，在岁月的风尘中掩盖其原始的真实的意图。闻一多的文化阐释批评，带我们回归

① 朱狄：《艺术的起源》，武汉大学出版社，2007，第173页。
② 岑家梧、李则纲：《图腾艺术史·始祖的诞生与图腾》，第44页。

到那个时代真实的世界中，体验人类最初的情感，体会他们狂热的想象。

随着图腾制社会的结束，原始的图腾主义心理也渐渐淡化，最终在古代的民俗中保留了一丝痕迹。民俗是没有形成法律条文，却又约定俗成的行为规范和民族心理的表现。还原民俗，就是还原古代人们的社会心理和生活方式。

为此，闻一多对传统民俗"端午节"进行了重新阐释。

第一，端午节时人们在手臂上结系的彩线，就是古代吴越人"文身"习俗的变形。

闻一多指出："越人文身以像龙子，船上挂龙子幡也无非是龙子的信号。为的是让蛟龙容易辨别，不致误加伤害。把整个的船刻成龙形，目的大概也是这样。龙舟只是文身的范围从身体扩张到身体以外的用具，所以它是与文身的习惯同时存在的。图腾文化消逝以后，文身变相为衣服的纹饰，龙舟也只剩下'图蛟'和龙子幡一类的痕迹。"[1] 也就是说，文身的最初意义远远超出了后人所能理解的范围，在它作为一种习俗固定下来之后，文身本来所具有的实用意义就逐渐为历史所掩埋，以致人们对它的原始意义茫然无知。即便这些图形的原形有某种确定的含义，也已经在世世代代的因袭中被弄得面目全非了。黑格尔也指出，那些民间习俗"既然属于宗教仪式，它就应该是固定的而不是可以任意变动的，就会转到象征的范围。……这类东西逐渐变成了一种单纯的习俗；在用它们时不会还想到它们的最初起源；我们从学术观点才指出它们有什么意义，但是对于当时人来说……他们遵守这种细节是由于直接的兴趣……因为它是固定的习俗……例如在我们德国，年轻人在夏天烧约翰节的火，或是踊跃，向窗户掷东西，这只是一种单纯的习俗，它的本来的真正的意义已经没有人注意了"[2]。

历史在前行，古老的习俗在岁月的流淌中沉淀下来，或许人们会忘记这个习俗最初的含义，但它的形式却在代际传播中一代又一代地传承了下来。每个民族都会有其固定的保持不变的习俗，人们会自觉地遵守它，而

---

① 《闻一多全集》第五卷，第 45 页。

② 〔德〕黑格尔：《美学》第二卷，朱光潜译，商务印书馆，1979，第 243 页。

不会去考虑其初始意义。例如，土家族有一个习俗，就是给婴儿穿上虎头服和虎头鞋，这大概是因为土家族在远古时代的老虎崇拜或以老虎为图腾。可是现在，这个习俗的初始意义已经不重要了，人们给婴儿穿上虎头服和虎头鞋只是单纯地希望孩子像老虎一样强壮。

第二，端午节是龙图腾的节日，龙舟竞渡是这个节日祭祀活动中重要的组成部分。

闻一多在考证中发现，我们传统的节日"端午"，已经在流传的过程中失去了最初的图腾意义，转变为祭悼屈原的民俗节日。闻一多在《端午的历史教育》和《端午考》中，对此做了细致的考证。他指出："'端午'最初作'端五'"，这与古代人的五行观念和五龙传说相关。他认为："端午本是吴越民族举行图腾祭的节日，而赛龙舟便是这祭仪中半宗教，半社会性的娱乐节目。至于将粽子投到水中，本意是给蛟龙享受的……总之，端午是个龙的节日，它的起源远在屈原以前——不知道多远呢！""至于拯救屈原的故事，最早的记载也只在六朝。"① 也就是说，屈原和端午节没有任何关系，端午节是龙图腾的节日。岑家梧也说："今日民间端阳节所用竞渡之龙舟，恐其来源，也与图腾有关。"② 在图腾制社会中，古代人类以龙为图腾，认为自己就是龙子龙孙。为了避免龙的伤害或为了获取龙的神奇力量，他们利用文身等技术手段，化身为图腾，并举行大型的祭祀仪式，以此证实自己和龙图腾的从属关系，从而保障自身种族的存在与繁衍。

闻一多认为，在端午节举行的龙舟竞渡活动，实际上就是图腾时代祭祀活动中的部分遗存。古代社会的龙图腾氏族或是靠近水边生长的以水族生物为图腾的氏族，将自己文身"以象龙子"，在江河湖海中举行竞渡比赛。一方面，先民们想象自己和氏族祖先一样，在水中自由地游弋，在那一时刻的自我感觉中可能真的就化身成了氏族的图腾。另一方面，他们也希望通过模仿祖先的形体动作，将氏族图腾所具有的神力转移到自己的身上，从而拥有巫术的力量。现代学者萧兵认为："龙舟竞渡从图腾祭祀仪

---

① 《闻一多全集》第五卷，第 11 页。
② 岑家梧、李则纲：《图腾艺术史·始祖的诞生与图腾》，第 61 页。

式发展为多功能性的南方或太平洋文化区的特征性风俗。它跟祭祀水神、祈雨丰收、厌胜水怪、招魂拯灵以及'送瘟神'、'替罪羊'之礼等等都有血肉关系。其中'招魂'一点不为某些专家所重，其实铜鼓图纹、神秘绘画上的众多舟纹都不但与'竞渡'有关，而且同时也可以是一种包含招魂、引魂的丧葬仪式或'表现性巫术'。"①

由此可见，在传统民俗端午节我们所举办的五彩丝线、赛龙舟等诸多传统项目，都有其独特的来历，都隐含了古代先民神秘的图腾主义心理。可是，随着时间的推移，端午节的意义发生了改变，龙舟竞渡也已成为纪念屈原的端午节的一部分。到了现代，它已经演变为一种受人热爱的体育竞技活动，干脆就连纪念屈原的含义也淡化了。现代学者张岩指出："定期举行的图腾祭礼，是存在于原始时代每一个图腾制群体中的一个有着重要的社会职能的群体行为。但它并没有随着原始时代的结束而结束。……它繁复地变幻着自己的外表形态，以适应变化着的社会环境，在一代代的人们的群体行为中顽强地延续着自身的生存。仪式的程序残缺不全，圣物的替身反复变化，仪式中的宗教感可以变为节日的喜庆气氛，也可以变为'爱国主义的热情'，仪式的动机可以多次改变，有时甚至完全没有了动机。但此类行为却仍未因此而丧失其生命力。直到今天，在一些大型宗教的仪式中，在形形色色的遗俗性节日中，我们都可以找到这只'变色龙'的影子；在科学发达的社会中，在宗教之外，只要仔细去观察，仍然可以找到它那已经隐晦得难以辨认的模糊的'影子'。"② 这就很好地说明了从图腾祭礼到传统民俗的演化过程。

图腾崇拜是古代先民的一种重要的宗教信仰，他们所崇拜的图腾动物或植物都是对他们的生活有着极大影响力、直接关系到部族生存繁衍的自然生物。他们认为，只要有了图腾神的保护，部族就能兴盛和繁衍，就能战胜一切困难。在大自然的巨大力量面前，人类显得渺小和脆弱，因此，对于图腾的虔诚和崇信成了古代人类生存下去、继续与大自然做斗争的精神支柱和精神寄托。为了表达这种信念和感情，产生了多种祭祀类的宗教

---

① 萧兵：《楚辞与神话》，江苏古籍出版社，1987，第 22 页。

② 张岩：《图腾制与原始文明》，第 35 页。

活动。这些用于祭祀的歌舞、体育活动等，年复一年地重复曾经的样子，即便到后来已经失却了原先的意义，却仍然存在最初的形态。由此，原始图腾崇拜对中华民族的精神和心理产生了极为深刻的影响，直到今日仍然左右着人们的行为和心理。闻一多正是看到了这一点，才花费大力气做他的文化还原工作。图腾制在古代社会中保存的时间很短暂，但图腾的意识形态却留存了下来，并逐渐演变为各个民族特殊的民俗习惯、信仰。虽然人们已经淡忘了它原始的图腾因子，却保留了图腾的躯壳和形式；远古的图腾仪式，以新的面貌出现，成为文明民族的风俗习惯。例如，传统的春节，原本是预示着春天的来临，祈告上苍赐福全年的收成，保佑风调雨顺，万事万物繁荣昌盛；现在已经简化为除旧迎新、互相勉励，在新的一年里万事如意、心想事成。

第四节　闻一多论图腾制社会的演化

古代人类的想象性特征具有功利色彩和明确的目的性，古代先民按照自己的情感趋向和想象的程序，对各种事物的性质、功能或形式加以选取，重新排列组合或叠加在一起，创造出符合他们情感和想象所需要的物质或形象。为此，闻一多阐述了图腾制社会的演化过程。

第一，闻一多在《伏羲考》中，论述了人首蛇身图腾向龙图腾的转化过程，系统地论证了中华民族神话传说中最早的始祖伏羲女娲崇拜及其图腾形式的演化过程。

首先，闻一多指出，伏羲女娲神话传说的基本轮廓是"兄妹配偶"。

闻一多批评了传统的见解——伏羲和女娲"既是夫妇，就不能是兄妹"。他认为："'兄妹配偶'是伏羲、女娲传说的最基本的轮廓。"[1] 这种论断无疑是正确的。人类早期的婚姻就是由同一家族成员所缔结的。维柯指出："因为最初的婚姻是在自然由分享同样的水和火的也就是在同一家族中的男女之间结成的；因此，婚姻必然是在兄弟姐妹间开始的。"[2] 马克

---

[1]　《闻一多全集》第三卷，第 59 页。
[2]　〔意〕维柯：《新科学》，朱光潜译，第 253 页。

思也认为："在原始时代，姊妹曾经是妻子，而这是合乎道德的。"① 东西方的神话传说中往往都存在父神和母神，东方是伏羲和女娲，西方是天帝和天后。维柯指出，天后朱诺"既是天帝约夫的妻子，又是他的姊妹，因为最初的合法的隆重的婚姻（叫作合法的，正因为是根据占卜天帝征兆的隆重性）必然是在兄弟姊妹之间举行的"②。

不论是东方民族还是西方民族，人类最初的婚姻必然在同族之间进行。由于自然条件的限制，古代人类最初保持着家族式的生存方式，同一氏族成员之间都是亲属关系。那时的人们还没有明确父亲在生殖方面的作用，所以由母亲作为家长，家族中婚姻关系较为混乱。随着社会的进步，人类对自身和世界的认知逐渐加强，社会文明发展到后来，人类就逐渐衍生出符合现代文明的婚姻形式。有了羞耻感的古代人类，开始审视曾经的人类历史，对上古神话中存在的兄妹婚配感到羞惭，于是按照所谓"文明"的眼光进行修改。所以，我们现在读到神话传说，里面凡是涉及兄妹婚姻的地方，一定会给出一个充分的理由，一定要说成是被上天屡屡劝诱、不想为而不得不为的迫不得已。这显然是人类进入文明社会之后，对上古神话传说的篡改。

其次，闻一多认为，伏羲女娲的人首蛇身，从蛇图腾传说中汲取了文化因素。

在中国古代早期的传说中，伏羲与女娲的形象多以人首蛇身的交配来进行象征。其中，人首蛇身就是古代先民图腾崇拜的具体形象。由于古代人类生存艰难，经常遭遇天灾人祸，所以生存和繁衍成为他们的第一要义。现代学者王松林认为："神话之所以要让女娲补天，最根本的原因就在于女娲的生殖功能。只有具有无限生殖力的女娲，才能救人类于危难之中，使大地重新焕发生机。"③ 而女娲的人首蛇身，正是因为古代先民崇拜蛇的生殖力量。民间普遍认为，蛇性淫，以至于将淫荡的坏女人称为"美女蛇"。蛇的生殖力极强，它不仅可以同类性交，据说还可以与龟性交而

① 《马克思恩格斯选集》第三卷，人民出版社，1972，第 32 页。
② 〔意〕维柯：《新科学》，朱光潜译，第 240 页。
③ 王松林：《远去的文明——中国萨满文化艺术》，第 104 页。

产生"龟蛇雾"。萧兵则从图腾结合的角度指出："瓜，最初是我国南方苗人集群某一氏族的图腾，后来与祖先崇拜相结合，成为'女瓜'或'女娲'，并逐渐扩大为南苗集群里多数部落、集团的共同崇拜物。而当她和同样由某一氏族图腾生长扩充起来的蛇图腾或蛙图腾崇拜结合起来的时候，女娲（女瓜）就有了一个蛇或蛙的化身，正如作为瓜的'盘瓠'也曾和犬图腾崇拜结合起来有一个犬的化身一样。"① 也就是说，这些我们难以理解的怪诞的形象，都有其最初的来源，是图腾结合产生的结果。

第二，闻一多发现，在古代典籍中存在很多怪诞的图腾形象。他对《天问》中的鸟首龟身的图腾形象进行了还原。

闻一多首先肯定这种怪诞形象确实存在，他指出："神话中有鸟首戴角之龟，不特如上揭诸文献所纪，抑且有殷商象形文字之实图可征。"② 虽然古籍中的文字记载表明了这种生物的存在，但闻一多并不认为这是在实际生活中存在的生物实体。他反对唐兰的说法，认为"唐氏盖不知此为一想象生物之象形字，而必以实物之形状求之，故其说乃缴绕至此"。闻一多认为，这种奇怪生物其实是古代先民想象中的产物，是两种生物的混合体。他指出："其为物也乃鸥与龟之混合体，故上揭诸形中，不惟头戴毛角，亦且甲旁有翼。"③ 也就是说，古籍中的怪诞形象源于图腾的结合，是经过先民们想象加工合成的生物，并非上古时代实际生活中的存在物。

在上古社会，古代人类的图腾崇拜并不是单一的，哪种动物或植物具有他们艳羡的特性，他们就崇拜哪种，因此，人们往往崇拜多种动物或植物。随着图腾制社会的发展，原始氏族不断壮大，他们渐渐开始崇拜某种特定的动植物，几乎每个氏族都会有其独特的图腾崇拜，甚至还有其独特的图腾徽记。为了本部族的生存，这些原始部落之间常常发动战争，战争的最终结果就是强大的部族逐渐兼并了弱小的部族。随着部族的融合，图腾徽记也要随之发生变化，既不能完全套用某一个部族的徽记，也不能多种部族图腾徽记同时使用。古代人类利用他们出色的想象力，综合了若干

---

① 萧兵：《楚辞与神话》，江苏古籍出版社，1987，第 385 页。
② 《闻一多全集》第五卷，第 542 页。
③ 《闻一多全集》第五卷，第 542 页。

图腾表记，以最强大部落的图腾为主，再附加其他部族的图腾表记，创造出了一种新的图腾徽记。这就形成了我们今天看来十分怪诞的图腾形象。

文化人类学研究表明，原始图腾是一种象征符号。在古代社会中，广泛存在人首蛇身、人身鹰首、半人半兽、狮身人面、三面湿婆等显得十分怪诞的形象。这些怪诞的形象都是由于图腾的结合而产生的，它们符合古代先民对于生存与繁衍的实用功利性目的，具有独特的象征意味。闻一多称之为"想象之灵物"①。这些怪诞的东西或形象尽管因变形而怪诞不经，却反映出原始思维的思维定式和它特殊的内在结构次序，符合古代人类的情感需求和想象的程序。这些形象奇异的组合方式明显违背了理性逻辑，却符合先民们想象性的自由的结构方式，符合人们热切愿望的趋向，具有明显的合目的性。闻一多的这一研究，有利于我们重新认识上古时代的历史，发现古代人类社会生活的真相。

第三，闻一多认为，图腾的兼并，实际上就是古代先民幻想的叠加，体现了原始思维的想象性特征。为此，他揭示了古代人类从蛇图腾演变为龙图腾的社会历史的真相。

在古代社会中，存在多种形式的变异的图腾形象。造成这些形象变异的原因，往往是图腾的兼并、部落的联合。中国龙的这种象征来由，源于图腾制社会的发展过程。闻一多依据人类文化学的原理指出："部落既总是强的兼并弱的，大的兼并小的，所以在混合式的图腾中总有一种主要的生物或无生物，作为它的基本中心单位，同样的在化合式的图腾中，也必然是以一种生物或无生物的形态为其主干，而以其他若干生物或无生物的形态为附加部分。龙图腾，不拘它局部的像马也好，像狗也好，或像鱼，像鸟，像鹿都好，它的主干部分和基本形态却是蛇。在表明在当那众图腾单位林立的时代，内中以蛇图腾为最强大，众图腾的合并与融化，便是这蛇图腾兼并与同化了许多弱小单位的结果。……后来有一个以这种大蛇为图腾的团族（Klan）兼并了吸收了许多别的形形色色的图腾团族，大蛇才接受了兽类的四脚，马的头，鼠的尾，鹿的角，狗的爪，鱼的鳞和须……

---

① 《闻一多全集》第五卷，第 542 页。

于是便成为我们现在所知道的龙了。"这说明龙是古代先民将众多图腾融合而成的产物，并不是原始的自然生物；它是古代人类想象力的叠加，反映了整个图腾制社会的发展过程，所以闻一多总结说，"图腾的合并，是图腾式的社会发展必循的途径"①。

闻一多的这一论断得到了后来学者的肯定，现已成为公认的解说。现代学者何星亮将图腾文化的累积分为两种形式：一种是"通过自身发展而累积"；另一种就是"有选择地采借其他氏族或部落的图腾文化，并与自身的图腾文化融为一体，从而得到增加。例如，一个狗图腾氏族或部落，受到龙图腾部落的影响，除了崇奉狗图腾之外，也崇拜龙图腾，从而形成崇拜两种图腾或复合图腾的现象"②。学者王大有也认为中国龙是图腾氏族兼并的结果。他把图腾制社会的发展分为原始图腾、演生图腾、复合图腾三个阶段，认为龙图腾的形成是这三个阶段递进的结果。他指出："比如中国人最熟悉的龙，它是中国境内上古文明时代许多族团的图腾，主要是东夷民族和神农民族的主图腾。在原生图腾阶段，它即鳄。在演生图腾阶段……在复合图腾阶段，则把不同联姻族团、联盟族团、联盟国族间的图腾徽识特征相互附丽攫取。"③ 学者何新则更进一步，他在《龙：神话与真相》中使用了大量详尽的古生物、古神话文献资料，借以考证中国龙的生物原型。由此可见，闻一多的图腾兼并说对后来的学者产生了巨大影响。

图腾在部落合并过程中的演变事例还有很多。学者岑家梧指出："埃及王朝时代以前，原为许多图腾部族，其后集中而成许多联邦，联邦内的图腾部族，逐渐取消原有的图腾信仰转而崇拜联邦的保护神。再由联邦造成了南北埃及两个王国，保护神亦仅存其二。……最后，南部埃及征服北部埃及合为一国，神鹰被尊为唯一的保护神，国王以神鹰为称号，且自命为神鹰的后裔了。……图腾信仰也随着这个组织的变革而转换，结果就连结图腾动物于帝王自身。"④ 这就说明，在图腾制社会的演化过程中，图腾

---

① 《闻一多全集》第三卷，第80页。
② 何星亮：《中国图腾文化》，中国社会科学出版社，1992，第28~29页。
③ 王大有：《上古中华文明》，中国时代经济出版社，2006，第265页。
④ 岑家梧、李则纲：《图腾艺术史·始祖的诞生与图腾》，第9页。

兼并现象是一个普遍存在的事实。

龙的图腾的综合，反映了古代先民对于外来文化持有的兼容并包的态度，正是这种博大的心胸成就了今天的华夏文明。龙是我们华夏民族的象征和标志，代表了中华民族的民族精神。作为民族象征的龙图腾具有超越人类的神性。它可以呼风唤雨、上天入地，在古代先民的心中具有极其神圣的地位。随着时间的推移，人类的理性精神逐渐增强，龙不再被当作图腾来崇拜，却在民俗中代代相传，永远地留存在中华民族的民族心理中，成为中华民族文化的象征符号。随着专制王权的发展，龙就成了皇家独有的形象。现代学者王大有指出，龙图腾"到转形变质时期，民间艺人根据自己的理解和愿望，有所谓'九似'、'九象'等等说法。……这就是转形变质了。因为它虽然综合了飞禽走兽的最有特征最富寓义的特征，却失去了图腾徽铭自身的本旨。形式和躯壳也还是'龙'，却只是一件艺术品供欣赏，或一种文化符号，象征一种意义，而不再是族图腾徽铭了。"① 可见，龙的形象的创造过程，以及凝聚在这种形式上的社会意识，使龙的形象成为中华民族历史过程的缩影，龙的形式也就成了中华民族精神的"有意味的象征形式"。

第四，闻一多在研究中发现，图腾舞的变化过程反映了原始图腾部族的合并现象。

图腾文化发生在遥远的古代，在原始时代发挥着重要作用。图腾是联系氏族成员的桥梁和纽带，同时起到区分氏族团体的作用。为了自身的生存与发展，古代人类通过图腾意识加强自身的团结与合作。随着社会的发展，图腾文化不断发生演变，并在原始舞蹈中表现出来。

图腾舞是最基本的原始舞蹈，闻一多指出："从虞变到夏，则分明是由模拟羽族的跳舞变为模拟水族的跳舞。"② 这就是说，在部族转化的过程中，代表该氏族的象征性的舞蹈也随之发生了转变。闻一多认为："这以凤凰为主而配以百鸟百兽的跳舞，是虞乐的特征。至于夏乐，则完全是另一种场面……'鱼龙曼衍之戏'。""这两种不同的跳舞，反映着这两个民

---

① 王大有：《上古中华文明》，第 265 页。
② 《闻一多全集》第三卷，第 165 页。

族曾经是两个不同的图腾族团，前者是羽族的凤，后者是水族的龙。"① 很显然，这两个图腾族团所处的自然环境截然不同，一个可能存在于山林之中，另一个可能存在于水边。由于某种特殊的原因，或是部族间的吞并，或是部族的迁徙，或是别的我们无法查知的缘由，这两个部族的成员融会在一起，成为一个更加强大的部落。而新的部落产生之后，也随之产生了新的图腾舞蹈。

闻一多认为，在图腾制社会的发展过程中，部族越来越强大，图腾舞蹈也越来越复杂，由最初的小型的图腾舞转化为大型的综合性舞蹈。《竹书纪年》中的"帝舜元年"一条中载："（舜）即帝位，击石拊石，以歌九韶，百兽率舞。"《拾遗记·神农氏》也载："奏九天之和乐，百兽率舞，八音克谐。"这里的"百兽率舞"并不是真的各种野兽在一起舞蹈，而更可能是舞蹈者带着各种野兽的面具，或是做各种野兽的身体装饰，使自己看起来和真的野兽一样。长期以来，学者们推断"百兽率舞"应该是部族大首领举行庆典活动，而小部族的成员则化装成自己部族的图腾前来庆贺。现代学者张岩指出："在我们华夏文明较早期阶段的一次大型天子级祭祀中，其下属图腾制群体的首领们以各自群体的图腾姿态参加天子级仪式的大型祭舞，于是'鸟兽跄跄'、'百兽率舞'；每一个首领都代表了他们所辖的群体，仪式中的所有首领便代表了天子级大规模聚合体的每一个成员；因而在这个仪式祭舞部分，人们的自我意识升华并凝结为一个巨大的'我'。"② 这种隆重的大型祭祀舞蹈，隐含了诸多原始图腾文化信息，凝聚了古代先民的集体意识，表明了图腾制社会的发展进程。

随着社会历史的进一步发展，图腾所代表的集体的意志和象征又逐渐为封建帝王所专有，渐渐失去了它最初的意义。闻一多指出："图腾式的民族社会早已变成了国家，而封建王国又早已变成了大一统的帝国，这时一个图腾生物已经不是全体族员的共同祖先，而只是最高统治者一姓的祖先，所以我们记忆中的龙凤，只是帝王与后妃的符瑞，和他们及她们宫室

---

① 《闻一多全集》第三卷，第 166 页。
② 张岩：《图腾制与原始文明》，第 254 页。

舆服的装饰'母题'，一言以蔽之，它们只是'帝德'与'天威'的标记。"① 这就揭示了图腾制社会发展的真相。

第五，闻一多认为，在图腾制社会的发展过程中，原始宗教信仰也会随之发生改变。

在图腾制社会的发展过程中，强大的氏族兼并了弱小的氏族，以至于氏族的图腾崇拜也发生了转变，强大氏族会尊重弱小氏族的图腾崇拜，从而在自己原初的图腾崇拜中融入弱小氏族的图腾元素。这不仅反映在图腾舞蹈中，还反映在原始的宗教信仰上。为此，闻一多考证了东皇太一作为一神教的上帝的由来。

闻一多首先指明，"伏羲，照真正的原始的传说，应该是人类历史最初一页上的最初的一个人物"。"案《广雅》的语气，开天辟地之后，就有伏羲。这个说法，大概是根据《纬》书的，一般说来，《纬》书是比较能保存原始传说的真相的。"② 接着，由伏羲说到东皇太一："太一又称东皇太一，则东皇也就是伏羲。""五帝系统中之太皞即三皇系统之伏羲，东皇是太皞，也便是伏羲了。"③ 考证了伏羲是太一之后，闻一多便指出，东皇太一这个苗族的始祖之所以会受到楚人祭祀，原因在于："楚地本是苗族的原住地，楚人自北方移植到南方，征服了苗族，依照征服者的惯例，他们接受了被征服者的宗教，所以《九歌》里把太一当作自家的天神来祭。"④ 这种征服者接受被征服者的宗教的惯例，在世界各个民族都很普遍。例如，《圣经》中记载，统治者埃及人就被迫接受了被统治者犹太民族的基督教。闻一多认为一神教上帝的出现经历了一个漫长的过程。他指出："在宗教史上，因野蛮人对自然现象的不了解与畏惧，倒是自然神的崇拜发生得最早。次之是人鬼的崇拜，那是在封建型的国家制度下，随着英雄人物的出现而产生的一种宗教行为。最后，因封建领主的逐渐兼并，直至大一统的帝国政府行将出现，像东皇太一那样的一神教的上帝才应运

---

① 《闻一多全集》第三卷，第 159～160 页。
② 《闻一多全集》第五卷，第 376 页。
③ 《闻一多全集》第五卷，第 378 页。
④ 《闻一多全集》第五卷，第 378 页。

而生。"①

在人类早期，先民们对于大自然的了解甚少，在对自然的敬畏中，引发了古代先民最初的对自然神的崇拜，包括对大自然中一切生灵的崇拜。随着人类理性精神的提升，古代人类对自然的崇拜逐渐转化为徽志的形式，渐渐形成了图腾文化。图腾文化最初以艺术的形式出现，并具有象征的意蕴。象征的本义和寓意长期并存，表达了古代先民的图腾意识。随着时间的推移、部族的分化与聚合，图腾意识渐渐转化为以族团利益为核心的社会意识的图腾文化。

图腾的兼并一方面反映了原始图腾制社会的发展变化情况，另一方面折射出了原始思维的想象性特征。图腾的合并实际上就是幻想的叠加。这其实就是黑格尔所说的从不自觉的象征走向崇高的象征的过程。这里，不自觉的象征是指"所用的形象还是直接的自然界存在的东西"，即不是人造的和人想象的。这种不自觉的象征的基础就是自然事物，它又分为两个阶段。前一个阶段是见到自然物就崇拜，如埃及崇拜金龟子，是因为那时的人们崇拜光，这是直接把自然界中某个东西作为绝对的神。中国崇拜千年大树，是因为它可以历经风雨而岿然不倒，如《天仙配》里出现的树神就是树崇拜的反映。后一个阶段是把自然物功能化之后加以叠加，赋予想象和幻想的阶段，如前面所说的人首蛇身、人身鹰首、半人半兽、狮身人面、三面湿婆等怪诞的形象。也就是说，不自觉的象征一方面是直接从自然事物中象征神性；另一方面是将自然事物通过幻想的形式与神性加以联系，在自然事物和神性中形成一种嫁接、一种拼凑。

这种不自觉的象征发展到高级阶段，就走向崇高的象征，最典型的表现是中国龙。中国龙是几种动物的混合，在混合过程中幻想的色彩、精神活动和想象活动都附加其中。本来是蛇崇拜，可是附加了很多超越蛇本身的东西，如鹰爪、马头、鱼尾等多种动物的混合，在这种混合过程中就存在着古代先民幻想的色彩。就好像印度的石婆有四张脸，可以看到四个方向，这分明是现实中所不存在的，却融合了人类的幻想。不自觉的象征逐

---

① 《闻一多全集》第五卷，第345页。

渐走向瓦解，走向更高的精神活动，把想象活动附加其中。正如我们中国人现在举行婚礼时，都要在婚床上扔石榴、花生等具有象征意义的物体。这些都是具体的东西，可是人们通过狂乱的想象把这些具体的事物组合到一起，表达了企求人丁兴旺、多子多孙的观点。在这里我们可以看到，精神层面的东西，即人的想象和思维已经注入自然事物中了；自然事物的功能化进行叠加，形成了一种超常的功能、超大的体质。进入这种思维方式，我们才能了解千手千眼观音的来历，才能解释中国神话中的两头蛇，进而理解中国龙的象征方式。这也是闻一多揭示原始思维象征性，还原图腾制社会原貌的意义所在。

第五章

闻一多文化阐释批评下的神话研究

第一节　神话的特点、神话研究的意义和困难

神话、传说是各民族最古老的诗，它们历来被人们当作最荒诞不经的东西来看待，而维柯却认为神话具有真实性，是对那一时代现实的反映："神话故事在起源时都是些真实而严肃的叙述，因此 mythos（神话故事）的定义就是'真实的叙述'。但是由于神话故事本来大部分都很粗疏，它们后来就逐渐失去原意，遭到了窜改，因而变成不大可能，暧昧不明，惹笑话，以至于不可信。"①

神话来源于古代人类对世界和自身的探索。在人类历史的长河中，人们一直在追问：我们是谁？我们从哪里来？我们为什么会成为这个模样？而通过对于这些问题的思考与解答，古代先民创造了神话和传说。人类的每一次发展进步，都会在神话中留存隐秘的痕迹；拨开重重迷雾，我们会看到古代先民在用他们独特的方式阐述人类的文化进程。

维柯认为："各异教民族所有的历史全部从神话故事开始，而神话故事就是各异教民族的一些最古的历史"②。他指出，在古希腊卡德茂斯神话

---

① 〔意〕维柯：《新科学》，朱光潜译，第425页。
② 〔意〕维柯：《新科学》，朱光潜译，第43页。

故事中，"包括了几个世纪的诗性的历史"①。茅盾也认为："神话是各民族在上古时代（或原始时代）的生活和思想的产物。"②"所谓'神话'者，原来是初民的知识的积累，其中有初民的宇宙观，宗教思想，道德标准，民族历史最初期的传说，并对于自然界的认识等等。"③而中国神话就是对"中华民族的原始信仰与生活状况的反映"。

神话不仅是古代先民生活的缩影，反映那个时代人们的生活，同时也将他们的想象性、象征性、情感性等原始思维特征杂糅在一起。所以，神话具有以下特点。

首先，神话的语言具有象征性和隐喻性的特征。

闻一多指出，神话"是原始智慧的宝藏，原始生活经验的结晶，举凡与民族全体休戚相关，而足以加强他们团结意识的记忆，如人种来源、天灾经验，与夫民族仇恨等等，都被象征式的糅合在这里"④。古代先民所要表达的思想观念是十分抽象的，所以必须用具体可感的物象来隐喻和象征。在长期的生产和生活实践中，先民们获得了大量的感性经验，并用神话传说的方式显现出来。"我们的各种神话和我们所要研究的各种制度符合一致，这种一致性并非来自牵强歪曲，而是直接的，轻而易举的，自然水到渠成的。这些神话将会显出的就是最初各民族人民的民政历史，最初各族人民到处都是些天生的诗人。"⑤

生活中经历的一些事件，在反复讲述的过程中得以隐喻化、象征化，最终形成了现在我们看到的神话传说。"最初的诗人们就用这种隐喻，让一些物体成为具有生命实质的真事真物，并用以己度物的方式，使它们也有感觉和情欲，这样就用它们来造成一些寓言故事。"⑥在神话传说流传的过程中，有一个不断阐释的过程。古代先民的行为和思维方式，往往反映在他们的神话传说中。在人类社会文明发展的过程中，人们的思维习惯往

---

① 〔意〕维柯：《新科学》，朱光潜译，第353页。
② 茅盾：《中国神话研究初探》，上海古籍出版社，2005，第5页。
③ 茅盾：《中国神话研究初探》，第4页。
④ 《闻一多全集》第三卷，第107页。
⑤ 〔意〕维柯：《新科学》，朱光潜译，第147页。
⑥ 〔意〕维柯：《新科学》，朱光潜译，第180页。

往和他们惯常表达思维的手段——神话传说相互印证。经过漫长的岁月，年复一年的讲述和表演，曾经神圣的仪式变成了我们今天常见的习俗，原始的神话传说只存留下些许影子，引发人无限的遐想。"古代的神话传说，不论它们在直接证明事件方面可靠性是多么少，它们却包含着许多对风俗习惯的特别忠实的记述。"① 在古代先民看来，神话传说是他们集体意志的表述，是群体的诉求，是曾经真实发生的社会历史；但对于今天的人类来说，神话传说可以被人自由创作，常常以当代人的眼光去重新表述，更多地表现为文学艺术作品。

闻一多在《中国上古文学》中写道："神话不只是一个文化力量，它显然也是一个记述。是记述便有它文学一方面。它往往包含以后成为史诗、传奇、悲剧等等的根苗，而在文明社会的自觉的艺术以内，被各民族的创作天才利用到这种方面去。有的神话只是干燥的陈述，几乎没有任何起转与戏情，另外一些则显然是戏剧性的故事。例如社会的优先权，法律的证书，系统与当地权利的保障，都不会在感情领域进行多远的，所以没有文学价值的要素。信仰，在另一方面，不管是巫术信仰或宗教信仰，则与人类深切的欲求，恐惧与希望，热情与情操等等关系密切。爱与死的神话，失掉了'黄金时代'一类故事，以及乱伦与黑巫术的神话，则与悲剧、抒情诗、言情小说等历史形式所需要的质素相合。"②

其次，神话体现了原始思维的情感性特征。

列维－布留尔指出："神话、葬礼仪式、土地崇拜仪式、感应巫术不象是为了合理解释的需要而产生的：它们是原始人对集体需要、对集体情感的回答，在他们那里，这些需要和情感要比上述的合理解释的需要为演得多、强调得多、深刻得多。"③ 在人类起源的神话中，无论哪一种起源的方法，例如，抟土造人、洪水造人、葫芦造人等，都体现了早期人类把自身的情感愿望通过想象的方式向外物投射的趋向。神话创造中的拟人化原则就是不折不扣的情感思维原则。

---

① 〔英〕爱德华·泰勒：《原始文化》，连树声译，第41页。
② 《闻一多全集》第十卷，第43页。
③ 〔法〕列维－布留尔：《原始思维》，丁由译，第17页。

在《神话的意义与类别》中，茅盾将神话分为"解释的神话与唯美的神话"，"合理的与不合理的神话"①。茅盾认为，神话"自始就包含着合理的和不合理的质素"②。他用女娲来举例说明，认为女娲补天的成分是合理的，"女首蛇身"却不合理。而要对神话的不合理部分进行解释，就必须从文化人类学中去寻找答案，"直至近年始有安德烈·兰的比较圆满的解释"③。古代人类创造了种种我们今天看来十分荒诞的故事，那其实是他们认识世界和理解世界的独特方式。神话来源于古代先民对大自然产生的惊异感，神话传说就是他们对神秘世界的合理解释，是原始的信仰加上古代社会生活的结果。所以，在神话传说中当然存在我们现代人眼中的诸多不合理的质素。

古代先民相信万物有灵，认为世间的事物都是神秘互渗的，用他们强烈的情感去体验世界。"原始人本此蒙昧思想，加以强烈的好奇心，务要探索宇宙间万物的秘奥，结果则为创造种种荒诞的故事以代合理的解释，同时并深信其真确：此即今日我们所见的神话。"④ 古代人类的万物有灵观，使他们在看待世间一切事物时都带有强烈的情感。在他们的感觉世界里，万事万物都和我们人类一样，有感觉、会呼吸，具有七情六欲。茅盾指出："此种不合理的质素，在我们（现代文明人）看来，是不合理的，但在原始人看来，却是合理的。原始人信仰精灵主义，当然会想到野兽有思想情绪能说话；并且因为原始人看来野兽们在有些地方（譬如爬树钻洞洄水）确比人类的能力大，当然又会想到这些野兽会变成了神。"⑤ 朱狄也认为："当原始人在叙述一个故事时，一般总是和历史或自然有关，并因为他们的自然观是处于神人同形论的原始宗教时期，因此往往会把无生命的东西看作有生命的，我们今天在古代神话传说中看到的就是这种扑朔迷离的原始人的自然观。"⑥

---

① 茅盾：《中国神话研究初探》，第 157 页。
② 茅盾：《中国神话研究初探》，第 157 页。
③ 茅盾：《中国神话研究初探》，第 157 页。
④ 茅盾：《中国神话研究初探》，第 5 页。
⑤ 茅盾：《中国神话研究初探》，第 32 页。
⑥ 朱狄：《艺术的起源》，第 204 页。

最后，神话体现了原始思维的想象性特征。

维柯认为，感觉事物、认识事物及表达出对事物的某种感觉或某些认识就是一种创造。他指出，古代人类"浑身都是强烈想象而少有或简直没有推理的人们来说，感觉都是尖锐，生动和强烈的"①。他们用以己度物的方式，把自己的情感移向外物，在把从外物中获得的情感体验加以夸张、变形之后，用类比的思维，即运用比喻、象征的方法，把这些感觉、体验借助感性的实物形态表达出来。从这一点上讲，诗的本质就是想象性、情感性的创造活动。这是由人类的思维本性和生存生活的实践所决定的。正因如此，各民族最早的人类就是天生的诗人，而神话和寓言就是最早的诗（文学），也就是说，神话是主体思维创造活动的结果。

维柯指出："这种神谱是希腊人在想象中自然地形成的神谱。当时希腊人还处在世界的童年时代，受到一些最可怕的宗教的沉重压力，碰到某些人类需要或效益时，就感觉到要从宗教得到援助或安慰，就形成了这种想象，把他们所看到或想象到的一切，甚至他们自己所做的一切，都归之于神。"② 这也就是世界历史的起源。黑格尔对神话的看法，是对维柯的直接继承。他指出："古人在创造神话的时代，就生活在诗的气氛里，所以他们不用抽象思考的方式而用凭想象创造形象的方式，把他们的最内在最深刻的内心生活变成认识的对象，他们还没有把抽象的普遍观念和具体的形象分割开来。"③ 也就是说，神话并不仅仅是凭空臆想的虚构产物，它是远古时代人类经验的一部分，包含着他们的客观世界和主观经验。"神话反映的是先民的实践认识，这种认识具有实观性，又有想象、幻化的成分。直观与想象幻化和原始信仰结合在一起，经由特定的语言表达，就构成了神话。"④

受到西方文化人类学派的影响，我国现代学者茅盾对神话起源的解释强调了古代先民冥想的作用。他指出："原始人民并没有今日文明人的理

① 〔意〕维柯：《新科学》，朱光潜译，第364页。
② 〔意〕维柯：《新科学》，朱光潜译，第53页。
③ 〔德〕黑格尔：《美学》第二卷，朱光潜译，第18页。
④ 尹荣方：《神话求原》，上海古籍出版社，2003，第19页。

解力和分析力，并且没有够用的发表思想的工具，但是从他们的浓烈的好奇心出发而来的想象力，却是很丰富的：他们以自己的生活状况、宇宙观、伦理思想、宗教思想等等，作为骨架，而以丰富的想象为衣，就创造了他们的神话和传说。"①

对于古代先民来说，神话绝对不是我们今天所看到的梦幻、浪漫的存在。它是人类早期历史的记录。英国文化人类学家爱德华·泰勒指出："未开化的人为了阐明某种特殊的习俗，常常编造神话。"② 神话中蕴含着各个民族的历史文化、哲学、宗教，具有真实性，是对那一时代现实的反映。古代的神话传说与其说是人类丰富的想象力创造的结果，不如说是一种基于现实经验的直观摹写和对真实事件的原始叙述。黑格尔指出："这些故事既然是关于最高天神的，人们就同样有理由相信，在神话所揭示的东西后面还隐藏着一种较深刻的意义。"③ 因此，我们要了解古代社会的真实状况，就必须分析和研究远古的神话和传说，尽可能将它们还原到它们产生的时代，做出合情合理和客观的理解。

神话传说的现实性基础决定了神话研究的意义。现代学者赵沛霖指出："一个民族需要知道自己的祖先，需要了解自己的过去，不应当忘本。无奈历史出现了断裂。弥合这种断裂，满足人们回忆和认识往昔的愿望，正是神话的任务。……人们创造神话，又将它演变为历史，形成了古史传说人物，既是弥合断裂，对往昔的追踪，同时也是从不可复现的上古时代寻找和确认自己祖先的执着探索，是人类伟大创造精神和寻根意识的生动体现。"④ 现代文化人类学家使我们距离真理又更进了一步。他们将神话视为原始文化密不可分的组成部分，以神话传说来透视古代先民的生活和生产。他们相信，神话反映了古代先民的信仰与他们看待自然和社会的方式，把神话和巫术以及万物有灵观联系起来，其中渗透了先民们独特的思维方式。神话学的研究也因为有了文化人类学的视角，具备了更开阔的视

---

① 茅盾：《中国神话研究初探》（附录《楚辞与中国神话》），第 158 页。
② 〔英〕爱德华·泰勒：《原始文化》，连树声译，第 53 页。
③ 〔德〕黑格尔：《美学》第二卷，朱光潜译，第 16 页。
④ 赵沛霖：《先秦神话思想史论》，学苑出版社，2002，第 35 页。

野。同时，现代考古学的新发现，也使神话学的研究有了更丰富的资料基础。我们运用文化人类学的"还原方法"去分析古代神话传说，可以找到一些深刻的启示和某些远古的文化信息。

在对上古神话传说进行还原的过程中，还必须考虑到神话文本的象征性、情感性、想象性等文学性特质，以及由于历史的传承所带来的不可避免的流变性和沉积性。由于时空的差异，我们已经永远无法知道神话的真相，只能依凭有限的材料和想象去接近神话的真相，撩开真理的面纱。

第二节　五四前后神话研究的状况

在中国，对于古代典籍的研究，历代学者都做出过自己的努力和贡献。然而，对于中国古代的神话传说，更多的时候，我们却感觉到扑朔迷离。

这主要是因为以下三个方面的原因。

第一，中国古代神话没有荟萃之作，大多保留在《诗经》《楚辞》《山海经》《淮南鸿烈》《水经注》等典籍之中。但是，由于中国古代文明起源久远，延绵时间较长，加之中国哲学的实践理性发生得较早，人们把神话看作"荒诞不经""恍兮惚兮"之传闻，所以，缺乏系统的整理和保留。闻一多指出："儒书盛而神话微，惟《天问》与《淮南》稍露鳞爪。"[①] 因此，神话素材虽然很多，却呈凌乱断篇之状。

第二，中国的神话本来就缺乏系统的整理，再加上时间的流逝，使这些神话变得面目模糊。

列维－布留尔指出，"甚至，当风俗的最初意义已经丧失，仍然有人常常遵行这些风俗。那些继续遵行它们的人当然永远不会忘记按照他们那时的观念和情感来接受它们，正如神化所产生的集体表象随同社会环境一起改变时，这些神话也会包含着与最初意义相反的一层层附会的解说"[②]。茅盾也认为，神话的演变是那些记载神话的人"一代一代的把神话传下

---

① 《闻一多全集》第五卷，第553页。
② 〔法〕列维－布留尔：《原始思维》，丁由译，第318页。

来，就一代一代的加以修改。他们都按照自己的意思去修改。他们又照着自己的意思增加些枝叶上去。于是本来朴野的简短的故事，变成美丽曲折了；道德的教训，肤浅的哲理，也加进去了"①。正因如此，我们现在所能看到的神话，"几乎没有一条不是经过修改而逐渐演化成的"②。至于演化的原因，茅盾指出："'文雅'的后代人不能满意于祖先的原始思想而又热爱此等流传于民间的故事，因而依着他们当时的流行信仰，剥落了原始的犷野的面目，给披上了绮丽的衣裳。"③ 因此，"好奇"的古人视为合理的故事，被"守正"的人们努力归"正"，从各自不同的方面修改神话，按各自不同的理解阐释神话。于是，神话变得面目全非。

随着时间的推移，人类不断创造新的历史。当人类逐渐脱离远古的蛮荒时代，进入文明时代之时，人类的风俗习惯及思维方式也随之发生改变，已与发生神话的时代大不相同。现代人类很难理解作为人类早期史实的神话，觉得其中不合理之处实在太多，便常常加以修改。在年年岁岁的修改之中，人们已经无法看到神话的真实面目，所以我们要看到真正的神话，就要去掉增饰，把历史发展过程中产生的伪说扫净，才能还原神话的本来面目。茅盾认为，这种对神话传说进行还原的工作，"是整理中国神话时最麻烦的，然而亦是最重要的"④。神话研究的最终目的在于理解远古的文化，回到古代先民真实的生活状态。在神话流传的漫长岁月中，人们依照自己的理解，对神话进行了新的解释，原来的生活早已被蒙上了历史的重重迷雾。因此，必须寻找和分析神话本来的意义，还原历史的真实。

第三，20 世纪初，国内的神话学、民族学的研究都处于发端阶段，资料十分欠缺；而且，五四以前的学者对中国古代典籍的解读都停留在注释的层面，没有深入古代典籍的文化内涵中去理解真正的神话。

20 世纪的知识分子，大都受到过五四新文化运动的冲击和新思潮的影响。当时先进的知识分子一致认为，中国要寻找出路，只能向西方寻找

---

① 茅盾：《中国神话研究初探》，第 32 页。
② 茅盾：《中国神话研究初探》，第 38 页。
③ 茅盾：《中国神话研究初探》，第 38 页。
④ 茅盾：《中国神话研究初探》（附录《中国神话研究》），第 145 页。

真理。

中国的神话传说研究，因 20 世纪西学东渐之风而有了新的文化人类学的视角。新的思维方式，给传统文化的研究带来了新的变革。一大批学贯中西的学者，开始从新的角度解读中国古代典籍：鲁迅在《中国小说史略》中首次指出了《山海经》和《楚辞》对中国古代神话研究的价值；茅盾在理论上进一步梳理，从比较神话学的角度解读汉民族的古代神话；郭沫若从婚姻进化史的角度解读甲骨文；闻一多从民俗学、社会学的角度重释古代经典《诗经》《楚辞》和对具体的神话进行还原。他们都为中国古代典籍的研究方式注入了新的活力，启迪了后来学者的研究，为今后国学研究方法的现代转型做出了铺垫，指明了方向。尽管这些研究的真理性还有待历史的检验，但它们都具有极大的启示性，为后来的研究做出了良好的示范。

文化人类学的理论和田野调查的方式，为重构中国古代神话传说的缺失部分提供了有价值的研究方法和旁证。所以，闻一多把目光投向中国古代神话，除了用训诂的方法通过还原典籍中的只言片语来获取丰富的内容之外，他还走民俗学的路子，甚至到民间采风，从遗留的民俗中去解说神话。闻一多说："我走的不是那些名流学者、国学权威的路子。他们死咬定一个字，一个词大做文章。我是把古书放在古人的生活范畴里去研究；站在民俗学的立场，用历史神话去解释古籍。"① 这也就是用文化人类学的视角，采取科学的研究方式，将这些神话传说还原到当时的历史情境中，寻找古代社会的真实状况。

闻一多是我国第一个用神话学、民俗学、文化人类学等综合研究的方法研究《诗经》等古代典籍的学者。他在吸收西方科学理论的同时，得出了许多富有创见的结论，这奠定了他在中国古典文化研究领域的开创性地位。他的代表作《高唐神女传说之分析》《姜嫄履大人迹考》《伏羲考》《端午考》《神话与诗》等，从各个角度解读古代先民的生存状态和文化心理。无论是对神话中的图腾意义的解说还是对其中生殖崇拜本质的揭示，

① 刘烜：《闻一多评传》，北京大学出版社，1983，第 275 页。

他都能够穿透久远的年代所造成的重重迷雾，从而洞悉神话传说的真正内涵。

闻一多将古籍研究、训诂学等传统学术研究的内容和方法，与西方的文化人类学、民俗学、神话学等，综合体现到了他的中国神话的还原工作之中。其目的在于：希望从神话研究入手，探究"这民族，这文化"的源头，将学术研究与当时社会的现实需要结合起来，通过神话研究，寻找中华民族"集体的力"。闻一多的这种对"民族精神"的挖掘，与鲁迅对"中国的脊梁"的呼唤应和，对当时的中国社会具有极其重要的现实意义。

第三节 闻一多的神话研究

闻一多从文化人类学的视角出发，以训诂学为基础，采取科学的研究方式，在大量的文献和史料中还原中国古代神话。他揭示了中国古代神话中的图腾形式的深刻意蕴，拨开了神话表面的神秘面纱，还原了古代神话的原生态情况。闻一多用文化阐释批评的方法，对中国的神话传说给予了新的阐释，将这些神话传说还原到当时的历史情境中，寻找古代社会的真实状况，对后来的学者颇有启迪意义。

研究中国神话最重要的书籍是《楚辞》。《楚辞》最直接的文化来源是楚文化和先秦文化，尤其是楚地的民歌和巫祭歌词。战国时期，楚国巫风较重。《楚辞》中含有大量的神话传说、寓言和史料，是我们研究古代文化的绝佳材料。而楚国的巫风，已经不同于远古时期的自然崇拜，而是明显带有艺术的性质，成为上古时代的文化遗存。屈原的《离骚》和《天问》中含有很多神话材料，前者引用一些神话材料，后者几乎全部是中国的神话传说的片段，在问话中体现出来。维柯认为："好奇心是人生而就有的特性，它是蒙昧无知的女儿和知识的母亲。当惊奇唤醒我们的心灵时，好奇心总有这样的习惯，每逢见到自然界有某种反常现象时，例如一颗彗星，一个太阳幻象，一颗正午的星光，就刻要追问它意味着什么。"①

---

① 〔意〕维柯：《新科学》，朱光潜译，第99页。

《天问》就是人类的好奇心想要得知答案所产生的作品。正因为这篇文字为我们保存了极其璀璨的古代文化遗产，记载了无数的古代神话传说，所以我们要努力凭借考古学的新发现去逐渐证实它。哪怕它永远是一个无法解开的谜，我们也要试图去探索和发现。

闻一多采用文化阐释批评的方式，对这些上古的神话传说进行了还原，表达了他独特的见解。

第一，闻一多对神话传说中的中国古代地质地貌进行了还原。

《天问》中第二十问是"东西南北，其修孰多？"闻一多训诂道："修训长。""秦汉以前，尽黄河流域，皆我先民之居地，北不及塞漠，南不逾长江，故诸书所记地形广袤之数，皆东西长而南北短。"① 这不仅解释了"修"的含义，还进一步说明了古代典籍中所记载的地形东西长而南北短的原因。闻一多的文化阐释批评从来就不止于训诂，他往往从训诂出发，进而探索词语背后的含义及其所代表的文化意蕴。闻一多还考证了古代罪犯的关押处多为山中。他指出："《尧典》四凶所放处皆山名。羽山，崇山，三危皆山名，不待论，而《海内经》曰：'北海之内，有山名曰幽都之山。'是幽都亦山名。盖古拘罪人处皆在山中，故山嶽字作峦，从狱在山上也。"② 如此一来，就清晰地解说了"嶽"字的由来。

在研究神话传说的过程中，了解古代先民的生存环境无疑是非常必要的。闻一多对于神话传说中的地质情况的考察，显然对我们研究古代先民的思想和行为方式有着十分重要的作用。古代人类的历史已经较为遥远，我们只能从他们遗留的文字中，依稀辨认出先民的足迹，探寻人类文明的源头。

第二，闻一多对神话传说中的古代英雄人物的历史进行了还原。

《天问》的主要内容是从东周列国上溯到三皇五帝时代的历史掌故和神话传说，尤其是对于殷周时期的历史记载。文字上异常晦涩难懂，内容上涉及很多目前无法考证的典故，具有考察古代人们生活和思维习惯的科学与史料价值。我们研究上古历史和神话，必须从此着手。这篇文字为我

---

① 《闻一多全集》第五卷，第555页。
② 《闻一多全集》第五卷，第545页。

们保存了无数的古代神话传说，我们只能借助考古学的新发现去逐渐证实它。也许它永远是一个无法解开的谜。现代学者郭沫若指出："《天问》这篇要算空前绝后的第一等的奇文字。"① "单就它替我们保存下来的真实的史料而言，也足抵得过五百篇《尚书》。那里面有好些传说还是被封锁着的，我们还没有找到打开它的钥匙。"② 在这些扑朔迷离的神话传说中，闻一多还原了大禹治水的历史真相。

闻一多认为，大禹治水的传说的由来，已经在神话的流传过程中发生了变异。他指出："触山倾地之说似本为共工治水之策，意谓水在地中，倾之以弃于海，为弃盆水然也。此说最富于神话性，当为我国治水传说之最古者。"③ 那么，共工治水为何变成了大禹治水呢？闻一多解释道："天地初辟，洪水横流，鲧禹治水，九州乃平，故问地之事，先水而后陆。古传治水者共工本在最前，次乃有鲧禹。观《天问》叙鲧禹事祥而在前，叙共工略而在后，知其时共工传说已渐就湮没矣。"④ 也就是说，神话随时会随着时间的流逝而湮没，最古老的神话传说早已失却了原先的意义，取而代之的是新时代的新内容。

闻一多反对儒书中对于鲧治水失败的原因的看法。在后世的神话中，我们看到，正是鲧治水的失败，才导致了大禹从父亲的腹中出世，大禹接替父亲完成治水，最终获得成功。闻一多却指出："盖鲧于水主用障壅之法，四岳疑鲧法可用，因荐之于帝，请试而用之，固未尝谓其法之必效也。乃帝不试而径用鲧，卒至历久无功。是水之不治，其咎不在岳之举非其人，而在帝之未试而用也。""本书言鲧事皆是鲧而非帝，与儒书说异。"⑤ 这就是说，鲧治水失败，关键在于帝王不加试验就贸然用鲧治水，或者说，鲧并没有获得许可就私下贸然治水，从而产生了由错误的方法导致的错误的结果。由此，闻一多就清晰地还原了大禹治水的真相。

不论神话传说所反映的真实情境如何，我们所能知道的是，人类在发

①　郭沫若：《历史人物》，第 19 页。
②　郭沫若：《历史人物》，第 19 页。
③　《闻一多全集》第五卷，第 553 页。
④　《闻一多全集》第五卷，第 554 页。
⑤　《闻一多全集》第五卷，第 540 页。

展进步过程中的每一个脚印，都在神话中显现出来，古代人类一直用神话的方式解释人类的文化进程。"神话不仅是认识和解释自然，更是在幻想中战胜和征服自然，使人格化的异己力量变成自己的力量。……极大地增强原始人战胜困难的力量和决心。"① 很多神话传说在流传的过程中，由于语言表达和记录方式的缘故，出现了许多人为的附会现象，或干脆是误传。在有意和无意的夸大、变形之中，这些神话传说与它们原本的模样已经相去甚远，这给我们的还原工作带来了困难。闻一多对于古代英雄人物的历史的还原，使我们看到古代先民是如何与大自然做斗争，如何挣扎在生死线上，闯过了一个又一个关口，成就了今天辉煌的人类历史。

第三，闻一多对神话传说中的古代历法进行了还原。

首先，闻一多解释了嫦娥与月亮盈亏现象之间的联系。

现代神话传说中有嫦娥奔月的故事，而嫦娥能够超越地心引力奔向月亮，就在于她吞食了不死药。那么，嫦娥吃不死药和月亮之间又有怎样的因果关系呢？闻一多在答《天问》第九问"月光何得，死则又育"时说："问月何得能死而复生，意盖谓其尝得不死药也。月之盈亏，有生魄死魄之称，此言月有生死，其义正同。"② 也就是说，古代人类运用他们丰富的想象力，将月亮的盈亏变化这样的自然现象想象成嫦娥吞食不死药的前后变化。在他们看来，宇宙中的任何事物都和人一样，是生命的个体，有萌芽有生长，有生存有死亡。月亮由亏到盈，说明月亮在生长，而由盈到亏，则表明在死亡。至于为什么会产生这样的现象，古代先民很自然地运用原始思维，将其想象成吞食了不死药的缘故。以至于后来，历代的很多帝王都追寻这个传说，去寻找不死药。可是，无论古代帝王想出多少方法，永远都无法寻找到不死药，因为它并不是现实生活中的真实存在物，而仅仅是具有象征的意味。

其次，闻一多解释了女歧九子传说与天文星象之间的联系。

他认为，女歧九子传说实际上就是指一母九子的星辰，包括中国古代天文历法中最常见的紫薇星等。"疑亦《天问》女歧九子传说之演化。其

① 赵沛霖：《先秦神话思想史论》，第102页。
② 《闻一多全集》第五卷，第534页。

故事之反映于天文中者，则九子又为星名。"① 中国古代很多神话传说的产生与发展，都与中国独特的天文历法紧密相关。在中国古代，很早就有了关于天象的研究。这种研究不同于西方的科学研究，它更多地带有东方的神秘色彩。但是，在这种研究中也保留了中国古代先民的智慧，他们往往把观测到的天上日月星辰的运行与地上的物候变化结合起来，互相印证，从而制订古代历法，对农业生产的发展起到了积极作用。

最后，闻一多解释了惠蛄之名与天气寒凉的联系。

闻一多从训诂"惠"字开始，认为"惠亦寒也。惠蛄之名亦取鸣则天凉之义"②。由此，他得出结论："惠气实为北方之风。"③ 这表明了古代人类对于自然变化的观察与思考。古代先民对自然万物的观察细致入微，他们将大自然生物的习性和季节气候的变化联系起来，研究那些具有历法意义的草木花鸟。例如，燕子、大雁、蛇、桂花、梅花等带有鲜明季节特征的动物和植物。学者尹荣方也认为："神话、传说常常是对自然对象的拟人化与神化形成的，这个拟人化与神化的过程是在相关自然对象的特性的基础上展开的，所以，由此产生的传说、神话必然会带上相关自然对象的特性。"④

闻一多对于古代历法的还原，给予我们很大的启迪。研究中国古代的神话传说，既要探究其中具有历法意义的日月星辰，也不能忽略地上的草木花鸟。我们只有将这些自然生物本身的特点、习性与神话传说结合起来，才能找到某个神话传说的原型，从而破译中国文化的密码。

在古代先民看来，"人的生命和存在所依靠的东西，对于人来说就是神"⑤。天地万物的存在都源于阴阳二气的消长变化。前文所提及的交尾的伏羲、女娲图像，传达的原始信息其实就在于阴与阳的交合。古代先民认为，只要世间的阴阳二气能够和谐共存，不论是天上还是人间，都会保有

---

① 《闻一多全集》第五卷，第536页。
② 《闻一多全集》第五卷，第536页。
③ 《闻一多全集》第五卷，第537页。
④ 尹荣方：《神话求原》，第82页。
⑤ 〔德〕路德维希·费尔巴哈：《费尔巴哈哲学著作选集》下卷，荣震华、王太庆、刘磊译，生活·读书·新知三联书店，1962，第438页。

稳固的秩序，风调雨顺，国泰民安。"交尾的伏羲、女娲图像，其传达的原始信息就是阴与阳的交合。……在汉人看来，天地人间的一切变化都源于阴阳二气的消长变化。阴阳两气如能协调地消长，则天上的秩序就将有了保障，而人间也将出现风调雨顺的和谐局面。"① 因此，对于古代人类而言，神话传说是联结过去的经验与现实之间的纽带。它记录了古代先民对大自然的观察与思考，以及他们面对大自然的抗争所取得的经验与教训。神话"既是社会集体与它现在和过去的自身和与它周围存在物集体的结为一体的表现，同时又是保持和唤醒这种一体感的手段"②。

要清楚神话的原始含义，就必须明确它的隐喻性。闻一多破译了神话的象征意义，对古代地质地貌、古代英雄人物的历史、古代天文历法等诸多方面进行了还原。他的神话还原工作对后世学者产生了重大影响。学者尹荣方继承了闻一多的还原方法，他在《神话求原》一书中，对古代典籍中涉及农业生产的神话传说进行了透彻的解说和还原。他认为，古代人类创造神话的用意大都在于"立像见意"，即利用所讲述的神话故事，以过去农业实践中的经验和教训告诫后世子孙。例如，尹荣方对刑天神话进行了还原。他指出："刑天与帝争神终被帝砍去头颅的神话，讲述的当是违反天时规律、误期耕种而受到惩罚、颗粒无收的故事。"③ 尹荣方认为，在这个神话背后有其象征意义，"这种信仰观念后面'隐蔽'着上古农业生活的'实践'的一面"④。对古代先民而言，农业生产对他们的生活有着至关重要的作用。而农业生产是依靠农业时令的，顺应天时进行农业劳作直接决定着古代人类的生存状态。因此，"古人就把它的内涵凝固在一个无头的神像上，把它命名为'夏耕之尸'，命名为'形天'（形或作刑，刑天也就是受天惩罚之意）"⑤。古代的农耕祭礼中有音乐，也有舞蹈，往往在初春万物萌发时进行，刑天的断头形象实际上就是用于农业祭祀的目的。"大约也正是因为刑天舞蹈形象与舞蹈内容所具有的积极而又重要

---

① 尹荣方：《神话求原》，第41页。
② 〔法〕列维－布留尔：《原始思维》，丁由译，第438页。
③ 尹荣方：《神话求原》，第14页。
④ 尹荣方：《神话求原》，第14页。
⑤ 尹荣方：《神话求原》，第14页。

的告诫性、指导性的意义，因此古人乐意把它的内涵既凝固并外化在神像形象上，又凝固并外化在春初所进行的农业祭礼的仪式舞蹈之中，以便通过这些经常进行的仪式，让后人永远记住误时耕种而颗粒无收的可怕历史……"①

在缺乏文字、纸张等记录工具的年代，我们的祖先将他们在实践中获得的经验，通过神话传说的方式保存下来。中国古代的神话传说存有宝贵的古代先民对世界的看法和认知，其中隐含了诸多中国文化的信息，包含大量的天文知识、地形地貌、物候变化、对季节变迁的经验性认识等。古代人类希望这些知识能通过神话传说的形式代代相传。闻一多对神话的研究，并不仅仅局限于对神话本体的研究，他更多地把神话当作认识中国古代社会人们生产和生活状况的手段，从而了解古代人类的思维方式和社会历史的发展规律。

第四节　闻一多对神话母题的揭示

神话研究是原型批评理论中最为重要的组成部分，荣格在他的早期著作中将原型称为"原始意象"，直到后来才正式命名为"原型"。荣格指出，在原型中"每个意象都凝聚着一些人类心理和人类命运的因素，渗透着我们祖先历史中大致按照同样方式无数次重复产生的欢乐与悲伤的残留物"②。原型中寄托着人类远古的文化现象，透露出人类远古的历史信息，这在神话中最为常见。因此，闻一多特别重视对中国古代神话的研究，揭示了中国神话中极为重要的神话母题。

闻一多全面研究了《诗经》《楚辞》等古代文学作品中的神话材料，并在此基础上深入地剖析了神话的心理特质。他认为，神话母题"是原始智慧的宝藏，原始生活经验的结晶，举凡与民族全体休戚相关，而足以加强他们团结意识的记忆，如人种起源、天灾经验、与夫民族仇恨等，都被

---

① 尹荣方：《神话求原》，第 17～18 页。
② 〔瑞士〕荣格：《试论心理学与诗的关系》，见叶舒宪编译《神话——原型批评》，陕西师范大学出版社，1987，第 100 页。

象征式的糅合在这里。它的内容是复杂的，包含着多样而错综的主题，因为它的长成是通过了悠久时间的累积"①。这里，闻一多所说的"原始智慧的宝藏，原始生活经验的结晶"，是指神话母题或原型凝结着人类集体生活经验记忆的心理痕迹，即荣格所说的"集体无意识"。荣格认为："与集体无意识的思想不可分割的原形概念指心理中明确的形式的存在，它们总是到处寻找表现，神话学研究称之为'母题'；在原始人心理学中，原型与列维·布留尔所说的'集体表象'概念相符，在比较宗教学领域中，胡伯特（Hubert）和毛斯（muses）把它们定义为'想象的范畴'。"原型根源于上古时代的历史与文化，是一种象征艺术。它隐晦地潜藏在上古文化符号中，使我们寻觅起来困难重重。例如，在最远古的生殖崇拜中产生了鱼崇拜，随后又转化为鱼图腾，在不断的演变过程中，鱼的形象不断线条化、抽象化，最终成为几何图形。如果直接从鱼的几何图形去透视上古的文化现象，显然不是一件容易的事情。关键在于原型的揭示。因此，从某种角度上说，对原型的发掘，其实就是精神上的考古，我们要努力从那些原型的象征意象中揭示古代先民的历史。

闻一多善于从零散混杂的神话传说材料中发掘具有文化特征的神话母题或原型，他敏锐地认识到在悠长的历史中，神话母题或原型经过累积、变形，演变成各民族的神话传说，包含着多样而错综复杂的主题。

第一，闻一多还原了伏羲、女娲的神话母题，认为这是一个包含诸多神话母题的混合型母题。

伏羲、女娲是中国古代神话中极为重要的母题，闻一多对这一神话母题的研究极具创见性和启发性。他在《伏羲考》一文中大量举证，从中外各民族不同时代的神话传说中选取了四十九个相似的故事。他一方面打破历时关系，把它们按类型归纳排列，将神话内容划分为九个构成单位——童男、童女、家长、仇家、赠遗、洪水、避水、占婚、造人；另一方面将它们列成表格形式，按共时关系逐一进行比较分析。在研究中，闻一多发现这些神话传说都具有共性，即无一例外地包含着洪水造人等神话母题。

① 《闻一多全集》第三卷，第107页。

同时，他对神话的构成单位进行结构分析，进一步发现所有这些神话中都具有相同的神话构件——避水工具"葫芦"意象及其变体。而这些"葫芦"意象及其变体又都具有造人功能。闻一多由此得出结论，"造人"神话与"洪水"神话应是两个不同的神话母题，而在这两个神话之间穿针引线的是"葫芦"这一意象。

葫芦神话在农业民族中十分普遍，因为葫芦的突出功用在于母体的生殖功能。它不仅生长快，还有多种用途，能吃，能用作天然容器，在古代人类的生活中发挥了重要作用。又由于葫芦多籽，象征生殖力旺盛，因此在生殖文化的植物崇拜中也极为典型。正因为葫芦的重要地位，所以"葫芦"意象及其变体是"造人"神话中的重要构件。在神话的流传和演变过程中，"葫芦"意象这一神话构件以其渡船的作用，又巧妙地变成缀合洪水故事与造人故事的锁链。最终，这两个神话母题混合成了兄妹配偶型的洪水造人神话。

原型承载着古代先民的集体无意识，它凝结着远古人类的情感、经验和智慧，是我们破译古代人类社会的密码。闻一多对伏羲、女娲神话母题进行解构分析，有两个重要意义。

其一，弄清楚了神话的结构方式，发现无论神话母题或原型有多少变体，它总是无一例外地积淀着人类相似的心理经验记忆，成为民族凝聚、民族团结的精神支柱。这一论断有助于人们透过各种神话传说错综复杂的表层语义，深入探讨神话的深层语义，全面理解文学作品、神话的民族性。

其二，揭示了神话传说交错嬗变、增殖展衍的演变规律，给后代的学者以极大的启发。20 世纪 60 年代，法国结构主义代表人物列维－施特劳斯也着手研究神话的构成方式或结构，他从许多神话故事中抽取出若干原始构成单位，称之为"神话素"，打破它们之间的历时关系，把它们按照交响乐总谱的方式排列，从这些神话故事中"神话素"的纵横聚合关系中寻找它们内在的逻辑关系。显而易见，他的研究思路和分析方法与闻一多十分相似。诺思洛普·弗莱对原型的论述与闻一多《伏羲考》中的结论十分相近，两人都是从神话母题或原型的功能入手，揭示其传播与嬗变的过程，力求发现文学特定的表现程式。

第二，闻一多还原了隐藏在高唐神女传说中的"先妣兼神禖"原型。

高唐神女传说是宋玉《高唐赋》中所叙述的神话故事，其中写道：

> 楚襄王与宋玉游于云梦之野，望朝云之馆，有气焉，须臾之间，变化无穷，王问是何气也。玉对曰："昔先王游于高唐，怠而昼寝，梦见一妇人，自云：'我帝之季女，名曰瑶姬，未行而亡，封于巫山之台，闻王来游，愿荐枕席。'王故幸之，去乃言：'妾在巫山之阳，高丘之下，旦为朝云，暮为行雨，朝朝暮暮，阳台之下。'旦而视之，果如其言，为之立馆，名曰朝云。"

千百年来，人们仅仅将高唐神女传说看成人神相恋的浪漫故事，闻一多却透过神话的表层语义，寻找隐藏在其背后的原始宗教仪式和文化意蕴。闻一多考察了从母系社会"先妣"崇拜到父系社会"始祖"崇拜的演变过程与社会原因，理清了高唐与大禹的妻子涂山氏、殷商的"先妣"简狄之间的相互关系，发掘出了隐藏在这一类神话传说中的"先妣兼神禖"原型。

首先，闻一多考证《候人》诗与《高唐赋》具有共同的神话来源。

闻一多从《诗经·曹风》的《候人》篇说起，将其中"季女斯饥"的"饥"字还原成它本来的"情欲"的意思，而非汉儒注家们所称的"腹欲"。他揭示了候人的曹女因情欲而产生的"奔女"行为，即犯着礼教的严限去派人迎候她所不应当迎候的人。接着又证实了《吕氏春秋·音初》篇中所描述的涂山氏的情事与《候人》中曹女的行为如出一辙。在这样的基础上，闻一多开始将《候人》诗与《高唐赋》进行比较，从而证实诗中所记载的"朝隮"与赋中的"朝云"的关系十分密切，其神话有着共同的来源。为了更好地说明这一点，他又用考据学与文字学的方法，证实"朝隮"就是"朝云"。同时，闻一多又将《穷怪录》中的故事与《高唐赋》相比较，认为正因为两个神话的来源相同，它们之间才有诸多偶合之处。所以闻一多总结说，"虽然神话存在的证件有不同的地方，可是揣想起来，神话仍当是很久远的存在过，亘千有余年的而未曾间断的存在过"①。而同样的神话之所以可以存在于地理位置相隔甚远的不同地方，是因为"在古代，一个民族不是老守着一个地域的"②。这就证实了很多类似的神话母题都是一致的。

其次，闻一多考证高唐和神禖都是主管婚姻与胤嗣的"神道"。

《后汉书·礼仪志》引蔡邕《章句》云："高，尊也；禖，媒也……盖为人所以祈子孙之祀。"《礼记·月令》云："仲春之月……以大牢祠于高禖。"从古籍中的记载来看，高禖是一个古代先民祈求生殖的场所。闻一多从语音的角度分析了高唐与高阳、高密乃至高禖的联系，他指出："高阳在始祖的资格之下，虽变成了男性，但在神禖的资格之下，却仍然不得不是个女子。……于是一男一女，一先祖一神禖，一高阳一高唐，各行其是，永远不得回头了。"③ 接着，闻一多将高唐神女与涂山氏的女追男的奔女行为相比较，找到诸多相似点，并从地理学的角度进行考据，推断出"这两个人——涂山氏与高唐神女，家世一样，行为一样，在各自的民族里，同是人类的第一位母亲，同是主管婚姻与胤嗣的神道，并且无论漂流到那里，总会碰到一起，这其间必有缘故"④。由此可见，不论是高唐还是神禖，都与古代先民的生殖崇拜密不可分，他们都是主管婚姻与胤嗣的"神道"。

最后，闻一多考证"先妣兼神禖"原型实际上表现了古代民族的"生殖"崇拜与"求雨"仪式。

闻一多用文字学及考据学的方法将云梦之神与桑林之神进行比较，发现高唐与涂山氏、简狄都非常相似，从而得出结论："在农业时代，神能赐与人类最大的恩惠莫过于雨——能长养百谷的雨。大概因为先妣是天神的配偶，要想神降雨，惟一的方法是走先妣的门路（汤祷雨于桑林不就是这么回事？），后来因先妣与雨常常连想起，渐渐便以为降雨的是先妣本人

---

① 《闻一多全集》第三卷，第16页。
② 《闻一多全集》第三卷，第16页。
③ 《闻一多全集》第三卷，第19页。
④ 《闻一多全集》第三卷，第22页。

了。先妣能致雨，而虹与雨是有因果关系的，于是便以虹为先妣之灵，因而虹便成为一个女子。"① 这折射了先民们在求雨仪式中的原始心理。在古代人类的想象中，万物有灵，大自然的风雨雷电也和人一样有思想有感情，有刮风的神灵，也有致雨的神灵。为了确保风调雨顺，就必定要举行祭祀神灵的仪式，祈求神灵的庇佑。

祈求神灵的场所通常在云梦或桑林，这两者都是远古时代著名的生殖崇拜的祭祀场地。《墨子·明鬼》载："燕之有祖，当齐之社稷，宋之有桑林，楚之有云梦也，此男女之属而观也。"这就是古代社会中的四大祭坛，是古代先民最神圣的祭祀场所，在那里，人们主要奉行生殖崇拜，因此这些祭坛也是男女自由发生性行为、阴阳调和的地方。祭祀是古代先民所奉行的宗教的重要仪式，对于春秋时期的人们来说，"国之大事，在祀与戎"。个人的生命、种族的繁衍，都要依赖生生不息的生命运动。因此，古代先民崇拜生殖、生命，一方面追溯生命的源头，崇拜生命的起源；另一方面重视繁衍，努力创造新的生命。他们进行生殖崇拜和求雨祭天的场所是相当慎重和神圣不可侵犯的。闻一多指出："桑林之神是宋的高禖，而宋是殷后，则宋的高禖实即殷高禖，亦即他们的先妣简狄……我们可将楚云梦之神高唐（阳）氏女禄和宋桑林之神有娀氏简狄比了。前者住在巫山，能为云雨，后者住在桑山，也能为云雨，前者以先妣而神禖，后者亦以先妣而神禖。"② "这些事实可以证明高禖这祀典，确乎是十足的代表那以生殖机能为宗教的原始时代的一种礼俗。文明的进步把羞耻心培植出来了，虔诚一变而为淫欲，惊畏一变而为玩狎，于是那以先妣而兼高禖的高唐，在宋玉的赋中，便不能不堕落成一个奔女了。"③

高唐、涂山氏、简狄等神话的相似，不仅反映了古代许多民族出自一个共同远祖的现象，还隐藏着古代民族共同的文化心理。"先妣兼神禖"原型实际上表现了古代民族的"生殖"崇拜与"求雨"仪式，这一原型含义与当时农业社会的生产需要以及古代社会的生命意识紧密相关。闻一多

---

① 《闻一多全集》第三卷，第25页。
② 《闻一多全集》第三卷，第25页。
③ 《闻一多全集》第三卷，第26页。

的这一系列论述，从民俗、宗教、礼俗、社会生产等多维文化视角观照古代神话，细致地剖析了神话母题或原型中的文化意蕴。原型缩短了古代与现代之间的时空差距，帮助我们找到人类生命的源头。在神话母题中浓缩了古代先民的思想意识，透露出古代先民浓烈的原始生命意识。

闻一多对中国古代神话的研究，穿透了历史的重重迷雾，洞悉了其中真正的文化意蕴。他的古代神话民俗研究，突破了传统学术研究中的思想方法的局限，引进了现代西方人类文化学、原型批评、结构主义理论等方法，从广阔的人类文化的视野去把握古代神话，分析文学现象，将其置于文化整体中去考察研究。闻一多从多方面、多角度观照古代神话、民俗、文学现象，探究古代社会中的宗教礼仪、古代人类的文化心理和社会意识；从古代典籍中的语言、意象、结构等方面入手，发掘出具有象征意义和文化特征的神话母题和原型。

闻一多关于神话的还原方式在我国的神话研究中有着重大意义。

闻一多在神话研究的过程中融入了自己独到的见解。他并不是简单挪用某个学派的理论，或机械采用其中的个别观点，而是将这些科学分析的方法和中国古代典籍相结合，形成了自己颇具特色的文化阐释批评方法。他善于吸取各方所长，用自己的方式梳理和探索中国神话的本源问题。闻一多在利用西方文化人类学研究古代文学时，融入了弗洛伊德学说、神话学、神话原型批评、结构主义等学科。这些学说、主义，都是和文化人类学、民俗学密切相关的，甚至属于分支，所以我们在叙述时很难进行绝对的划分。例如，闻一多在对洪水造人故事的母题、结构进行分析的过程中，同时使用了民俗学中结构主义的方法。闻一多对于神话研究有自己独创的分析方式，他从中国古代典籍出发，又综合了其他理论和视角，其文化阐释批评，不仅解决了学术上的许多疑难问题，还发现了古代典籍中诸多特定的表现程式和演变规律。他的神话著作观点新颖，考证翔实，材料丰富，有中国自己的神话特色，直到当代仍然有一定的指导意义。

当时国内大部分研究者的思想还不够成熟，还未走出传统文学理论的桎梏。闻一多抢先一步，将西方先进的文化人类学理论与中国古代典籍相结合，用新的思维、新的视角来诠释古老的中国文化典籍。同时期的神话研究，除茅盾以外，还有黄石的《神话研究》、林惠祥的《神话论》等。这些都是以介绍西方人类学的神话理论为主，与闻一多的理论联系实际截然不同。可以说，闻一多为后来者开辟了一条新路。闻一多在神话民俗研究领域取得了前所未有的成就，处于当时国际上这一研究领域的前沿地位。他的相关理论观点极具创见性和启发性，推动了这一研究领域的发展，在海内外都具有极大的影响。

文化人类学的理论和田野调查的方式，为重构中国古代神话传说的缺失部分提供了有价值的研究方法和旁证。而现代考古学的新发现，又为我们提供了新的材料证明。五四以前的学者对中国古代典籍的解读都停留在注释的层面，没有深入古代典籍的文化内涵中去理解真正的神话。20世纪初，大量的西方新思想涌入中国，新的思维方式为中国学者研究中国神话传说提供了新的思路。闻一多的神话还原，就在前人的研究基础上向前迈进了一大步。由于研究资料和当时的历史环境所限，闻一多不可能做大量的田野工作。在当时资料极端缺乏的情况下，他能从新的视角提出新的思维方式，这是弥足珍贵的。回到古代先民生活的情境中去还原神话，解读古代人类的真实生活，无疑是闻一多超越当时绝大多数中国神话研究学者的地方。闻一多以批判的眼光，对所接触到的各种中国古代文学典籍、各种学派、各家见解加以检验，去伪存真，提出自己的看法，充分体现了五四特有的革命批判精神。在闻一多之后的许多专家学者，也对这一问题进行研究考证，事实证明，闻一多在当时提出的新的见解是很有学术价值的，为其后的学术发展指出了新的方向。运用闻一多的文化阐释批评方法去分析古代的神话和传说，可以让我们从中找到某些远古的文化信息，给予我们深刻的文化启示。

王小盾在为《神话求原》一书写的序中说道："20世纪初，西方神话学传入中国，也大大促进了中国神话研究的发展。其中最重要的事件是产生了闻一多的《神话与诗》。这是一部由21篇文章组成的论文集。在其中《伏羲考》一文中，闻一多联系流传在西南各民族中的兄妹婚故事，以及汉以来石刻和绢画中的男女交体像，描写了一部以伏羲、女娲为名义的文化史；亦即从古老的蛇图腾发源，经由半人半兽神、人格神等阶段，以生殖和阴阳交合为主题的思想史。此外，他还进行了一系列神话学和民俗学的比较研究，例如结合神话学和民族学资料，讨论了端午风俗的来源；利用关于古代风俗与祀典的记载，考释了姜嫄弃子、高唐神女等神话。对于以文献学为基础的中国传统学术来说，这种研究是有划时代意义的。它把神话研究提升到这样一个境界——对神话时代的人类生活进行还原的境界。考古学、民族学、语言学，从此成为中国神话研究的必要手段。"①

---

① 尹荣方：《神话求原》，第 1～2 页。

第六章

—❖—

闻一多论古代人类的生命观

第一节　古代人类的审美观以生命为主

一个民族的审美观，是民族物质文明和精神文明的凝聚，是民族文化的反映。审美观是民族或社会群体的共同的审美精神和审美观念，是该民族审美方面的"集体无意识"。古代先民的审美观，反映了三个方面的内容：其一，它反映了民族或社会群体的文化中所蕴含的具有共同的审美趣味、审美价值、审美理想等观念形态的东西；其二，它反映了古代人类在生活中创造出来的物态化的产品上所凝聚的民族、时代的文化观念和精神思想；其三，它反映了古代人类从事的日常生活中的具体审美活动和以什么样的行为方式为美。

中华民族具有浓烈的生命意识，审美观以生命为主。生殖崇拜是古代社会中带有普遍性的社会现象。古代先民的生存环境极其恶劣，他们要与多变的自然环境抗争，与凶猛的野兽搏斗，因此，生存问题始终是第一位的，种族的繁衍是最重要的。恩格斯在《家庭、私有制和国家的起源》第一版序言中指出："根据唯物主义的观点，历史中的决定性因素，归根结蒂是直接生活的生产和再生产。……但是，生产本身又有两种。……一方面是生产资料即食物、衣服、住房以及为此所必需的工具的生产；另一方面是人类自身的生产，即种的蕃衍。"维系人类本身的"种"的繁衍，是古代先民最强烈的意识和最直接的需要。为此，古代人类进行了种种努力，这表现在他们的思维方式和行为习惯中，形成了我们今天所看到的原始文化。无论是原始图腾崇拜还是原始生殖崇拜，都源于氏族的"种"的繁衍心理，它折射出了古代先民对生命的重视及浓重的生存意识。

在古代人类艰难的生存条件下，艺术并不是为了享乐或审美，而是出于极其现实的功利目的。对于古代先民来说，处处是象征，处处是"有意味的形式"，即艺术的表现包括了艺术家的主体情感、理想和趣味，并把这些寄托在艺术形式上。例如，对于我们现代人而言，很多原始岩画只是充满美感的艺术作品。可是，对于古代人类，这些都是有着实际巫术效应的巫术仪式的重要组成部分。古代先民注重的是生殖和繁衍的实际效用，因此他们表现艺术的手法简单而直接，只重视艺术的象征意味，而忽略它的美感。或者说，那种具有实用效能的东西，就是古代人类以之为美的东西。考古学发现，旧石器时代晚期，人类创作了大量的丰乳肥臀的维纳斯雕像，这些雕像并不细腻，只是抽象地表现女性的相关生殖部位，注重对"种"的繁衍尤为重要的性的部分。她们实际上就是古代社会的丰产女神。例如，"洛赛尔维纳斯""温林多府维纳斯""科斯丹克维纳斯""莱斯皮格维纳斯"都是最古老的生殖女神像。这些女神像反映了在图腾兴起之前，古代人类就具有女性生殖崇拜的特点，裸体、丰乳、大腹、肥臀，都是注重突出女性的生殖特征而不是审美特征。所以，古代先民怀着对生殖的神秘感的崇拜，创作了无数的面目模糊，甚至连头像都可以没有的人类历史上最初的女神像。至于男子的形象，在原始岩画中，我们可以看到，他们将男性的生殖器官描绘得十分夸张。这与后来的艺术创作中的人体黄金分割比例，遵循的是两种截然不同的思维方式，反映出古代先民对性和生殖的欲求，以及由此带来的内心的安定和愉悦，表达了古代人类对多产和丰收的愿望。黑格尔指出："在讨论象征艺术时，我们早已提到东方所强调和崇拜的往往是自然界的普遍生命力，不是思想意识的精神性和威力，而是生殖方面的创造力。"①

---

① 〔德〕黑格尔：《美学》第三卷上册，朱光潜译，第40页。

　　古代先民的审美观与现实生活的需求相一致，对自己有实际效用的、与人类自身生殖繁衍相关的，才是美的。对于古代人类来说，美更多的是一种需要。在生殖繁衍成为人类第一需要的远古时代，性便被赋予了美的内容，纳入了美的境界。古代人类的审美与现代人类不同，在他们那里，性的行为完全具有美学的意义，他们在讴歌性的同时，也是在讴歌生命的激情，歌唱拥有自然生命的快感和文化生命的美感。他们借助于宗教、神话、文学、艺术等文化现象，流露出人类永远不能泯灭的对生命激情的崇拜。原始文化是人类本质的一部分，根源于人类的原始生命力。原始文化在生命中获得了存在的意味，又在文化形式中隐藏着最古老、最神圣的生殖崇拜的内容。要挖掘出这些隐藏的内容，就必须借助于文献学、民俗学、考古学等多种学科，进行多种视角的综合分析和考察。

第二节　闻一多论古代人类的性欲观

　　对于《诗经》的真正意义，闻一多在《诗经的性欲观》中，一开始就指出清人江永、崔适等"前辈读《诗》，总还免不掉那传统的习气，曲解的地方定然很多，却已经觉得《诗经》云淫是不可讳言的了。现在我们用完全赤裸的眼光来查验《诗经》，结果简直可以说'好色而淫'，淫得厉害"[①]。可是，在历代注家的注疏过程中，却因为种种原因，不能还原《诗经》的本来面目，使之变得扑朔迷离。《毛传》《郑笺》《毛诗正义》将《诗经》神圣化，用同一的标准和模式去阐释它，认为它是圣王教化的书籍。宋代的儒家以朱熹为代表，用理学家的眼光重新解读《诗经》，戴着有色眼镜，认为它是彻底的"淫诗"，把它当作改造旧儒学的反面教材。当然，相对于《诗经》的真实性而言，后者比先前的"美刺说"进步了不少。所以，闻一多指出："自古以来苦的是开诚布公的人太少，所以总不能读到那真正的《诗经》。"[②] 闻一多说，"如果从我们眼睛里看不出《诗

[①] 《闻一多全集》第三卷，第 169 页。
[②] 《闻一多全集》第三卷，第 170 页。

经》的淫，不是我们的思想有毛病，便是《诗经》有毛病"①。他也认为：
"《诗经》时代的生活……没有脱尽原始人的蜕壳……用研究性欲的方法来
研究《诗经》，自然最能了解《诗经》的真相。其实也用不着十分的研究，
你打开《诗经》来，只要你肯开诚布公读去，他就在那里。"② 古代人类饱
含激情，叙述他们对生殖力的崇拜，以及对生命的赞美。这种顽强的生命
力被诗意地保存了下来。

闻一多通过对《诗经》的研究，发现《诗经》时代是一个能够放纵自
由天性的时代。《诗经》时代人们对性的态度是热烈而奔放、带有生命
力的。

第一，闻一多从训诂入手，发现了《诗经》时代人类对性欲的赤裸裸
的表现方式。

闻一多指出："讲《诗经》淫，并不是骂《诗经》。尤其从我们眼睛
里看着《诗经》淫，应当一点也不奇怪。"③ 由于我们所处的时代与古代人
类大不相同，所以我们眼中的"淫"并不意味着处于那个时代的人们是下
流而淫荡的。闻一多认为："这一部原始的文学，应该处处觉得那些劳人
思妇的情绪之粗犷，表现之赤裸！"④ 原始思维和现代思维的差异，导致从
前那些奔放的、直接表现情欲的诗歌，被蒙上了淫秽的色彩。"从前的人，
即便认出一首淫诗来，也不敢那样讲，因为一个学者得顾全他的身份，他
的名誉。"⑤ 对此，闻一多深表遗憾："明明一部歌谣集，为什么没人认真
的把它当文艺看呢！""在今天要看到《诗经》的真面目，是颇不容易的，
尤其那圣人或'圣人们'赐给它的点化，最是我们的障碍。"⑥

闻一多在训诂中发现，《诗经》中表现性欲的方式，可以分为五种：
"明言性交"、"隐喻性交"、"暗示性交"、"联想性交"和"象征性交"。⑦

① 《闻一多全集》第三卷，第 169 页。
② 《闻一多全集》第三卷，第 170 页。
③ 《闻一多全集》第三卷，第 169 页。
④ 《闻一多全集》第三卷，第 169 页。
⑤ 《闻一多全集》第三卷，第 188 页。
⑥ 《闻一多全集》第三卷，第 199 页。
⑦ 《闻一多全集》第三卷，第 170 页。

这些诗篇都表现出古代人类对生殖器官和性交行为的崇拜和颂扬，反映了古代先民的生殖崇拜，以及对自身生殖力的神秘向往；也为我们弹奏了一曲酣畅淋漓的生命赞歌，让我们感受到了原始生命的纯净和热烈。

闻一多讲《召南·草虫》，从解释"觏"字开始。先谈"《郑笺》解释'觏'字，引《易》曰：'男女觏精，万物化生。'"① 紧接着谈到古代婚礼的习俗，最后描述女主人公的心理："其实她的愿望，不是空空见一见，就够了；她必待'亦既觏止'，然后她那卓盇趯趯跳着的心，才'则降'，'则说'，'则夷'了。"② 闻一多认为，这首诗反映了一个在洞房中充满期待的新娘，期盼她美好的新婚之夜，"这讲得如何的痛快，如何的大方"③。可是，从文明人的角度来看，这样写太过露骨，所以"《仪礼》乡饮酒，射燕诸礼都要奏二南的六诗，召南的三篇……偏偏把中间的《草虫》抽掉了"，原因在于惠栋的理由："其言近乎亵矣。"由此可见，该诗对于性的暗示非常明显。可是，某些注家却偏说此诗篇"能以礼自防"，偏要给这首诗附加上道德的注解。为此，闻一多反对《诗序》中的说法，讽刺道："不知道那不能以礼自防的，还要亵到什么程度！"④

《诗经·国风》也表现出了古代先民对性的自由态度，展现了古代人类的自由天性。例如，在训诂《曹风·蜉蝣》一诗时，闻一多指出其中反复出现的"心之忧矣"中，"忧字本训心动，诗中的忧往往指性的冲动所引起的一种烦躁不安的心理状态，与现在忧字的涵义迥乎不同"⑤。紧跟其后的三句话——"于我归处""于我归息""于我归说"则都表明了"来和我住宿"的含义。因此，闻一多总结说，"这样坦直、粗率的态度，完全暴露了这等诗歌的原始性"⑥。闻一多还指出，《郑风·将仲子》《魏风·汾沮洳》《卫风·淇奥》"语气相近，都是'女欲奔男之辞'"⑦。由此

---

① 《闻一多全集》第三卷，第 170 页。
② 《闻一多全集》第三卷，第 171 页。
③ 《闻一多全集》第三卷，第 170 页。
④ 《闻一多全集》第三卷，第 171 页。
⑤ 《闻一多全集》第四卷，第 461 页。
⑥ 《闻一多全集》第四卷，第 461 页。
⑦ 《闻一多全集》第四卷，第 465 页。

　　可见《诗经》时代民众的坦率与真挚。

　　《诗经》时代的女子，骂人都骂得直接而粗鲁，使用赤裸裸的性语言。例如，《郑风·褰裳》一诗，讲的是一个女子对男子说的情话。对于诗中的反复句"狂童之狂也且"的解说，很多学者都因为"文明"的缘故，隐藏了这句话本来的粗俗意义，文雅地将之解释为"你这小子狂个什么，有什么好骄傲的"。对于此句之前的文字的理解，大都一致："如果你爱我、想我，就找我；如果不爱我、不想我，难道就没有其他人爱我、想我了？"但对于"且"字的含义，一般都解释得特别含蓄。闻一多认为，如果用现代语言来表达，应该是"你小子狂个鸟"。《郑风·山有扶苏》中也有关于"且"的文字："不见子都，乃见狂且。"很多学者也因为"文明"用语的缘故，将之翻译为"不见俊俏的子都，却见丑陋的狂夫"。闻一多认为应该保持原汁原味的翻译特色："不见俊俏的子都，却看见一个傻鸟。""且"字应解释为男根。在现代文明人的眼中，"且"是难登大雅之堂的，后世的道德家们很难理解神圣的《诗经》为何充满了污秽的下流话。这表明了古代人类和现代人类之间的思维差距。

　　对于古代先民而言，在口语表达时把关于生殖器的词汇挂在嘴边，是再正常不过的事情了，他们所处的时代就是一个将生殖视为最高神圣的时代。所以，闻一多指出："让我们一般平淡无奇的二十世纪的人（特别是中国人）来读这一部原始的文学，应该处处觉得那些劳人思妇的情绪之粗犷，表现之赤裸！处处觉得他们想的，我们决不敢想，他们讲的，我们决不敢讲。我们要读出这样一部《诗经》来，才不失那原始文学的真面目。"①《诗经·郑风》中的大部分诗篇都直接而大胆地表露了古代先民对性的态度，后世的儒家学者都斥责《国风·郑风》的淫秽。闻一多却指出："前人说郑卫多淫诗。我说齐风之淫，恐怕还在郑卫之上。"② 这其实是说，那个时代的婚姻方式就是自由任性的，人们的情感是率真而热烈的。英国文化人类学家爱德华·泰勒指出："在许多蒙昧部落中，性的关

　　① 《闻一多全集》第三卷，第 169 页。
　　② 《闻一多全集》第三卷，第 174 页。

系比起在伊斯兰教世界的富人阶级中来是要健康的。"① 无论是东方民族还是西方民族，在原始思维的影响下，古代先民对性行为的态度和理解几乎是趋于一致的。

闻一多认为，《齐风·东方之日》是一篇"实指性交的诗"。他纠正了郑玄的注解，认为郑玄虽然将大概的词意训诂对了，却训诂错了"履"字。闻一多认为诗中的神韵就在这"履"字上，表现的应该是做了亏心事却怕被人知晓时走路的神气。所以，"履我发兮"的意思就是"偷偷的走来，和我举行夫妇之事"②。由此看来，古代人类对于性的行为并不避忌，什么样的性状态都可以直接地表达出来。

《诗经》时代的人们注重自身的繁衍与发展，即"种"的繁衍。所以，人们对性的态度是顺其自然，并带有实际功利的目的。可是，在文化的发展进程中，原始的野蛮的生命力逐渐异化，人们对于性和性行为渐渐羞于启齿。因此，古代的《诗经》注家们开始对《诗经》进行道德化的解说，以期掩饰那些"羞耻"的行为。法国文化人类学家葛兰言指出："简言之，如果中国人相信《诗经》出自学者之手，其原因在于对《诗经》的学究式注解；如果他们不得不把注解弄得越来越具有'微言大义'的意味，那是因为他们想从中汲取符合正统道德规范的认识。……有时，如果学者对《诗经》的道德价值以及它们出自学者之手产生某种疑虑的话，那是因为年代的久远在诗歌描述的习俗与他们所珍视的习俗之间制造了隔阂。注释家们发现自己陷入的困境，是由于他们坚信道德原则亘古不变而必然导致的结果。"③

对于现代文明人而言，蛮荒的远古时代散发出神秘的诱惑力。它吸引着人们探索人类文化的源头，在那里充满了古代人类混沌的、炽烈的生命力。上古文化的显著特征就是对生命的讴歌，对生殖的崇拜。古代先民在野兽出没、荆棘丛生的恶劣环境中，努力生存，正是凭借着对生命力的强烈的崇拜，才走到了人类文明的今天。对古代人类来说，具有真正意义的

---

① 〔英〕爱德华·泰勒：《原始文化》，连树声译，第28页。

② 《闻一多全集》第三卷，第174页。

③ 〔法〕葛兰言（Marcel Granet）：《中国古代的节庆与歌谣》，赵丙祥、张宏明译，第70页。

文化就是崇拜生命的文化，在他们的世界中，万事万物都是生命孕育化生的结果。随着文明的进化，原始的生殖崇拜渐渐被文饰、被压抑，隐藏在原始文明中，但人类的性意识、生命的本能欲望却以其他方式继续存在。古代先民激扬的生殖崇拜逐渐转向对抽象的生命意志的概括，他们对生殖的向往渐渐隐藏在集体无意识中，隐藏在各种文化现象中进行象征。这也造成了我们解读原始文化的困难。因此，我们研究上古文化，要借助对文化现象的分析，从冷静理智的文化形式中探索出充满活力的生殖崇拜的意味，寻找生命的源头。

第二，闻一多认为，古代社会未婚男女青年野合、聚会的习俗普遍存在，是古代先民生产劳动的重要组成部分，蕴含了他们的神圣情感。

闻一多指出，野合习俗在古代人类的社会生活中是常态化的："在一个指定的期间时，凡是没有成婚的男女，都可以到一个僻远的旷野集齐，吃着，喝着，唱着歌，跳着舞，各人自由的互相挑选，双方看中了的，便可以马上交媾起来，从此他们便是名正言顺的夫妇了。"① 这种野合习俗可以从古代典籍、考古学的新发现，以及现代田野调查中得到证实。

中国古籍中有诸多关于野合习俗的记载。例如，《太平寰宇记·南仪州》载："每月中旬，年少女儿吹笙，相召明月下，以相调弄号，日夜以为娱，二更后匹耦两两相携，随母相合，至曙方散。"考古学的研究也表明了这种习俗的普遍性。在四川成都出土的汉代画像砖上，考古学家发现了多种形式的男女野合图。图像相当生动而细腻。例如，其中一块画像砖清楚地再现了一位妇女将衣服挂在桑树枝上，把篮筐丢在一旁，和男子在树下野合的情形。这在现代文明人眼中，绝对是淫秽的。可是古代人类却将之视为吉祥、神圣的象征，蕴含了子孙昌盛、生生不息的意义。考古学研究发现，这种野合图还经常作为中国古代新娘出嫁时的"压箱底"。

一直从事萨满教研究的郭淑云，在田野调查中发现，在满族萨满教古老的大祭之后，会有由萨满安排的不同氏族男女的自由野合。这种野合是为了繁育强壮、聪颖的后代，被视为神的旨意。"相爱的男女可以在林中、

---

① 《闻一多全集》第三卷，第171页。

草丛中架屋，设野合床，同居数日，并在附近挂上花环等记号，外人见此物，便悄然离去，不许冲撞干扰，野合被视为纯洁而美好的事情。'在婚床近处，高高挂着用五彩野花编织的花环，那是爱情的象征。男女交合受孕，诞生的孩子无疑是最圣洁的，最有生命力的，他们以后定能像小鹿一样奔跑。火祭成了男女真正的爱情狂欢节。'在祭祀野合后，男女双方可互留信物，女方多送羽翎、蚌珠、骨雕饰物，男方则送野猪牙、貂尾、骨箭、骨刀等，一般由女萨满为证人。然后，择吉日男嫁女方氏族。"① 原始的野合习俗对氏族部落的繁衍起到了重要作用，是古代先民非常神圣、庄严的活动。这是属于生殖崇拜的祭祀性的舞蹈和民俗活动。

现代学者王松林也记载了这种择偶求婚的"神婚仪式"。他指出，在这个仪式中，"各氏族部落的男女，会聚到代表始母神圣灵的'神树'下，随木鼓舞蹈，尽情展示各自的优美舞姿，通过舞会选择配偶，并以舞蹈动作向对方表示爱慕"②。"婚配仪式开始，篝火、火把熄灭了，所有的鼓声响成一片，舞跳得更加紧张热烈，婚配男女戴红羽毛花，成双成对到选定处野合。第二把火烧起来，这些男女在锣鼓声中出来，婚配完成。"③ 在原始部落中，野合习俗随处可见。欧洲的"五月花柱舞"就是野合习俗的变体。人们在"五朔节"当天，竖起五朔柱，然后围着柱子跳舞，跳完舞后纵情欢庆，自由交媾。中国云南大理的白族有个传统节日"绕三灵"，就是每年农历四月二十三到二十五日在洱海、苍山之间举行的盛大集会。已婚或未婚的男女列队游山逛庙、对歌奏乐、歌舞相娱，入夜则选中对象进行幽会。这些都是原始习俗留存至今的表征。

古代先民一般都会在祭神仪式之后进行节日性放纵，狂欢烂醉，这反映了他们崇尚生殖和生命的心理特质，而《诗经》时代确乎是一个能够自由地放任天性的时代。

闻一多在训诂《诗经·郑风》时，对前代学者的注经感到困惑，"从孔子到汉晋人都不怀疑郑诗的淫，为什么后人倒怀疑起来了？……现在我

---

① 郭淑云：《原始活态文化——萨满教透视》，第 372 页。
② 王松林主编《远去的文明——中国萨满文化艺术》，第 99 页。
③ 王松林主编《远去的文明——中国萨满文化艺术》，第 106 页。

们看二十一篇郑诗，差不多篇篇是讲恋爱的。但是说来也奇怪，讲到性交的诗，也不过《野有蔓草》和《溱洧》两篇"①。为此，闻一多对那两首讲到性交的诗进行了详细的解读。闻一多认为，《野有蔓草》一诗"从头到尾，都是写实的"②。他反对毛亨对该诗的解读，认为毛亨将之解说为"君之恩泽不流下"完全是不着边际的"怪话"。经过多番考证，闻一多指出："邂逅本有交媾的意义。"③ 他用诗性的语言带读者想象当时的情形，认为诗中描写的应该是初春时节一对有情人的浪漫之夜。闻一多的这种解说，给予了毛亨社会道德教化式的解说以有力的一击。法国文化人类学家葛兰言指出："有时候，在歌谣中怎么也找不到古代道德的影子。这些歌谣直截了当地描写男女两性的野合。多么反常的恶俗！无论怎样连篇累牍地斥责混乱的统治，丝毫也无法减轻诗歌给人留下的淫荡印象。为了将这些诗歌与《诗经》主旨协调起来，注释家认为，这些诗歌是忠实的臣子为劝谏诸侯改过而作的讽刺诗，但这时就不太强调这些诗出自学者之手。对于这些过于明目张胆的个别诗歌，注释家们明智地采取了快速略过的策略。对一首没有任何微言大义的诗歌，还需要给它加上一个微言大义的作者吗？"④

古代人类称夫妻好合为"行周公之礼"，认为这是非常神圣和隆重的事情。《诗经》中的情歌热烈而奔放，在古代社会的群婚制背景下，先民们的野合行为合情合理、自然生发，反映了当时社会的风俗状况。《吕氏春秋·恃君》载："昔太古尝无君也，其民聚生群处，知母不知父。"很多圣人的出生都是野合的结果，而且这些史实并没有随着时间的流逝而被历史湮没，反而保存了下来。这恰恰说明了当时的民俗风尚就是那样粗犷和自然。例如，在圣人孔子的传说中，孔子就是野合而生的，据司马迁《史记》所载，"纥与颜氏女野合而生孔子"。梁玉绳的《史记志疑》中载："古婚礼颇重，一礼未备，即谓之奔，谓之野合。……颜氏从父命为婚，

---

① 《闻一多全集》第三卷，第 171 页。
② 《闻一多全集》第三卷，第 172 页。
③ 《闻一多全集》第三卷，第 172 页。
④ 〔法〕葛兰言（Marcel Granet）：《中国古代的节庆与歌谣》，赵丙祥、张宏明译，第 69 页。

岂有六礼不备者……盖因纥偕颜祷于尼山而为之说耳。"清人誉适《史记探源》中载："纥与颜氏女祷于尼丘野合而生孔子，于尼丘扫地为祭天之坛而褥之，遂感而生孔子，故曰野合。"这些都明确说明了孔子是纥与母亲颜氏野合而生的。由此可见，古代先民是用神圣的感情去对待他们的野合习俗。可是，后世的文明人认为野合是一种耻辱，于是将野合而诞生的圣人的出身加以改编，创造了感生神话。例如，《春秋元命苞》中载神农的诞生："少典妃安登游于华阳，有神龙首感之于常羊，生神子……是为神农。"在社会历史的进化过程中，这种原始的风俗渐渐地离我们远去，我们只能从古代典籍中寻找它遗留下来的痕迹。

在古代先民看来，性交是具有生殖的神圣意义的，他们并不认为野合行为是后世道德家所谓的污秽和下流。相反，他们在举行那些神圣仪式之时，感受到的是圣洁与庄重。葛兰言指出："当他随同当地人前去参加当地有名的节日'绕三灵'时注意到，前来参加这种颇有'色情'意味的男男女女们并没有像他当初想象的那样眼里充满了渴望，正好相反，男女双方在轮流向对方唱一些'荤'曲时，都几乎无一例外地面无表情，眼睛从来不看对方，却像是冷漠地在望着天边某个不存在的东西一样。……似乎有某种'莫名'的东西强迫着他们这样不得不这么做：求子、求福或求丰产。"[1] 可见，古代先民并不以野合为"淫"，现代人眼中的野合是他们神圣的祭祀活动，是为了种族的生存与繁衍而做出的努力。现代学者郭淑云认为："在氏族外婚制的前提下，性生活有一定的自由，这一方面是为了适应生理的需要，另一方面则是为了氏族的蕃衍，而后者更为重要。可以说，祭后野合之俗的出现和延续正是先民们崇尚生命、崇尚生殖观念的反映。"[2]《诗经》时代的作品无疑是坦率而真挚的，它大胆、毫不掩饰，直接抒发人类最本真的情感，天然放任。所以，闻一多总结说："认清了《左传》是一部秽史，《诗经》是一部淫诗，我们才看到春秋时代的真面

---

① 〔法〕葛兰言（Marcel Granet）：《中国古代的节庆与歌谣》，译序，赵丙祥、张宏明译，第 6 页。

② 郭淑云：《原始活态文化——萨满教透视》，第 373 页。

目。"① 这一结论，对于维护《诗经》儒家传统解说的道学家来说，真是具有极其震撼的力量。

第三，闻一多发现，《诗经》时代的婚姻性爱习俗和原始巫术的生殖生产观念紧密相连，具有季节性和明确的功利性。

闻一多指出，古代人类的性爱活动，"春最多，秋次之，冬最少。……初民根据其感应魔术原理，以为行夫妇之事，可以助五谷之蕃育，故嫁娶必于二月农事作始之时行之"②。葛兰言也指出，《诗经》中的情歌是"春季节庆中神圣情感的产物"，认为"这些歌谣带有仪式起源的印记，在歌谣里保留了某种神圣起源的东西。它们都是在宫廷庆典中演唱的，在《诗经》中，它们同王朝和仪式歌谣并放在一起。这些歌谣因年代久远而得到了尊崇，同时又在其田园主题中保留了季节准则的痕迹，由此，它们也就成了后世道德修辞的素材来源"③。这就说明，仅仅以"淫荡"来看待《诗经》中的两性之爱是非常片面、狭隘的。古代的两性之爱总是同人类自身的繁殖和农事生产的增产效益紧密联系在一起，我们对于先民们的这种仪式不能用现代的淫秽的眼光来看待，而应该回到原始时代，感受古代先民唱给生命的赞歌。

闻一多通过对《诗经》的研究，认为《诗经》时代就是这样一个充满了神圣仪式的时代。闻一多引《周礼·地官·媒氏》中仲春之月未婚男女相聚的习俗说："仲春之月，令会男女，于是时也，奔者不禁，若无故而不用会者罚之，司男女之无夫家者而会之。"根据《周礼》所言，这种原始的野合行为，无故不参加者还要受到惩罚，而未婚男女的野合往往发生在特定的季节。葛兰言将《诗经》中的情歌归结为"田园主题"，认为发生这些主题的最合适季节"一般都是春秋两季"，"萌芽期、突然到来的开花期、急剧的落叶、候鸟的往来、虫类的惊蛰与冬眠、动物的求偶、雷鸣、彩虹、露水与霜冻，所有这些事物或其他事物都标志着雨季的开始或终结。总言之，任何一种标志着农事开始或终结的事物——田园主题就与

---

① 《闻一多全集》第三卷，第 190 页。
② 《闻一多全集》第三卷，第 368 页。
③ 〔法〕葛兰言（Marcel Granet）：《中国古代的节庆与歌谣》，赵丙祥、张宏明译，第 134 页。

这些事物紧密地联结在一起，而正是这种事实使得在漫长的冬季休耕期的开始或终末举行野间集会成为正当之举"。①

古代的神婚仪式往往选择在春季举行，就是因为春天是一个百花盛开、生机盎然的季节，更是播种的重要季节。春季对于农作物的生长和动物的繁衍，都是非常关键的，所以在春季野合，就有了象征的意味。《后汉书·鲜卑传》中载有春季野合的习俗："此春季大会，洗乐水上，饮宴毕，然后婚配。"葛兰言也指出："在郑国，慰抚、各种被除仪式、采花、涉河、赛歌、性爱仪礼、约婚，所有这些，在山川的春天节庆中都是融为一体的。"② 经过考证，闻一多证实《溱洧》这首诗发生的背景就是"三月上巳之辰"，士与女"既感春气，托采香草，期于田野共为淫佚"③。在对《溱洧》的解读中，闻一多仍然是用训诂的方式考证诗中的关键字眼"谑"。虽然闻一多"没有找到直接的证据，解作性交"④，但是，他大胆地怀疑、推断，最终得出结论："谑字可见也有性欲的含义。"⑤ 由此可见，《溱洧》这首诗描绘的就是古代人类春季的野合习俗。三月桃花开，从仲春二月的桃花水到三月三上巳节，直至夏初的采桑时节，都是古代社会未婚男女约会的好时节。陆次云《峒溪纤志》中载《苗人跳月记》云："苗人之婚礼，曰'跳月'。跳月者，及春而跳舞求偶也。"这些都是古代人类季节性的野合习俗。

现代考古学证实，古代先民为这种季节性的仪式，制作了不少骨棒，上面雕刻着繁殖季节中各种动植物的显性特征，例如，盛开的鲜花、交配的蛇、洄游时期的鲑鱼等。美国史前考古学家马沙克认为："这类艺术品和形象都是为了某种特殊的仪式或礼仪的用处而被制造出来的。动物形象的现实主义风格，包括它们性别、年龄、行为和季节特征，都暗示出这种仪式常常是和季节联系在一起的。"⑥ 古代人类很多仪式的举行都在雨季开

---

① 〔法〕葛兰言（Marcel Granet）：《中国古代的节庆与歌谣》，赵丙祥、张宏明译，第117页。
② 〔法〕葛兰言（Marcel Granet）：《中国古代的节庆与歌谣》，赵丙祥、张宏明译，第137页。
③ 《闻一多全集》第三卷，第173页。
④ 《闻一多全集》第三卷，第173页。
⑤ 《闻一多全集》第三卷，第174页。
⑥ 朱狄：《艺术的起源》，第119页。

始之后，因为此时动植物正处于繁殖之际。这些仪式的主要作用在于祈求图腾动植物的繁衍，所以在表演中会模拟动植物的繁殖状态，而在这些具有巫术意义的原始仪式中，野合习俗占有重要的位置。

以农业为主体经济形式的民族，重视天时对耕作和收获的决定性作用。他们在农时采取的祭祀方式都带有巫术的意味，反映了古代先民的社会生活和生产方式。所以，古代人类的野合习俗也和季节联系在一起。他们相信，大自然的季节变换所产生的魔力，可以对万事万物的生长起到积极作用，包括人类自身的生存与繁衍。葛兰言指出："极有可能的是，初看很像古老民歌的诗歌，原本具有仪式上的价值。此外，从诗歌的象征论中抽取出的道德，其源头可以在这样的观念中找到，即人类与自然一样，也必须在恰当的时间来行事。因而，在歌谣中，我们有可能发现季节规则的某些痕迹。……简言之，歌谣看来适合进行信仰的研究，正是从这些信仰中，产生了中国古代的季节仪式。"[1]

闻一多所做的文化阐释工作，正是还原真实、变模糊为清晰的过程。由于原始思维是非理性的，对很多现象无法理解，所以先民们便凭借自己的想象力，想出了许多原始的巫术和祭祀的仪式。"由于献祭的目的是利己的，所以人的神化仍然是宗教的最终目标。"[2] 古代先民的一切巫术和仪式都是和氏族的"种"的兴旺、生产的丰收等现实利益联系在一起的。古代人类的生活条件较为恶劣，植物的生长和动物的繁衍，都直接影响人类自身的生存和繁衍，因此他们往往选择万物复苏的春季，在春耕时节举行有利于生殖和农业生产的巫术仪式。原始的祭祀活动，往往一年举行三次，季春、仲秋、季冬，这是和农业节气紧密联系的巫术活动。在古代农业文明中，节气和耕种、收获紧紧相连，因此那些酬谢神灵、祈求丰产丰收和子孙兴旺的祭祀活动，就都与农业生产活动的规律相联系，与农事时令节气相融合。葛兰言认为，《诗经》中的情歌"阐明了隐藏在经典正统背后的古老习俗。它们揭示出，确实存在乡村的、季节的节庆，正是这些

---

① 〔法〕葛兰言（Marcel Granet）：《中国古代的节庆与歌谣》，导论，赵丙祥、张宏明译，第 6 页。

② 《马克思恩格斯全集》第 27 卷，第 46 页。

节庆决定了中国农民生活和两性关系具有的节奏性。它们以其原始状态展示了男女青年在这些定期集会、在隔离期中的感情。它们也为我们提供了具体的例子，表明爱情的情感，以及这些情感与社会习俗和一定的社会组织之间的关系。因而，这些诗歌的价值绝不仅仅限制在文学史研究上。这些歌谣让我们确实能够确定农业节庆的意义，确定季节仪式的功能，并由此理解社会实在本身是如何向前发展的"①。

第四，闻一多认为，在生殖观念的影响下，古代社会很自然地产生了抢婚制。

闻一多指出："在图腾社会中有一种很重要的制度叫'外婚制'，就是男子不能和他本族的女子结婚，一定得找外族的女子作配偶。在这制度下两族本可交换女子结婚，但因古代婚姻，不单是解决两性的问题，重要的还是经济的问题，大家都需要生产，劳动力，女子在未嫁前帮娘家做活，娘家当然不愿她出嫁而减少一个帮手，使自己受到损失，所以老把女儿留在家里。但另一边同样急切地需要她去生产孩子，在这争持的情形下，产生了抢婚的行为。"② 抢婚制，又被称为"劫夺婚"，也就是男子凭借武力等形式强行抢夺女子，结为婚姻。《易经》中载有抢婚行为，如《屯》六二载："屯如邅如，乘马班如。匪寇，婚媾。"《屯》上六载："乘马班如，泣血涟如。"这些诗句就是在描述古代劫夺婚的场景，说的是男子骑马闯入女子的家中，但他并不是强盗，而是在抢婚。女子哭泣并不是因为遇到盗匪，而是遭遇了抢婚。

抢婚制是古代社会某一特定时期所流行的婚姻制度，是符合当时社会发展需要的。那时的女子不单是作为繁衍的工具而遭到抢夺，同时也是作为劳动力被劫夺。在古代社会生产力低下的情况下，男女双方的部族都希望添丁进口，增加劳动力，多多繁衍生息。因此，男方部族迫不及待地抢婚，而女方部族则拼命守护。这种劫夺婚是当时特定条件下普遍存在的婚俗，反映了古代人类对于生殖和繁衍的重视，对后世也有相当大的影响。例如，我国的爨族一直盛行抢婚制。当然，这种劫夺婚早就失去了原始的

---

① 〔法〕葛兰言（Marcel Granet）：《中国古代的节庆与歌谣》，赵丙祥、张宏明译，第135页。
② 《闻一多全集》第二卷，第415页。

意义，成为假劫真婚，新郎、新娘双方也只是假装扮演抢与被抢的角色而已，并无实质内容。

生殖崇拜在文明演进的过程中具有重要作用，它不是淫荡和色情，而是强烈的生命意志的体现，反映人类自身的"种"的生产与繁衍。"如果我们设身处地地把自己置于原始人所处的那种愚昧混乱的思想状态中，我们就可以想象他感到青春期的那些神秘的事情，性的差异，交媾，生育等都好像混杂着一种魔力。"① 对于古代先民而言，那些性和生殖，都是生命的狂欢曲。古代人类虔诚地对待一切与性有关的事物，生殖行为中的任意一个环节都具有无比深刻的含义。生殖行为中的任意一个环节，都能唤起他们最崇高、最庄严的使命感，正如尼采所说："真正的生命即通过生殖、通过性的神秘而延续的总体生命。……在其中可以宗教式地感觉到最深邃的生命本能，求生命之未来的本能，求生命之永恒的本能——走向生命之路，生殖，作为神圣的路。"②

《诗经》时代的这种性欲观，以及注重"种"的繁衍的态度，一直影响着后世的人们。现代被称为"活态文化"的萨满教就有类似于《诗经》中的故事。它是由田野工作者富育光先生记录下来的符号文字，王松林先生进行了翻译："在遥远的大山南面　住着一位美丽如花般的格格　我骑着剽悍的骏马去找她　一连三次都被她拒绝　我是多么彷徨和忧伤　第一次见她是个大雨滂沱的日子　我托河里的鱼儿把我的爱情表达　狠心的各个却把我当做仇人赶出部落　第二次见她时漫天刮起大风　风沙挡不住我的去路　我托信鸟传达我的忠心　无情的格格啊　却放出猎犬把我赶出家门　第三次我又去见她　天空下起大雪纷纷　我托云鹰表白我的真情　可怜的姑娘哟　还是把我当成敌人　我是多么痛苦万分　在遥远的大山南面　住着一个能歌善舞　又能生儿育女的好姑娘　我爱她到老甚至死亡　也要同她永结同盟百年好合。"③ 故事里的青年，辗转追求的是一位"能歌善舞，又能生儿育女的好姑娘"。恐怕能生儿育女是最为重要的。这也是现

---

① 朱狄：《艺术的起源》，第 191 页。

② 〔德〕尼采：《偶像的黄昏》，周国平译，第 124～125 页。

③ 王松林主编《远去的文明——中国萨满文化艺术》，第 33 页。

在云南"十八怪"中，有一怪是"背着娃娃谈恋爱"的原因。婚前生子，不但不是耻辱，反而是具有生殖力的有力证明。

第三节 闻一多论《九歌》中的生命观

闻一多治中国古典文学，以研究《楚辞》的时间为最长，用力最多。《楚辞》是学者们普遍认为最难读的书。闻一多在《楚辞校补》中指出了其之所以"难读"的三个原因："（一）先作品而存在的时代背景与作者个人的意识形态，因年代久远，史料不足，难于了解；（二）作品所用的语言文字，尤其那些'约定俗成'的白字（训诂家所谓'假借字'），最易陷读者于多歧亡羊的苦境；（三）后作品而产生的传本的讹误，往往也误人不浅。《楚辞》恰巧是这三种困难都具备的一部古书。"① 更加上封建时代儒家学者对《楚辞》进行研究，往往把它加以儒学式的穿凿附会，例如，所谓屈原诗歌的本旨在于"依托五经以立义"等议论，往往遮蔽了《楚辞》的原貌，因此，人们更难识别《楚辞》的真面目。

闻一多采用文化阐释方法来研究《楚辞》，利用卜辞、古文字学、音韵学的知识，依据人类文化学的研究材料，来还原当时社会的生活状况，所以，闻一多的《楚辞》研究取得了令人耳目一新的成果。其中，闻一多对《九歌》进行了透彻的解说和还原，带领读者重新回到远古时代，领略楚地的原始歌舞，感受古代人类对生命的赞颂与崇敬。《九歌》相传是夏禹的儿子夏启从天帝处得来的。这是一组超越时空的优秀作品，与楚地的巫术活动密切相关。胡适在《读楚辞》中说："《九歌》与屈原的传说绝无关系。细看内容，这九篇大概是最古之作，是当时浙江民族的宗教歌舞。"《九歌》一共是十一章，目次是《东皇太一》《云中君》《湘君》《湘夫人》《大司命》《少司命》《东君》《河伯》《山鬼》《国殇》《礼魂》。这是楚人祭祀自然以求神灵保佑的巫祝风俗的艺术反映。

古代人类崇尚生殖，崇尚生命，他们所有的祭祀活动，都是为了自身

---

① 《闻一多全集》第五卷，第113页。

生命的延续。在古代先民的祭祀仪式中，为了更好地达到祭祀的实用功利性目的，人们载歌载舞，以取悦他们心目中敬畏的神灵。在原始歌舞中，古代人类将音乐、舞蹈、诗歌三者融为一体，并夹杂了自身的虔诚与热情、快乐与喜悦等各种心情。《礼记·乐记》中载："诗，言其志也；歌，咏其声也；舞，动其容也。三者本于心，然后乐器从之。"古代先民将这三者有机结合，融为一体。他们没有现代文明人的多种多样的表达手段，因此音乐和舞蹈成为他们表达情感的有力工具。无论在何种场合，如庆祝丰收、战争胜利、婚丧活动、新生命诞生等，先民们都会用他们古老的艺术形式来传达心声。《易经》载，"得敌，或鼓或罢，或泣或歌"，这就生动地描绘了古代人类运用音乐来表达感情的情景。在"歌"的同时，也会"舞"。原始岩画上就展现了先民们载歌载舞的场景，多为庆祝丰收和婚庆、祈年等。

古代人类祭祀用的音乐、舞蹈都具有特殊的巫术意义，其内容和形式的表达大多与他们所向往的生殖的力量，以及鲜活的生命力量相关。闻一多指明，《九歌》具有"最古的用途及其带猥亵性的内容"①。所谓"最古的用途"，就是古代人类运用巫术来祈求风调雨顺、五谷丰登、人丁兴旺；所谓"猥亵性的内容"，就是《九歌》所表现的古代先民对性的放任与自然而然的态度。闻一多的这一解说，就表明了《九歌》所传达的内容是古代人类对生命的热情与执着，他从内容和形式两个方面对《九歌》进行了解说。

第一，从形式上看，闻一多认为"九歌"是"歌的一种标准体裁。歌以九分，犹之风以八分，音以七分……多一为有余，少一为不足"②。"所谓'九歌'者本是九句之歌，亦即三章章三句的一种歌体。"③ 据闻一多考证，"歌"本来是没有什么实际意义的。"歌"的本音应该与今天的"啊"相同，最初的意义也仅仅是唱歌时每句句中或句尾一声拖长的"啊——"，

---

① 《闻一多全集》第五卷，第339页。
② 《闻一多全集》第五卷，第366页。
③ 《闻一多全集》第五卷，第367页。

"'九歌'即九'啊'"①。闻一多认为，"九"并没有什么特别之处，"古代乐名多称九"，"九是乐节之数"②，因此，闻一多下结论说："这些以及古今任何同类格式的歌，实际上都可称为《九歌》。（就这意义说，九歌又相当于后世五律，七绝诸名词。）九歌既是表明一种标准体裁的公名，则神话中带有猥亵性的启的九歌，和经典中教诲式的《元首歌》，以及《夏书》中所称而却缺所解为'九德之歌'的九歌，自然不妨都是九歌了。"③

闻一多在《什么是九歌》中提出了自己的见解："《九歌》韶舞是夏人的盛乐，或许只郊祭上帝时方能使用。……正如原始生活中，宗教与性爱颇不易分，所以虽猥亵而仍不妨为享神的乐。"④ 以后，这种富于原始情感的《九歌》遭到了人们的抨击，认为那种"太富娱乐性的《九歌》是不容搀进祭礼来以亵渎神明的"。但是，《九歌》的宗教艺术形式的确保存了下来。在中国古代歌谣的著录过程中，有关音乐和巫术两个方面的变化，都会在文字中体现出来。歌谣的变化，有时是因为音乐的缘故在乐工的手上发生更改；有时是经过了文人的润色，由简单的歌词变成了繁复的乐章。闻一多认为，神话的九歌"一方面是外形几乎完全放弃了旧有的格局，内容则仍本着那原始的情欲冲动，经过文化的提炼作用，而升华为飘然欲仙的诗，——那便是《楚辞》的《九歌》"⑤。这一解释，既阐明了九歌的艺术形式的特点及流变，又说明了《楚辞》《九歌》的特色。

第二，从内容上看，《九歌》反映的是古代社会的祭祀歌舞。闻一多认为，《九歌》延续了上古巫者歌舞娱神的文化习俗，其中的音乐和舞蹈都具有"享神"和生殖的意义。

我国夏代和商代都崇尚巫、鬼，在那个时代人们的眼中，有很多虽然看不见却真实存在的精灵，世间的一切都具有神性。考古学证实，殷人将一切山川河流、先祖天帝都视为神祇，并且在决策大小事件时会用龟卜来请命于鬼神，因而巫风大盛，巫舞迅速发展。郭沫若认为，《楚辞》之所

---

① 《闻一多全集》第五卷，第339页。
② 《闻一多全集》第五卷，第364页。
③ 《闻一多全集》第五卷，第340页。
④ 《闻一多全集》第五卷，第338页。
⑤ 《闻一多全集》第五卷，第340页。

以富于超现实性，就是因为"殷人的宗教性质的嫡传"①。冯沅君在《古优解》一文中指出："在迷信的氛围极度浓厚的原始社会里，巫觋是有最大权威的，群巫之长往往就是王。这类人所以总能揽一族大权的原因是因为他们自认为（有时别人也认为）是神的化身，为神所依凭，或神人之间的媒介；他们有超人的法术、技能，以此法术、技能来满足一族人的为生存而发生的欲求。因此远古巫者，大都用卜筮的方法（甚或不用）预测未来的祸福休咎，能为人疗治疾病，能观察天象，通过音乐，能歌舞娱神。"②

古代社会的祭祀活动主要由舞蹈组成，音乐是为了增强舞蹈的表现力而添加的。从这个角度讲，"音乐往往只提供一种舞蹈所需要的节奏，只具有从属的意义"③。闻一多认为："《万舞》是一种富于诱惑性的舞。歌与舞原是不能分离的……看来《九歌》是配合《万舞》的歌。《万舞》内容既如上述，所以《九歌》也是'不类三代之乐，其声动人心'。而徒足供人'康娱而自纵'的一种声乐。"④ 为说明《九歌》是配合万舞所作的歌，闻一多先考证了《大荒西经》《离骚》《周礼》《左传》，证实"以舞言《九招》，以歌言《九歌》，其实只是一种乐名"⑤。接着，闻一多证实"乐名招（韶）的最初涵义，其实还是指招邀的动作。换言之，是先有动词的招，而后有名词的招"⑥。"韶即招，是一种表情的动作，一种舞，所以说《舞韶》或《韶舞》。"⑦ "韶舞也就是万舞。"⑧

万舞在《诗经》的《鲁颂》《商颂》中都有提及，在《邶风·简兮》中更有详细描绘。闻一多认为，《简兮》是描写祭祀中的一种舞蹈场面的诗，而这种舞蹈被称为万舞。他解释说："万舞，似是两种不同性质的模拟舞之总称，两种，（一）曰武舞，用干（盾牌）戚（板斧），是模拟战术的，（二）曰文舞，用羽（雉羽）籥（一种小笙），是模拟翟雉（一种

---

① 郭沫若：《历史人物》，第 40 页。
② 冯沅君：《冯沅君古典文学论文集》，山东人民出版社，1980，第 14 页。
③ 朱狄：《艺术的起源》，第 186 页。
④ 《闻一多全集》第五卷，第 365 页。
⑤ 《闻一多全集》第五卷，第 364 页。
⑥ 《闻一多全集》第五卷，第 365 页。
⑦ 《闻一多全集》第五卷，第 365 页。
⑧ 《闻一多全集》第五卷，第 365 页。

与神话有关的长尾野鸡）的春情的。"① 闻一多进一步指出："文舞所模拟的……舞者一手拿着翟雉的羽毛，以象征那种鸟形，一手拿着那名籥的三管小笙，边舞边吹着，以模拟雉的鸣声。这种舞容，对于熟悉它的意义的，是颇有刺激性的。……《左传》载楚令尹子元曾想用万舞来蛊惑新寡的夫人（庄二十八年），足见这种舞对于女性们可能发生的力量。"② 《左传》中同时也记载了文夫人的答复："先君以是舞也，习戎备也。"可见，万舞既是一种带有巫术意味的战争之前的舞蹈，也具有很强的以男性阳刚之气来诱惑女性的效果。关于"万舞"，闻一多在《高唐神女传说之分析》注 57 中也有解释："夫《万舞》为即高禖时所用之舞，而其舞富于诱惑性，则高禖之祀，颇涉邪淫，亦可想见矣。"③ "爱慕之情，生于观《万舞》，此则舞之富于诱惑性。"④ 这就是诗性思维的"借物传情"的表现。古代人类借助舞蹈来传达他们的情感，表达他们对生殖和生命力的狂热的尊崇。格罗塞在《艺术的起源》中指出："这种跳舞大部分无疑的是想增进两性的交游。一个精干而勇健的舞者定然可以给女性的观众一个深刻的印象：一个精干而勇健的舞者也必是一个精干和勇猛的猎者和战士，在这一点上跳舞实有助于性的选择和人种的改良。"⑤

对于古代先民来说，原始的歌舞带有很强的巫术性和仪式性，是反映古代人类生产和生活的一面重要的镜子，洋溢着浓烈的宗教情感。远古的时候，人们称那种专门从事舞蹈祭祀工作的人为"巫"，《说文》载："巫，祝也。女能事无形以舞降神者也。"而"巫"和"舞"原本是同一个字。王国维也在《宋元戏曲考》中指出："巫之事神，必用歌舞。"商代，巫舞流行。《商书》载："恒舞于宫，酣歌于时，时谓巫风。"战国时期的楚地也是巫风大盛，这在《楚辞》中多有体现。汉代王逸在《楚辞章句》中说："其俗信鬼而好祠，其祠必作歌乐鼓舞，以乐诸神。"这都说明

---

① 《闻一多全集》第四卷，第 469 页。
② 《闻一多全集》第四卷，第 470 页。
③ 《闻一多全集》第三卷，第 32 页。
④ 《闻一多全集》第三卷，第 32 页。
⑤ 〔德〕格罗塞：《艺术的起源》，蔡慕晖译，商务印书馆，1984，第 234 页。

巫舞有着媚神和娱神的作用。丁山认为："巫之根本，盖本在舞。"① 很多和生殖、性有关的舞蹈都是祭祀活动的重要组成部分。原始的诗歌和舞蹈有着强烈的节奏感，这种节奏可以控制自己甚至神灵；还可以制造出一种氛围，从而达到神民以和、天人合一的境界。例如，《东皇太一》中"巫男巫女沐浴芳香，华服盛装，随乐曲翩跹起舞，邀众神降临殿堂"，也就是说，巫师用迷人的舞蹈和音乐招引神明的降临。舞蹈者是用来沟通神与人的巫者。受到这些见解的启发，享誉国际的当代台湾编舞家林怀民编创了舞蹈《九歌》，用原始的群舞、穿红衣的巫女、戴面具的诸神等多种表现形式，完成了巫觋与神的对话，表达古代人类对生命的赞颂与敬畏，在自由活泼的想象空间中，还原了古代楚地先民们的原始祭神仪式。

古代先民的舞蹈，离不开音乐，人们通过音乐和舞蹈，与神灵沟通，使神愉悦，从而控制住神，使神灵的强大力量为人所用。朱狄指出："对原始人来说，音乐并不是一种艺术，而是一种力量。通过音乐，世界才被创造出来。在原始人看来，音乐是人所能获得的唯一的一点神性的本质，使他们能通过音乐去规定礼仪的方式而把自己和神联在一起，并通过音乐去控制各种神灵。这样，整个过程被颠倒了过来：好像是在神通过音乐对人说话之后，人才通过音乐对神说话。人通过赞美、谄媚和祈祷去代替对神灵的征服，通过音乐，他们就有支配命运、支配各种因素和各种动物的权力。"②

万舞是当时社会中的一种重要的文化现象，是"高禖祭"中的一个重要仪式。它包含大量的性内容，集祭祀、娱乐、求子于一体。"古者高禖之祭，天子率后妃御于神前以求子。"③ 万舞是一种与生殖崇拜有关的祭舞，它进行的地点就是以生殖为主的高禖神庙——閟宫。"閟宫即禖宫——祀高禖之宫。而高禖乃是一种崇拜生殖机能的原始礼俗。"④ 现代学者王大有进一步指明，"祀皋禖或高禖的地方叫閟宫或宓宫，閟或宓是一回

---

① 丁山：《古代神话与民族》，商务印书馆，2005。
② 朱狄：《艺术的起源》，第 199 页。
③ 《闻一多全集》第五卷，第 597 页。
④ 《闻一多全集》第五卷，第 365 页。

事。……宓是在大房子内行云雨事，或行云雨事的大房子。游闳宫中各寻意中人，然后二人再在适当的地方交合，如此而已。……诸闳宫皆为春社，或社会，盖因于每年仲春月在桑社闳宫及其附近行男女交合事，故此等事又称春事，此地又称春宫。行此事为'密秘'"①。在古代先民的大型祭祀活动中，如"蛙祭""鱼祭""高禖祭"等，都会伴随着男女性交的内容，这些内容甚至成为祭祀活动中极为重要的核心内容。闻一多以《诗经·邶风·简兮》为例，阐明了原始祭祀活动中，人们在模仿性舞蹈中的激情状态。参加祭祀活动的先民们，或模仿动物的行为，或模仿性交动作，疯狂地投入舞蹈之中，并在祭祀活动之后进行男女野合，以此来表达他们对神的敬重和对人丁兴旺、五谷丰登的期望。格罗塞曾指明了原始舞蹈的意义和作用："原始的跳舞才真是原始的审美感情的最直率、最完美，却又最有力的表现。"② "再没有别的艺术行为，能象舞蹈那样的转移和激动一切人类的。原始人类无疑地已经在跳舞中发见了那种他们能普遍地感受的最强烈的审美的享乐。"③ 在文化的演变过程中，那些古代先民所举行的祭祀仪式，在很大程度上已经变为自娱自乐。原本用来娱神的巫乐，逐渐演变成用来娱人的女乐；从娱神到娱人，从女巫到女乐，祭祀的歌舞就逐渐从遵循传统礼仪转变为注重技艺的展示。

闻一多从文化阐释批评的角度解读《九歌》，对后来的学者产生了重大影响。学者萧兵经过考证指出："原始《九辩》《九歌》本来是求雨巫术性乐舞，是初民向自然作斗争的歪曲反映和愚蠢手段；其内容则又不免猥亵，放荡，粗野，因为初民常常在田野上表演性交或性舞来诱导苍天排水、刺激土地蕃庶。"④ 20 世纪 80 年代，现代学者何新采用"从语根出发解读文化和历史"的新训诂学方法，重新解读了中国古代经典文化。他在《〈九歌〉新论》中指出，"古《九歌》是祭祀太阳神、太阴神和四季神之

---

① 王大有：《上古中华文明》，中国时代经济出版社，2006，第 276 页。
② 〔德〕格罗塞：《艺术的起源》，蔡慕晖译，第 215 页。
③ 〔德〕格罗塞：《艺术的起源》，蔡慕晖译，第 228 页。
④ 萧兵：《楚辞与神话》，江苏古籍出版社，1987，第 564 页。

歌舞。"① 而"九歌"真正的性质是"楚国之房中乐","房中乐别称享神歌"②。这些学者都在闻一多解说的基础上，对《九歌》进行了更深入的思考与探究。

在古代人类艰难的生存条件下，艺术的主要功用并不是享乐或审美，而是出于极其现实的功利目的。古代先民生存的自然环境极其恶劣，那时人类的生产力十分低下，所以对他们来说，第一要务就是自身的生存和繁衍，由此导致原始艺术中出现了大量表现性崇拜的诗歌、舞蹈和音乐。希尔恩在《艺术的起源》中指出："舞蹈、诗歌，甚至低级部族的确具有的造型艺术，正如许多人种学者所同意的那样，无疑具有审美的价值，但这种艺术很少是自由的和无利害关系的；它们一般来说总是具有实用意义的——真正具有实用意义或被设想为具有实用意义——并且常常是一种生活的必需。"③ 原始艺术中性的成分，在我们今天看来，也许下流和淫秽，但对于那些创造它们的古代人类来说，其中包含的只能是纯洁与虔诚。在原始岩画中，有很多描绘原始舞蹈的图形。这些图形都毫不避忌地画出了经过夸张的男根和女阴，丝毫没有现代文明人所想的猥亵与污秽。我们所能感受到的是古代人类生命力的张扬与原始舞蹈的纯净和浓烈。"一直到这个时候，我们的祖先还沉浸在种的蕃衍的欢乐中。他们坦率地暴露自己的所有，他们骄傲地再现自己的生殖活动，他们直觉地创造自己崇拜的对象。毫无顾忌，也毫无羞耻。在舞蹈的狂欢中，在雕刻、绘画的回忆中，在宗教活动的虔敬中，祈求着物质生产的发达，歌赞着种的蕃衍的兴旺，与此同时，也获得了最强烈的美感享受。"④

古代先民对性的态度是率真的、合理的，反映了他们对于生命的态度。《周易·系辞》云，"生生谓之易"，由此可见《易经》的思想在于生生不息和生命的延续。在古代人类看来，万物的生长、人类的繁衍，全在于生殖、在于性，所以生殖繁衍是他们最神圣的工作和最重要的需求。现

---

① 何新：《诸神的起源》，时事出版社，2002，第388页。
② 何新：《诸神的起源》，第393页。
③ 转引朱狄《艺术的起源》，第62页。
④ 陈醉、李成贵：《维纳斯面面观》，上海文艺出版社，1988，第11页。

代人戴着有色眼镜去看古代先民，当然会认为他们太过淫荡。但是，我们不能以现代人的眼光，用现代文明人的标准去看待和衡量古代人类的思维方式和行为习惯。真理具有整体性，不能抬高谁、贬低谁。黑格尔在《法哲学原理》的序言中提出过一个著名论断："凡是合理的就是现实的，凡是现实的就是合理的。"凡是合理的必定是现实的，封建男性对女性的要求，导致小脚的女人的存在，这是当时的畸形的审美观。但它却符合封建时代的道德伦理观。同样，古代先民对于性的张扬与坦率，现在看来是淫荡，却符合那个时代的道德标准和社会需求。在 20 世纪的中国，中西文化碰撞，胡适、郑振铎、郭沫若、俞平伯、顾颉刚、闻一多等一批学贯中西的学者，又重新以新的眼光读《诗经》，读出其中鲜活的生活和生命。鲁迅在《门外文谈》中说，作为《诗经》中头一篇的《关雎》，"吓得我们只好磕头佩服，假如先前未曾有过这样的一篇诗，到无论什么副刊上去投稿试试罢，我看十分之九是要被编辑者塞进字纸篓去的。'漂亮的好小姐呀，是少爷的好一对儿！'什么话呢？"

闻一多运用文化阐释批评方法，揭示了古代人类在生活习俗和诗歌艺术中体现的强烈的生命意识——古代人以生命为美。先民们对于人在现实世界中的生存状态极其关注，在艰苦的生存环境中格外重视人类自身的生命价值。由于时代的前进，社会生活发生了诸多变化，其中的很多材料，对于现代人来说，已是太过遥远。但那种和当时人们的社会生活及情感紧密相连的东西，仍然有它恒久的价值。我们只有尽可能地进行还原，才能让古代人的生活重新鲜活地印在我们的脑海中。

值得说明的是，闻一多研究中国文学是带着强烈的爱国热情和反封建的战斗精神的。他力求在古代文学中发掘寻找出中华民族"集体的力、集体的诗"，借古代本民族原始而"野蛮的生命力"，"给后代的散漫和萎靡来个对症下药"[1]，以增强处于危难境遇的民族的凝聚力和抗辱力。所以，闻一多的研究，不仅具有学术创新的意义，还具有反帝反封建的意义。

---

① 《闻一多全集》第一卷，开明书店，1948，第 17 页。

第七章

闻一多的诗性批评

第一节　诗性批评的特点

"诗性"或"诗性智慧"是文化学的概念，语出自意大利思想家维柯的《新科学》。"诗性的思维"或者说"诗性的智慧"是古代原始思维的自然延伸和发展。这种思维形式是以自然物象为思维的对象，采取"以己度物"的方式，以自己身体的结构特点去类比外物、把握外物、认识外物，并说明主体对外物的感受和印象。所以，诗性思维往往以象征、比喻的方式去表达情感或思想，以意会的、体验的方式去领悟和把握对象。

诗性思维和逻辑思维（抽象思维）是人类最基本的思维方式。逻辑思维是从诗性思维生发出来的思维形式，是对诗性思维的超越和提升。无论对人类的思维形式进行多少种类的细分，都脱离不了这两种基本的思维形式。人类在实践生活中，针对不同的思维对象和内容而运用不同的思维形式。审美和艺术创造活动更多的是运用"诗性的思维"。

诗性批评是在诗性思维方式指导下的文学艺术的审美批评活动。它采用的是形象的、物化形态的话语及审美的意象。意象由于具有思想和情感的普遍认同性而类似于西方文学理论中的概念和范畴。

中国古代文学理论批评的表述形式，不同于西方近代文学理论对范畴概念的分析、判断、推理的抽象的逻辑表述方式。

西方文学理论和批评从古希腊时代起，就采用较严格的范畴和概念的逻辑形式来加以表述。其特点是概念与概念之间具有明确的逻辑关系；概念的内涵经过较严密的界定和说明，含义清晰、明确。学说、命题与范畴之间的关系比较明确。范畴的内涵有较强的分析性和高度的抽象性，具有普遍的涵盖性。西方对本质、现象、内容、形式、时间、空间等范畴都有清晰的分析和严格的界定。

中国古代的文学批评，很少运用理性的逻辑概念和范畴，往往采用诗性的话语来表达普遍的观念。从理论形态上讲，中国的文学理论命题、原理、范畴都是诗性的，如"气""味""神韵""风骨""肌理""情采""性灵"等概念、范畴都是这样。批评家对这些术语也是凭借个人的理解和兴趣来提炼和运用。

中国古代诗歌理论和诗性的批评方法成为中国文学批评的重要传统。中国古代文论及批评具体表现为"论著"、"诗话"、"词话"、"论诗诗"、"注释批评"、"评点批评"和"摘句"等诗性阐释方式。例如，陆机的《文赋》，钟嵘的《诗品》，曹丕的《典论·论文》，刘勰的《文心雕龙》，司空图的《二十四诗品》，欧阳修的"六一诗话"，严羽的《沧浪诗话》以及袁枚的《随园诗话》等著作，运用的都是诗性的批评方式。可以说，中国古代几乎所有的文学理论著作都是诗性的理论和诗性的话语。直到近代，王国维的《人间词话》也是运用的诗性的批评。

诗性批评表达的不是理性的分析和逻辑判断的结果，而是一种个人心理的体验和感受、个人的印象和情感。诗性批评以形象化的、情感化的、语义模糊的诗性语言对文学现象和作品加以品评，来表达对文学和艺术作品的感悟和见解。作家以诗性的语言来创作，批评家以诗性的语言来评价作品，这样，创作与批评这两种不同的活动达到了高度的契合。

诗性的思维和诗性的批评决定了其话语形式为"借此而言彼"的象征性，言说方式上表现为诗意性和审美性，也就是说，诗性的思维必然使所使用的语言具有高度的形象性和浓缩性，具有很强的主观性和抒情性，其语言生动、含蓄，就像诗歌语言一样，具有模糊性、朦胧性和多义性，使接受者拥有极大的再创造的想象空间。

　　由此，我们可以把诗性的文学理论和诗性批评的特点总结为三点。

　　其一，诗性的理论和批评采用的是形象化的话语，其使用的概念、范畴是感性的、物化了的，而不是逻辑性的、抽象的。

　　其二，诗性的理论和命题旨在表达个人的主观体验、感受和印象，而这种主观的体验和感受，又因具有"感同身受"而获得普遍的认同。

　　其三，诗性的理论和批评，往往采用想象的方式和象征的表达方式，"借此而言彼"，"借事来说理"，因此，其话语所表达的思想观念显得含蓄，含义模糊，空灵多解。

　　诗性批评是中国古代文学批评的主要形式，是中国文学批评的传统。

　　古代的中国人认识客观事物总带有直观性、经验性特点，很少做逻辑的推理与演绎。在中国文艺理论和批评实践中，批评家大多是从经验的、个人感性的层面上，较零星地论及对艺术创作和欣赏的主观印象，因而缺乏严密的论证，缺乏对概念的内涵的抽象分析。

　　尽管中国古代文论在历史进程中，在阐释方式和具体的方法运用上存在某些差别，但在思维方式上则是完全相同或相通的，这就是它们都不同于西方文学理论偏重于抽象说理、逻辑推导和概念辨析的特点。而采用诗性的方式也就是艺术的方式来品评、描绘文学艺术作品，往往能够达到作品内在精神生命的契合与融通。托马斯·芒罗就注意到了东方美学范畴的这种特征。他说："尤其是中国的文论，则充满了朦胧的比喻。"①

　　20 世纪中国现代文学的诗性批评则是中国古代文论思维方式的延伸。20 世纪初，王国维的《人间词话》就是采用三首词的词句来表达诗歌的三种境界。梁启超在 1902 年发表的《论小说与群治之关系》中，采用"熏、浸、提、刺"的概念来论述艺术情感的感染力。

　　继王国维、梁启超之后，诗性批评的突出代表是鲁迅。在批评中外文学家的作品时，他使用的就是诗性的批评话语。例如，鲁迅在为殷夫的诗集《孩儿塔》所写的序中，评价其诗是"东方的微光，是林中的响箭，是冬末的萌芽，是进军的第一步"。在为柔石的小说《二月》所写的序中，

---

　　①　〔美〕托马斯·芒罗：《东方美学》，欧建平译，中国人民大学出版社，1990，第 2 页。

他也是用诗的语言，对人物逐一进行分析："浊浪在拍岸，站在山冈上者和飞沫不相干，弄潮儿则于涛头且不在意，惟有衣履尚整，徘徊海滨的人，一溅水花，便觉得有所沾湿，狼狈起来。"鲁迅推崇雪莱，把他比喻成一只"用美妙的歌喉来慰藉自己的寂寞的夜莺"。在这里，他同样运用诗性的比喻和象征的手法进行文学批评。

第二节　闻一多的诗性批评特征

20 世纪初至 30 年代，正是西方各种现代学说流派蓬勃发展之际。例如，风靡一时的"审美移情说"、费希纳的科学实验方法、弗洛伊德的"精神分析学说"、杜威的实证主义以及同样注重实证和田野调查的"社会学研究方法"、"文化人类学的研究方法"等，都开启着人们的思维，扩展着人们的研究视野。五四运动之后，中国学者开始大量引进西方先进的科学思想和研究方法。一些国学功底深厚的中国青年学者，受到强劲的西学东渐之风的影响，开始以西方的研究方法来重新审视中国文化和文学。那时，中国传统的"单纯的训诂考据法容纳了新输入的分析论证方法，而扩展变化为文化阐释法；西方的实证主义和经验主义研究模式被同化到清代以来的'实事求是'的朴实传统之中"①。

闻一多自觉地接受了这些新观念、新思维、新方法的影响，并创造性地运用这些方法来研究古代中国文学。他把清代朴学的考据方法和西方文化人类学、社会学、民俗学的研究方法加以结合，形成了独特的文化阐释批评方法。

闻一多对中国古代神话、《易经》、《诗经》、《楚辞》、《庄子》、汉乐府、唐诗、古文字学、音韵学、民俗学及绘画都有着深刻的研究和独到的见解。他既有深厚的国学功底，又融会了西方科学实证的精神，在对中国古代典籍的研究和阐释上，他发扬了五四青年反封建的传统，以激昂的批判精神重新对中国古代文化加以审视，并给予了新的发掘和阐释。在方法

---

① 叶舒宪：《文化人类学探索》，广西师范大学出版社，1998，第 48 页。

论上，他一方面继承了清代以来的朴学传统，另一方面引进了当时西方的人类学和社会学的研究方法，从新的角度重新透视古代文化现象。因此，他的研究方法摆脱了传统文学批评的某些局限，改变了那种只注重以道德价值阐释作品的评价方式，力图对古代文学典籍做跨学科的综合研究。闻一多大量地运用神话学、民俗学、民族学、考古学、美学以及心理学等方面的综合知识来透视中国古代文学现象，解说中国古代文学中的一些疑难问题，并得出了富有创见的结论。

闻一多既是著名的诗人，又是著名的文学研究家；既有深厚扎实的国学功力，又有丰富广博的西方文学艺术的知识。值得注意的是，在文学研究和批评中，他却继承了中国传统的诗性的批评方式。闻一多总是运用模糊的、含蓄多义的诗性的语言表述他对文学和艺术的看法，让人在心灵与心灵之间的交流中体会批评的本意。他以形象化的、情感化的、语义模糊化的诗性语言对文学作品加以描述，以个人感性式的描述来表达对文学和艺术的见解。闻一多的文学批评表达的不是对作品逻辑、价值的判断，而是用形象的、情感的话语和象征、比喻的方式说出自己对文本的内心体验、感受和印象；充满了诗性的魅力。闻一多的诗性批评，表现出对作品的真诚、炽烈而自然的态度。这种既注重主观精神、艺术表现，又把主观表现和客观再现相交融的理论批评特征就是诗性的批评方法，也是对中国古代文论诗性批评的继承。

闻一多的诗性批评有以下四个方面的特征。

第一，闻一多用想象的方式去体验和揣摩作家主观的情感和思想，并以此来还原诗人创作的本意，阐明作品真实的内涵。

闻一多把自己融入古代先民的生活，用文化人类学的眼光去观察和思考。正如罗宾·福克斯所说："我们的心和脑应理解我们男人和女人讲的话。"[①] 文化阐释批评家认为，"历史上曾经存在过的生活场景"，就是特定的社会意识形态和文学艺术所产生的土壤，它决定了古代文学的形态及特征。

---

① 转引〔美〕威廉·A. 哈维兰《文化人类学》（第十版），瞿铁鹏、张钰译，第29页。

例如，闻一多在对《诗经》的研究和批评中，在还原《候人》一诗的本来面貌之后，深入揣摩诗人内心的想法，大胆地想象，用诗的语言描述《候人》的作者的心理状况："诗人恐怕是一个血气方刚，而性欲不大满足的少年。他走过共工的宫院，前面看见一个个的侍卫扛着六尺多长的戈，一丈多长的殳，森森的排列着，把守那宫门。这禁卫森严的景象，促醒了他，今天他特别感到一种强烈的引诱，那三百个宫女，三百颗怒放的花苞，都活现到他眼。他看见她们脸上都挂满了憔悴，仿佛是铁笼关病了的鸟儿。他又看见她们笑了，对他自己笑，她们在热烈的要求他，要求他的青春，他的热，他的力，他的生命。但是看看情形，他是不能应付这要求的。他如今真像那刁着一尺多长的嘴，颈下吊着一只口袋的水鸟，不知道去捕鱼，只呆呆的站在石梁上，翅膀和喙子连一滴水也没有沾，他不免恨他自己太无用了。他想道：'你看南山上起了一阵寒云，云里交卧着鲜艳的虹蜺。他们真是幸运！但是你婉恋的少女，你只在那里干熬着肉欲的饥荒。你真可怜呀！'其实他自己也是一样的可怜。"①

在其他的批评文字中，闻一多还处处通过想象来表现出诗的美感："这一回《野有蔓草》的诗人可真适意了，居然给他挑上了一个眉清目秀的美人，他禁不住要唱出来！……你可以想象到了夜深，露珠渐渐缀满了草地，草是初春的嫩芽，摸上去，满是清新的凉意。有的找到了一个僻静的岩下，有的选上了一个幽暗的树阴。一对对的都坐下了，躺下了，嘹亮的笑声变成了低微的絮语，絮语又渐渐消灭在寂静里，仿佛雪花消灭在海上。他们的灵魂也消灭了，这个的灵魂消灭在那个的灵魂里。停了半天，他才叹一声：'适我愿兮'！"②

第二，闻一多的诗性批评大都是散文诗似的，体现自己直觉的体悟和体验性的批评。

闻一多往往以个人感性式的描述来表达对文学作品和诗人的理解。例如，在对孟浩然、贾岛的作品和人格进行诗性的解读时，他用朦胧的、诗歌般的语言描述自己心目中的诗人："孟浩然原来是为隐居而隐居，为着

---

① 《闻一多全集》第三卷，第 176 页。
② 《闻一多全集》第三卷，第 171～172 页。

一个浪漫的理想，为着对古人的一个神圣的默契而隐居。"① 读者读孟诗，要"淡到看不见诗了，才是真正孟浩然的诗，不，说是孟浩然的诗，倒不如说是诗的孟浩然"②。评论贾岛时，闻一多的语义就更含蓄了："现在的贾岛，形貌上虽是个儒生，骨子里恐怕还有个释子在。"③ "他对于时代，不至如孟郊那样愤恨，或白居易那样悲伤，反之，他却能立于一种超然地位，藉此温寻他的记忆，端详它，摩挲它，仿佛一件失而复得的心爱的什物样。……于是他爱静，爱瘦，爱冷，也爱这些情调的象征——鹤、石、冰雪。"④ 在这里，闻一多并不是遵照严密的逻辑去解剖、分析，而是用一些具体、形象的词语去做模糊的解说。如果不懂得中国古代文学史的基本状况，是无法很好地理解其批评的内涵的，也就是说，闻一多的诗性批评，是努力寻求批评主体与读者之间的心灵的交流和融会。

同样，闻一多在《匡斋尺牍》中谈论研究《诗经》的三桩困难时，也是如此。他并非抽象而刻板地谈论研究中面临的棘手问题，而是运用大量的比喻和含蓄的诗性的语言表述他对文学和艺术的看法，让人在心灵与心灵之间的交流中体会他所谈及的内容。

他所提出的第一桩困难是"去掉那点化的痕迹"，就是要去掉后来的"圣人"强加给《诗经》的某些道德意味的解读："不但孔子，说不定孔子以后，还随时有着肯负责任的人，随时可以挥霍他们的责任心，效法孔子呢。……一部书从那么荒远的年代传递下来，还不知道要受多少折磨呢？……暂时你只记住，在今天要看到《诗经》的真面目，是颇不容易的，尤其那圣人或'圣人们'赐给它的点化，最是我们的障碍。"⑤

在谈第二桩困难时，他又说："现在，就空间方面看，与我血缘最近的民族，在与《诗经》时代文化程度相当时期中的歌谣，是研究《诗经》上好的参考材料，试验推论的好本钱吧？但这套本钱，谁有，我不知道，反正不在我的手边。再从时间方面打算，万一，你想，一个殷墟和一个汲

---

① 《闻一多全集》第六卷，第 51 页。
② 《闻一多全集》第六卷，第 54 页。
③ 《闻一多全集》第六卷，第 57 页。
④ 《闻一多全集》第六卷，第 58 页。
⑤ 《闻一多全集》第三卷，第 199 页。

冢，能将那紧接在《三百篇》前后的两分'三百篇'分别的给我们献回来，那岂不更妙？有了《诗经》的前身和后身作参考的资本，这研究《诗经》的企业，不更值得一做了吗？可是谁能梦想那笔横财，那样一个奇迹的实现！"①

他谈及的第三桩困难是超越我们自身所固有的知识局限和固化的思维方式，也是最大的一桩困难。在谈完了三桩困难后，闻一多这样写道："有了这三重魔障，我承应下的这份工作，便真成为佛朗士所谓'灵魂的探险'了。我也许要领着你在时间的大海上兜了无数迂阔而梦乱的圈子，结果不但找不到我们的'三山'，不要连自己也失踪了吧！不过这险总是值得冒的。"② 闻一多以形象化的、情感化的诗性语言对"三桩困难"加以描述，但这并不是说，其中就没有逻辑性。

这方面的例子还有很多。他在谈到古代文明和现代文明的隔阂时说："虽然文化常常会褪色，忽然露出蛮性的原形，但那是意识，你那把门的失慎，偶然让蛮性越狱了。你则既不能直接调遣你的蛮性，又不能号令你的意识。总之，你全不是你自己的主人。文化既不是一件衣裳，可以随你的兴致脱下来，穿上去，那么，你如何能摆开你的主见，去悟入那完全和你生疏的'诗人'的心理！"③ 所以，闻一多很希望能抛开现代文明人的这种"主见"，将《诗经》还原到当时人们生活的环境中去。然而，隔着历史的重重迷雾，这并不是容易的事情。所以，他充满诗意地写道："除非你能伸长你的想象的触须，伸到二千五百年前那陌生得古怪的世界里去，这情形又岂是你现代人所能领会的！"④

闻一多的文学批评是用形象的、情感的话语和象征、比喻的方式说出自己对文本的内心体验、感受和印象。虽然他所要表达的不是富有逻辑的、理性分析的判断，但严密的逻辑性始终贯穿在他的批评之中，也就是说，尽管闻一多的批评具有内在的逻辑性，但他的文学批评实践从总体上

① 《闻一多全集》第三卷，第200页。
② 《闻一多全集》第三卷，第201页。
③ 《闻一多全集》第三卷，第201页。
④ 《闻一多全集》第三卷，第206页。

讲，还是遵循传统的诗性路线。

第三，闻一多往往用生动的、形象化的语言对文学作品加以描述和评论。

他在《齐风·东方之日》中训诂"履"字时，生动地描绘道："诗里这个字用得妙极了。走路而觉得有鞋在脚上，是踏得极轻，或怕被人发觉了，正好描写做亏心事的人走路的神气。"① 在谈暗示性交的诗《九罭》时，他也是这样进行想象性的描绘："这一位女性双手抱着一件画着卷龙的衮衣，死命的抱着，她的情郎追着来抢，她在情郎前头跑，她的胜利的笑声弄到情郎十分的窘迫；最后跑累了，笑累了，她便回转身来，发出诚恳的哀求，对他说：'我的好人，我今天会见了你，你穿着那样华丽的衣裳，画的是卷龙……你们男人的事真说不定。我知道你这回定是一去不复返。所以我抱着你的衮衣，不放你走。我不愿惹起我自己的悲伤，所以把你的衮衣抢来了。'"② 这里，一幅青年男女互相追逐调情的动态画面通过闻一多的诗性批评，生动地展现在读者眼前。谈及联想性交的诗——齐风的《鸡鸣》时，闻一多更是直接将其还原为一对男女早上起床时的对话："诗里讲一个国王正拥着他的娇妻贪着春睡。天亮了，她催他起床，他直跟她抬杠，因为他还舍不得起来！鸡叫了，/上朝的人已经满了。/不是鸡叫，那是苍蝇的声音。/不信，你看东方发白了，上朝的越来越多了。/那里是东方发白？那是月亮的光。/如果那是虫飞的声音，我情愿你多睡一会儿。/可是他们快要走了。我是为你好，不要说我喜欢你！……他们这样争辩着，到底他起来没有，还是不知道。"③ 其中的话语相当活泼传神。

闻一多不仅在对古代诗歌的阐释上采用了诗性的批评，对当代诗歌也采取了这种方式。例如，对于郭沫若的《女神》，闻一多充满诗意地热情赞扬："'五四'后之中国青年，他们的烦恼悲哀真象火一样烧着，潮一样涌着，他们觉得这'冷酷如铁'，'黑暗如漆'，'腥秽如血'的宇宙真一秒钟也羁留不得了。他们厌这世界，也厌他们自己。于是急躁者归于自

---

① 《闻一多全集》第三卷，第 174 页。
② 《闻一多全集》第三卷，第 186 页。
③ 《闻一多全集》第三卷，第 187 页。

杀，忍耐者力图革新。革新者又觉得意志总敌不住冲动，则抖擞起来，又跌倒下去了。但是他们太溺爱生活了，爱他的甜处，也爱他的辣处。他们决不肯脱逃，也不肯降服。他们的心里只塞满了叫不出的苦，喊不尽的哀。他们的心快塞破了，忽地一个人用海涛底音调，雷霆底声响替他们全盘唱出来了。这个人便是郭沫若，他所唱的就是《女神》。"①

在批评泰戈尔的诗歌时，闻一多写道："泰果尔（泰戈尔——引者）底诗是清淡，然而太清淡，清淡到空虚了；泰果尔底诗是秀丽，然而太秀丽，秀丽到纤弱了。"②

闻一多以诗人的艺术才华，形象生动地复述和描画诗篇，引导读者依其思路解诗、说诗，从语言和艺术两方面进行诗性批评。正因为闻一多总是用富有想象力的文字来解读最难理解的概念和文字，所以他把这些距离遥远的古代典籍解释得非常清楚明白、简明易懂，让人很容易就拉近了与古代作品之间的距离。

即便是谈抽象的理论问题，闻一多也同样运用比喻来说明事理。例如，在论述科学与文艺的关系时，闻一多形象地说艺术"是一个妒妇，我们须专心竭诚地服役于她。许多人以科学为正科，以艺术为副科，这种折中态度决不适于学术底研究。艺术底价值若不在科学之上，也决不是跟科学当'配角'的"③。

为了说明古代格律诗与新诗的区别，闻一多这样比喻："做律诗，无论你的题材是什么，意境是什么，你非得把它挤进这一种规定的格式里去不可，仿佛不拘是男人，女人，大人，小孩，非得穿一种样式的衣服不可。但是新诗的格式是相体裁衣。"④

论述戏剧的特征时，闻一多形象地写道："因为注重思想，便只看得见能够包藏思想的戏剧文学，而看不见戏剧的其余的部分。……这样做下去，戏剧能够发达吗？你把稻子割了下来，就可以摆碗筷，预备吃饭了

---

① 《闻一多全集》第二卷，第 115 页。
② 《闻一多全集》第二卷，第 128 页。
③ 《闻一多全集》第二卷，第 16~17 页。
④ 《闻一多全集》第二卷，第 141~142 页。

吗？你知道从稻子变成饭，中间隔着了好几次手续；可知道从剧本到戏剧的完成，中间隔着的手续，是同样的复杂？"①

　　闻一多强调要用历史主义的眼光来正确看待古今文学。在《〈现代英国诗人〉序》中，闻一多形象地指出自己所处的时代存在"厚今薄古"的弊病："我们这时代是一个事事以翻脸不认古人为标准的时代。这样我们便叫作适应时代精神。墙头的一层砖和墙脚的一层，论质料，不见得有什么区别，然而碰巧砌在顶上的便有了资格瞧不起那垫底的。何等的无耻！"②

　　第四，闻一多运用诗性批评生动地揭示《诗经》等古代诗歌中的象征和隐喻性的意象。

　　在阐释古代的美学意象时，闻一多依然运用诗性的批评来进行形象化的生动解读。他在《说鱼》中，用诗性的语言论述了古代诗歌中的"隐"与"喻"范畴的内涵及它们之间的区别。他指出："喻训晓，是借另一事物来把本来说不明白的说得明白一点；隐训藏，是借另一事物来把本来可以说得明白的说得不明白点。喻与隐是对立的，只因二者的手段都是拐着弯儿，借另一件事物来说明一事物，所以常常被人混淆起来。"③他在《诗经的性欲观》中指出，古代诗人"想到那种令人害羞的事体，想讲出来，而又不敢明讲，他就制造一种谜语填进去，让读者自己去猜——换言之，那就是所谓隐喻的表现方法。懂得这种方法，《诗经》里有许多的作品使容易了解了"④。闻一多举例说，"虹是男女交合的象征"⑤，"云雨"则象征性交；"捕鱼的笱，实在不是指笱本身，是隐喻女阴的"⑥，而《诗经》中所谓的"敝笱"，"就是和现在骂淫荡妇人为烂东西一样"⑦。他引《尚书·费誓》《正义》和贾逵的注文说明，《诗经》中的"风便是性欲的冲

　　① 《闻一多全集》第二卷，第150页。
　　② 《闻一多全集》第二卷，第171页。
　　③ 《闻一多全集》第三卷，第231页。
　　④ 《闻一多全集》第三卷，第180页。
　　⑤ 《闻一多全集》第三卷，第177页。
　　⑥ 《闻一多全集》第三卷，第180页。
　　⑦ 《闻一多全集》第三卷，第182页。

动。由牝牡相诱之风，后来便申引为'风流'、'风骚'之风，也都含有性的意味"。由此，闻一多指出："《诗经》里多数的情诗或淫诗，往往不能离开风和雨"①。至此，他阐明了"风"这一审美范畴的底蕴。

闻一多对于《诗经》常用的隐喻和象征意象的诗性阐释，也是深刻而独到的。他指出："《诗经》里常用水鸟比男性，鱼比女性，鸟入水中捕鱼比两性的结合。"② 他在《说鱼》中还说，古代诗歌中，凡是"打鱼""钓鱼"等词句都具有求偶的象征含义，而"烹鱼""吃鱼"则是隐喻两性合欢或两性结合，并往往以吃鱼的动物来隐喻那些对女性心怀占有之心的男人。闻一多还指出，在《诗经》《楚辞》中，像"云雨""风雨""虹霓""风"等都是暗喻"性"或"性交"的意象。

可见，闻一多在《诗经》《楚辞》研究中，不仅运用文化阐释的方法，还以诗性的批评方式揭示了古代人的生活本相和古代中华民族诗性思维的特征，以及由此而形成的审美意象。

第三节　闻一多诗性批评的意义和价值

闻一多尽管在文化阐释批评的过程中，使用了文化人类学、社会学、民俗学等多种学科交叉的视角，但在论述的方式上，仍然采用的是中国传统的诗性批评。闻一多运用文化阐释批评方法，揭示出古代人类的诗性思维方式；用诗性的批评来还原、揭示古代诗歌的真实内涵，来阐释古代的审美意象。他所遵循的诗性批评方式是中国文学理论的传统，也是东方的传统。

我们要问：为什么深受西方文化影响的王国维、梁启超、鲁迅、闻一多、钱锺书等学者，在文学理论的论述上和批评实践中，却大多采用中国传统的诗性批评方式，而不用西方美学的、抽象的逻辑分析方法呢？诗性的理论、诗性批评和西方美学抽象的逻辑分析方法，谁更逼近文学的审美特性呢？

---

① 《闻一多全集》第三卷，第183~184页。
② 《闻一多全集》第三卷，第175页。

西方传统的美学、文学理论的哲学基础是认识论。它以把握客观对象、探求真理为目的。西方美学和文学理论把审美和文学创作、文学批评都看作认识世界的一种活动和把握真理的一种方式。亚里士多德强调的"真实性原则"和黑格尔的"美是理念的感性显现"这一定义就充分地证明了这一点。对于哲学认识论而言，要认识真理，就必须穿透表面物象看本质，舍弃感性现象来抽取普遍性。所以，在方法论上，哲学认识论必然要采取分析的方法，来层层地剥去对象的感性特征，获得抽象的真理，这就是所谓的"去芜存真""去粗取精"。同时，哲学认识论还要求人们面对对象时，要舍去个别、特殊的现象而突显"普遍"和"一般"，从而把真理抽象化。就像为了抽取丝线而舍弃蚕茧的感性的外形一样。维柯指出："按照诗的本性，任何人都不可能同时既是高明的诗人，又是高明的玄学家（哲学家——引者），因为玄学要把心智从各种感官方面抽开，而诗的功能却把整个心灵沉浸到感官里去；玄学飞向共相，而诗的功能却要深深地沉浸到殊相里去。"[①]维柯见解的深刻性在于，他看出了诗与哲学的区别：诗歌与事物的感性特征紧密联系在一起，诗不能抛弃事物的物象；哲学与事物的感性特征则是处于分离的状态，哲学与具体事物离得愈远愈好；诗歌、文学、艺术愈感性、愈具体，就愈动情；哲学愈抽象就愈深刻。

西方美学和文学理论在传统上运用的是哲学研究的方法，即抽象的、富有逻辑的分析批评方法。虽然它可以用哲学的眼光洞穿文学作品的内涵，具有深刻性，却付出了抛弃作家和读者的情感体验的代价，它把作品中生动的形象和丰富复杂的人类情感抽象为干瘪的教条、空洞的概念，所得到的仅仅是抽象的结论。逻辑分析的批评有它的长处，却不能代替诗性批评。

中国乃至整个东方世界的诗性理论和诗性批评的基础，是人类共有的体感认知方法和情感体验的方法。这是人类感知世界、认识世界的另一种重要的方法。这种认识方式从不脱离现象界，从不脱离具体的感性的事

---

① 〔意〕维柯：《新科学》，朱光潜译，第 429 页。

物；人们通过大量的感性体验获得对事物的经验性的认知，这种认知的结果就是"印象"，人们把大量的印象加以排列、类比，形成丰富的经验理性或实践理性的意象。人们通过大量的印象即意象来表达心中的经验理性。印象就是寓理于情的、凝固了的物象——意象。所以，东方思维总是同物象紧密联系在一起。这种思维方式决定了中国文学批评的诗性特征。

诗性批评的核心是批评家的个体体验、感悟和评价，所以，诗性批评的本质是鉴赏性的批评。诗性批评包含着经验理性的元素，它把印象中的理性的思想元素还原为感性的形式，用诗性的话语呈现，因此，它不仅可以把批评家的体悟和文本的情思天然地融会在一起，还保持着文学鉴赏的诗性特征。诗性批评的优点在于，它不把作品中生动的形象和丰富的情感抽象为干瘪的教条和空洞的概念。

诗性批评是符合文学自身特点的批评。文学总是呈现形象的世界，这种形象具有想象、虚构和情感等特性。列夫·托尔斯泰说文学是"把自己体验过的感情传达给别人"，"使听众为这些感情所感染，也像他一样体验到这些感情"。① 文学以感觉印象为材料，以直觉、灵感为动因。诗性批评是对审美直觉的描述和扩展，是对审美体验的传达和领悟，它更能深刻揭示出文本中的真实情绪和生命体验，因此，它更契合文学作品的特质。

显然，中国的诗性批评最为契合文学的特质。它用本身朦胧、多义的诗性的语言去传达自身的感受和体悟，用批评家主体的情感去贴近作家的情感，去感受作品的情绪。这就是中国传统的诗性的文学理论与批评的特色，也是人类文学思想的另一种深刻的表达。

20 世纪西方哲学家、美学家中，许多人的主张都同中国乃至整个东方世界的诗性理论和诗性批评有相通或共鸣之处。例如，狄尔泰就认为，解释世界历史就需要一种"重新体验"，即设身处地地想象所要解释的历史世界在当时的具体情况，而闻一多就是这么做的。

海德格尔所提出的"前理解"概念认为，人们不可能在没有任何先见的情况下，去进行理解和阐释活动；任何理解和阐释活动的起点，都归结

---

① 〔俄〕列夫·托尔斯泰：《艺术论》，丰陈宝译，第 46 ~ 47 页。

于人预先具有的精神状态。这就可以启示我们去说明：为什么闻一多、鲁迅等人都自然而然地采取"诗性批评"的方式来看待文学作品，因为在他们的"先见"（前见）中，早已具备了传统文论中的诗性的因素。此外，海德格尔所提出的"形式显现"的概念认为，用概念化语言无法表达鲜活的生命之流，因为"思想"与"存在"都不是所谓的"普遍概念"。"形式显现"就是主张言说方式与生活体验的融会。

伽达默尔认为，解释的任务不是消极地复制文本，而是进行一种创造性的努力，闻一多的诗性批评和文化阐释，正充分体现了其思想的创造性。当代美国文论家赫施提出了"猜测"概念，他认为，"理解"的行为首先是一种天才的（或错误的）猜测，猜测是对某种无法直接体验的东西所做的有根据的猜测，它是在缺乏直接经验证明时所采用的一种验证结论的理性手段。赫施说明了解释活动的宽泛性质和主观性。

面对后现代思想家的这些主张，我们不得不为闻一多的诗性批评和文化阐释而喝彩！

结　语

中国的文学和文化，都需要我们通过文化阐释还原当时的社会历史，这就需要积累知识，获取大量资料，以期深入了解文化历史背后的东西。闻一多的著述涉及面甚广，涉及语言文字学、文化人类学、民俗神话学、考古学等诸多学科。他不是用已经预备好的解释去还原历史，而是在事实本身和大量的训诂材料中寻找解释。对于学术研究而言，哪怕只有十分之一的正确性，也是十分可贵的。这正是闻一多学术研究的可贵之处。因为他说出了前人所没有说出的话，提出了新的观点和见解，不仅仅是简单重复前人的观点。郭沫若指出："一多对于文化遗产的整理工作，内容是很广泛的。他所致力的对象是秦以前和唐代的诗与诗人。关于秦以前的东西，除掉一部分的神话传说的再建之外，他对于《周易》《诗经》《庄子》《楚辞》这四种古籍，实实在在下了很大的工夫。就他所已成就的而言，我自己是这样感觉着：他那眼光的犀利，考证的赅博、立说的新颖而翔实，不仅是前无古人，还恐怕还要后无来者的。"①

闻一多的研究方法以深厚的国学功底为根基，把西方文化人类学的视角作为透视的手段。他的文化阐释批评是民俗学、古文字学、考古学、文化人类学等多种学科的交叉、多种史料的融会。而他精湛的甲骨文、金文知识，深厚的古文修养，创造性的思维方式，使他成为真正意义上学贯中

---

① 　郭沫若：《历史人物》，第 251 页。

西的大学者。正是这种多学科交叉式的综合研究，使闻一多的研究视野异常开阔，思路也新颖而活跃，对古代文献的研究独树一帜，成果斐然。王康指出："在学术活动中，他从来没有把自己局限在个别领域里，他从诗跨到史，从文学跨到哲学；他把自己的文化课题超出了文化圈外，所以又研究起原始社会来了。在这广阔的学术海洋中行驶，眼界早已越出了传统考据训诂的范围……在新的思想光芒照射下，一片片古董都变得富有生命意义了。"① 跨学科的综合比较研究是文化人类学的基本研究方法，这种扩大视角的方式很自然地产生出很多新的见解，带来新的发现。对所研究的时代了解得越多，就越能客观公允地看待历史，得到更多不同的视角。

　　20 世纪中国古代典籍的研究就是从理性的角度对古代典籍重新进行阐释，具备浓厚的文化意识。五四的怀疑精神与科学理性，打破了中国旧的古史系统；20 世纪的古代经典文献的研究，在继承前人研究成果的基础上，及时融入了富于时代特征的新观念、新思想、新视野和新方法，由传统向现代转型，进入了新的历史阶段。以顾颉刚为首的古史辨派从古史辨伪开始，对古代典籍进行重新考证和辨析，恢复中国古代典籍的真实面貌，为中国古代学术研究做好基础性工作。最早运用文化人类学视角重读《诗经》的中国学者是胡适，他在《谈谈诗经》的学术演讲中，提出要多研究民俗学、社会学、文学和史学，运用更多的材料和更好的方法，才能具体分析作品。紧接着，20 年代末郭沫若在《中国古代社会研究》中也使用文化人类学视角对《诗经》重新进行阐释。但他们的阐释都只能说是涉及了文化人类学的视角和方法，并没有自觉地运用文化人类学的研究方式，当然也不够深入。赵沛霖认为："第一个运用文化人类学观点和方法研究《诗经》取得重要成就的是闻一多，他的有关论著标志着《诗经》文化人类学研究开始从朦胧走向自觉。"② 叶舒宪认为："自闻一多先生等现代学者的新解经学出现以来，这已成为一种不可逆转的趋势。尽管从严格意义上说，'还原'工程远远没有完成，或者说'把古代歌谣作为古代歌谣来理解的解释学尚未确立'，但与教化说的形成和二千年发展史相比，

---

① 王康：《闻一多颂》，第 14 页。
② 赵沛霖：《现代学术文化思潮与诗经研究——二十世纪诗经研究史》，第 232 页。

还原学派在短时间的摧枯拉朽之功已不可没矣。"① 总结闻一多的学术研究方法，学习他认真求实的治学精神，对当前的学术研究是大有裨益的。继闻一多的文化人类学研究之后，萧兵的《楚辞的文化破译》、赵沛霖的《兴的源起——历史积淀与诗歌艺术》、徐华龙的《国风与民俗研究》、叶舒宪的《〈诗经〉的文化阐释——中国诗歌的发生研究》、周蒙的《〈诗经〉民俗文化论》、刘毓庆的《雅颂新考》、朱炳祥的《中国诗歌发生史》等著作的相继出版，都是对闻一多研究方法的延续。

闻一多的研究工作，不可避免地受到了特殊时代的影响。他所处的年代，正是中国饱经忧患的年代，也是中国人民日益觉醒、逐步开展民主革命的时代。"他凭着爱国主义的感情和正义感，为祖国和人民的苦难奔走呼号，为弄清祖国文化遗产埋头钻研古籍，一生守正不阿，疾恶如仇。"② 1922 年 7 月 16 日，闻一多去美国，将留学生活比喻成"流刑"，并在《孤燕》中描述了纸醉金迷的美国。他在信中写道："不出国不知道想家的滋味，但是，不要误会以为我想的是狭义的'家'。不是，我所想的是中国的山川，中国的草木，中国的鸟兽，中国的屋宇，中国的人。"③ "一个有思想之中国青年，留居美国之滋味，非笔墨所能形容。俟后年年底我归家度岁时，当与家人围炉絮谈，痛哭流涕，以泄余之积愤。我乃有国之民，我有五千年之历史与文化，我有何不若彼美人者？将谓吾国人不能制杀人之枪炮遂不若彼之光明磊落乎？总之，彼之贱视吾国人者一言难尽。"④ 他写了长诗《长城下之哀歌》《我是中国人》等，最终提前归国了。可是，由于闻一多的牺牲，以至于他留下了很多未完成的事业，朱自清因此撰文《学术界的重大损失》。郭沫若在《论闻一多做学问的态度》中说道："闻一多的大才未尽，实在是一件恨事。他假如不遭暗害，对于民主运动不用说还可以作更大的努力，就在学问研究上也必然会有更大的贡献的。"⑤

---

① 叶舒宪：《〈诗经〉的文化阐释——中国诗歌的发生研究》，湖北人民出版社，1994，第549 页。
② 王康：《闻一多颂》，第 2 页。
③ 转引王康《闻一多颂》，第 6 页。
④ 王康：《闻一多颂》，第 9 页。
⑤ 郭沫若：《历史人物》，第 251 页。

　　闻一多的这种研究方式有其自身的优势和局限性。其一，只有多学习各种门类的知识，用多种方法研究同一个对象，才能做到思想的博大，才能对研究的问题有所突破。其二，每一种研究方法都有它的片面性，每一把解剖刀都有其特定的对象。理论家往往都是片面的，亚里士多德说，"我爱老师，但我更爱真理"，所以我们要接触多种方法，一定要避免盲人摸象，要从不同的角度建构出完整的形式。每种方法都会有其特定的产生背景和特指对象，在当下的研究中，多学科综合、交叉、渗透就意味着多种研究视角的交叉渗透。闻一多的论述中还存在不少存在争议的观点，可能他的某些阐释，会有后来者指出其中的谬误，会随着科学的发展产生新的阐释。但他在文化阐释批评方面所做的开创性的工作，他的还原的方法，却给了后人很大的启迪，对后来的学者具有积极的指导意义。我们今天看到闻一多的研究中可能存在错误观点，其实表明了我们的研究方法的发展，以及从他那个时代到我们这个时代的研究进展。

　　闻一多的文化阐释批评方法，还原了古代的社会生活，揭示了古代人类的文化心理。它对于现代的意义，应该是让我们学会尊重和理解，沟通不同的思维方式，在原始思维和现代逻辑思维之间架起一座桥梁。原始时代的艺术是沟通古代人类和现代文明人的桥梁。我们今天用心去感受原始文化，其实是对原始思维的一种认同。解读一个民族的文化，就应该从文化中寻找根源，我们不能从自己的文化出发去研究古代先民。很有可能在原始思维中还有更奇怪的、更让现代人觉得难以置信的东西，我们永远也无法真正知道。黑格尔在《小逻辑》中指出："真理是一个过程，真理是一个全体。"也就是说，真理有一个发生发展的过程，真理没有绝对，真理是相对的，有契机，有过程。没有永恒的真理。人类的精神文明也是这样。在我们看来原始的、野蛮的古代先民的生活，对当时的人类自身而言，是充满生命力的、鲜活的社会历史。我们毕竟不能真正地回到原始时代，所有神话传说的原始意义已经消亡，一切推理和想象都只是猜测。我们不可能亲耳听到他们的歌声，看到他们的舞蹈，了解他们狂乱的想象。所有这些，都随着原始时代的结束而永远地为历史的尘埃所湮没。威廉·奈特在《美的哲学》中指出："诗的起源问题正如音乐和舞蹈的起源一样，早已消失在人类自身发展过程的迷雾中了。因此我们只能去研究我们时代野蛮人的生活现象并以此来推论处在史前时代的那些种族的状况，这可能还是一种安全的立场。"① 我们不可能获得史前人类的直接证据，但我们可以根据现代残存的一些原始部落的艺术进行推测，努力还原出符合或接近于原始社会生活的实际情况。我们应该不断反思，对前人的看法提出质疑并予以改进。21 世纪的人类要放眼未来，一方面要发展高科技，走向太空，奔向宇宙；另一方面要了解我们人类自身的文明进程，从我们昨天的历史透视我们的现在和未来。原始文化、原始思维，对于我们今天的人类来说，似乎已经遥不可及，却恰恰是我们人类文明的源头。饮水思源，任何未来都是昨天的继续，原始文化作为人类永恒的经典存在，蕴含了无限的人类本原的奥秘。

---

① 转引朱狄《艺术的起源》，第 50 页。

附录

闻一多的爱国人生

闻一多，中国现代伟大的爱国主义者，杰出的诗人和学者，坚定的民主战士，中国民主同盟早期领导人，中国共产党的挚友。闻一多于 1899 年 11 月 24 日（清光绪二十五年十月二十二日）出生在湖北省蕲水县巴河镇（今黄冈市浠水县）闻家铺的一个书香门第。他 5 岁于私塾接受启蒙教育，10 岁入武昌两湖师范附属高等小学，1912 年考入清华学校（清华大学前身），1922 年留学美国，专攻美术。1925 年归国，历任北京艺术专门学校、上海吴淞政治大学、南京第四中山大学、武汉大学、青岛大学、清华大学、西南联合大学（简称"联大"或"西南联大"）等校教务长、文学院长、中文系主任、外文系及中文系教授。1944 年加入中国民主同盟，次年当选民盟中央执行委员。1946 年 7 月 15 日在昆明被国民党反动派暗杀，年仅 47 岁。

闻一多将诗人、学者、民主斗士三种气质集于一身。他是一位民主斗士，反对国民党反动派的专制独裁和腐败，拍案而起，为民主运动贡献了生命；他也是中国现代文学史上的著名诗人，早年以《红烛》《死水》两部诗集闻名海内外；他还是在学术研究上做出卓越贡献的大学问家，致力于中国古代文学研究，成绩斐然。闻一多学贯中西，博古通今，在美术、喜剧、书法、篆刻等方面也有相当高深的造诣。

闻一多热爱祖国，爱国主义如同一条红线贯穿其一生，最后把他引向社会主义、共产主义。他对中国传统文化表现出格外的眷恋，是传统文化的"真"的探求者、传统文化的"善"的实践者和现代文化的建设者。朱自清在《闻一多全集》（开明版）中的序中谈道，闻一多"学者的时期最长，斗士的时期最短，然而他始终不失为一个诗人，而在诗人和学者的时期，他始终不失为一个斗士"。闻一多在短短的四十七年间，产生了极大的社会影响。2009 年 9 月 10 日，经中共中央批准，闻一多入选"100 位为新中国成立做出突出贡献的英雄模范人物"。探寻闻一多作为诗人、学者，在文化、学术领域孜孜以求的一生；探寻闻一多将爱国主义思想与民族主义思想融合的一生；在探寻中反思闻一多的道路对今天及后世的启迪。

一　求学：少年时期爱国思想的酝酿

闻一多一生热爱祖国，热爱人民及祖国的传统文化，爱国主义思想贯穿他的学习生活、诗歌创作、学术研究、民主活动等各个方面，指引他寻找真理，并为之奋斗，直至献出宝贵的生命。

1. 荆楚乡土文化熏陶

闻一多的家乡蕲水县巴河镇是一座荆楚文化古镇，巴河位于长江中游，为浠水水陆交通要冲，鱼米之乡，物产丰饶，风景优美，文化繁荣。清嘉庆蕲水籍状元陈沆曾描述说，"日有千人撒网，夜有万盏明灯"。镇上一年四季的时令节日、龙灯庙会、婚寿喜庆及民间佛事祭祀等活动，都有演戏的习惯。当地流传着"世上有，戏里有"，"少读儒书多看戏"的说法，闻一多自小就是个戏迷。舞台上戏曲中的忠奸善恶对幼小的他产生了潜移默化的影响，培养了他不畏强暴、扬善抑恶的正义感。浠水为古楚国之地，巴河人崇拜屈原，每逢端午节，闻一多家门口的望天湖上就排满了龙舟，互相竞赛；家家户户因循老祖宗留下的文化传统，用芦苇包粽子，在家门口插艾草，喝雄黄酒来祭奠屈原。屈原为祖国上下求索的人格精神在闻一多心里扎下了根，以至于他后来专门研究《楚辞》，最后像屈原一样把自己的生命献给了祖国。巴河镇也是人才辈出的地方。人们称赞蕲水县"清出状元明出相"，其实都集中在巴河镇。"相"，指的是姚明恭（1583～1644），明万历四十七年（1619）进士，后任户部尚书；"状元"，就是指陈沆（1785～1826），清代嘉庆二十四年（1819）中鼎甲第一名

（状元）。

2. 蒙学养正滋润

闻氏家族在巴河一带是诗书传家的书香望族，代有才人。曾出过进士2人，举人5人，贡生17人，太学士62人，秀才119人。闻一多祖父佐遠公勤于读书研习，长于诗词曲赋。家业兴旺，建有闻家新屋，是典型的家族聚居式整体院落，横排十一间，纵深四重，厅堂正面上悬"春生梅阁"四字横匾，两旁镌刻的"七十从心所欲，百年之计树人"的对联，显示了佐遠公治家之志；为了"树人"（培养人才），佐遠公专辟藏书室"绵葛轩"，藏有经、史、子、集、字画、碑文拓片，为子弟们学习读书提供了优越条件。父亲闻邦本，字固臣，是清末秀才，对国学有相当高的造诣，具有维新思想，为人耿介正直，深居简出，主要是读书写字，办私塾，延师督子。闻一多的母亲是太学生，也出自书香门第，从小受到良好教育。

闻一多，谱名家骅（谱系：佳启昌盛世，贤良佐邦家，立心期中正，厚德焕光华），"家"字辈，初名亦多，别号友三。闻一多5岁启蒙，在私塾学的是《三字经》《幼学琼林》《尔雅》等传统教材。6岁时，闻家又聘请了毕业于师范学堂的王梅甫先生，王先生是个开明的读书人，在传统课程之外，还教国文、历史、博物、修身等新知识，并选用梁启超的文章来教学生，富有时代气息，引导闻一多从小热爱诗词歌赋。

3. 闻（文）氏家族文化传承

闻一多在1916年4月于清华读书时写的《二月庐漫纪》中记载："余祖信国公天祥，军溃于孔坑，被执，家属潜逃于楚北之蕲水之永福乡，改文为闻，史亦失传，而家乘相沿久矣。"试图考证闻氏与文天祥的渊源，后终因史料不足而不了了之。但是，闻一多视自己家族为文天祥一族的后人，对文天祥的爱国精神与民族气节极其崇敬和膜拜。

据清乾隆四十六年（1781）修撰的《闻氏宗谱·总理前修族谱序》，"吾族本姓文氏，世居江西吉安之庐陵。宋景炎二年（1277），信国公（文天祥封号）军溃于空坑，始祖良辅公被执，在道潜逃于蕲之兰清邑，改文为闻，因家焉"。闻一多纪念馆为印证闻一多的日记内容，将《文氏宗谱》与《闻氏宗谱》进行综合考证，发现闻一多与文天祥的确同根同祖，"闻"

姓确由"文"姓改来，闻一多家族为文天祥家族旁系后裔，文天祥为第15世，闻一多为第29世（这一成果来源于浠水的几位研究闻一多的专家在1999年闻一多国际学术研讨会上，向大会提交的论文《关于改"文"为"闻"的考证》，得到了闻一多研究会的认同）。"闻"与"文"同宗同源，闻一多骨子里本就固有爱国兴邦的民族英雄的血脉。

4. 武昌求学亲历辛亥革命

闻氏家族得风气之先。1910年，闻一多（11岁）考入武昌两湖师范附属高等小学学习，闻家有闻一多和堂兄六哥、七哥等五六个孩子在这所学校一起读书（闻一多堂兄弟共17个，闻一多列第11，家中称一哥）。两湖师范附属高等小学由洋务大臣张之洞创办，是一所在教学内容、师资力量、教学方法等方面于全国首屈一指的新式学堂。1911年10月10日晚，辛亥武昌起义爆发，革命党人一夜之间推翻了清王朝，建立了中华民国。闻一多只读了一年，便爆发了武昌起义，他亲眼见证了这一划时代的历史事件，不但没有惊慌，反而十分兴奋。为适应时代潮流，他毅然剪掉了脑后的辫子，意味着与清朝决裂。他还画了很多革命党人活动的图片并四处张贴，以此拥护革命胜利。

1913年，闻一多以辛亥武昌起义活动记忆为素材，自编自演独幕话剧《革命军》，并在剧中扮演主角革命党人，留着小分头，身穿旧长衫，双手反绑，在接受封建巡抚审讯时，面对死刑，坚贞不屈，临危不惧，表现了辛亥革命党人为推翻封建王朝、视死如归的大无畏英雄气概。角色的扮演也折射出闻一多内心世界对参加革命的向往和对革命英雄的崇拜。

5. 水木清华十年求学

闻一多父亲思想开明，看到清华学校招生，支持闻一多报考。1912年秋，13岁的闻一多以复试鄂籍第一名的成绩考入北京清华学校，年末清华学校复试，获正取第二名，入清华学校中等科一年级。1917年中等科毕业，进入高等科（这时的清华学校是1911年用美国退还的部分庚子赔款创办的留美预备学校，分高、中等两科，共8年毕业，然后保送到美国留学）。1921年，李大钊、马叙伦等八校教职员向北洋政府索薪请愿，闻一多等一批学生为声援教师索薪而罢考，被学校处罚留级一年，到1922年才毕业。这样，加上闻一多因为英语基础差，到清华的第二年留了一级，在清华预备学校，八年的学制，闻一多读了十年。在清华学校学习的闻一多是个非常活跃的人，参加合唱团和辩论赛，还发起创办或参加文学社、美术社、新剧社等 19 个社团，主要集中在戏剧、美术、文学等方面。

6. 五四洪流激荡爱国思想

1919 年 5 月 4 日，北京城内 13 所学校的青年学生举行"反对卖国二十一条"的爱国大游行，当晚闻一多一听说就十分激动，满怀驱除外寇、收复河山的豪情和对卖国的北洋军阀政府的痛恨，挥笔写下了岳飞的《满江红》，悄悄贴在学校食堂门口，表达爱国之情，并带领同学参加抗议游行活动。清华学校的学生社团开始组织参加爱国运动，召开会议，闻一多与罗隆基担任会议临时书记，并成立学生代表团来领导学校爱国运动。

五四运动后，在各种社会思潮的影响下，闻一多的注意力转移到了与国家前途和命运相关的问题上。他在清华十分踊跃，以其文字功底好，担任《清华周刊》编辑。1919 年秋还与梁思成一起成立美术社，任《清华学报》美术副编辑；1920 年 3 月成立"上社"，讨论问题多与社会改革有关，参加补习学校、校工夜校、平民图书室等社会服务。

7. 反对清华学校教育美国化

清华学校的课程设置和管理措施都是为留美服务的西学，国学则被歧视。对于热爱国学、中国文化和东方文明的闻一多来说，看不惯，自然要鸣不平。他先后写了《中文课堂的秩序底一斑》《旅客式的学生》，批判了"等"着留美的那些不学无术的少爷、不能自理的孩子和一心出国的书虫三类学生，努力改变学风，呼吁要改良学校："对于学校，我们不负责任，谁负责任呢？"并积极组建和参加清华文学社、美术社等多个社团，主办和协办《课余一览》《清华学报》等报刊，开展有益健康的文学和艺术活动，传播新文化、新思想。特别是在《论振兴国学》中疾呼"葆吾国粹，扬吾菁华"，认为一个国家的国运随着文化兴衰而兴衰。文化复兴，国家强盛。举例说，汉、唐文章彪炳，国运昌盛；晋宋以来，文风不振，国运披靡。在《美国化的清华》中，他历数了清华美国化的种种表现，揭示了美国化教育的危害以及对"文化被征服之祸患"的忧虑。

8. 闻一多从小好学"二月庐"

闻一多在武昌两湖师范附属高等小学和清华学校学习时，每年的暑假都要回到家乡住两个月，闻家大院的左侧第二间，就是闻一多经常独坐看书的书房，闻一多取名"二月庐"。"书呆子"闻一多喜欢看书，他一拿到书，就很笃定，专心致志，有时甚至忘记了吃饭；因为专心看书，一只蜈蚣趴在他腿上，他都不知道，家人帮他赶走，他还责怪别人影响他读书。家里每有客人来访，闻一多就关上书房的门，说："这又是谁来影响别人读书？"甚至新婚的日子，新娘都进门了，还没看到新郎，最后还是在书房找到他。闻一多坚持写读书笔记和心得，后结集为《二月庐漫记》。

闻一多出生于 19 世纪末，世纪之交正是中国社会文化新旧转换之时，他青少年时期在家乡、武汉、清华学习和生活，接受传统文化、文学教育，从小勤奋好学，成长过程中亲历武昌起义，经受五四洗礼等，爱国的种子扎根于心中。家乡的人文环境、家族厚重的文化底蕴、蒙学养正的教育，自幼深受中国传统文化的浸润。闻一多热爱自己的乡土，多年后记忆故乡如水墨画的样子，说："面对一幅淡山明水的画屏，在一块棋盘似的稻田边上，蹲着一座看棋的瓦屋……"由家至邦，由乡土至国家，热爱祖国的思想就是由热爱乡土的思想发展起来的。生于乱世、长于楚国、作为诗人的闻一多，流淌着荆楚文化血液，注入的便是荆楚文化精神，这对闻一多人格塑形和自我完善影响深远。

二 诗人：青年时期爱国诗歌的迸发（1922～1932）

1. 美国三年求学

1922 年 7 月 16 日，闻一多一行从上海坐海轮，去大西洋彼岸的美国留学，8 月 1 日抵达美国西北部港口城市西雅图。第一年在芝加哥大学美术学院学习西洋美术，第二年转学到科罗拉多大学美术系，第三年转学到纽约艺术学院。闻一多在艺术方面有天赋，学习美术对他来说如鱼得水，成绩屡屡夺魁，学业得到美国教师肯定，获得芝加哥美术学院最优等名誉奖。其间，他创作了不少作品，可惜留下极少。

在美国三年，闻一多开阔了视野，受西方文化学术浸染甚深，对摩尔根的《古代社会》、弗洛伊德的《图腾与禁忌》等都有研究，这对他以后的诗歌创作和学术研究影响深远。闻一多虽然学的美术，但把更多的精力投向文学，认为学美术只是为文学做准备。他热衷研究中国古典诗歌，并对英国近代诗歌产生了浓厚兴趣，同时还与美国学者一起翻译诗歌。他结交美国新诗运动中颇有影响力的代表人物桑德堡、罗厄尔、海德夫人、温特先生等，加深了对西方文化的了解，也与他们结下了深厚友谊。闻一多后来的诗歌创作在不同时期体现出不同风格，实际上就是对西方先进文化精华的接纳，是世界文化与中国文化的交融和发展。

2. 爱国诗歌创作

异国求学使闻一多切身感受到弱国国民所遭受的歧视。有着华胄炎黄子孙尊严的闻一多，每受洋人欺侮、不被尊重、受到歧视时，就义愤填膺，激情满怀。民族自尊心越受到伤害，他越气愤，也越是激发出他那强烈的爱国激情。诗人闻一多爱国的感觉特别敏锐，也特别强烈，因此借写诗来歌颂东方文明古国和美丽的家乡，抒发内心的积郁和愤懑，如《醒呀》《爱国的心》《洗衣歌》《我是中国人》等一系列爱国诗篇。他乡生活的孤独、寂寞促使闻一多思念家乡、亲人，想念祖国；使他更爱恋自己的祖国，思念伟大祖国的山川、风俗、文化、人民。闻一多内心压抑孤独，每每写诗以抒发愤懑，寄托爱国思乡之情，如《孤雁》《忆菊》《晴朝》等诗歌表达了对故乡的殷切思念。他的诗兴总比画兴浓，他认为诗歌比绘画更能抒发爱国情怀，在美术学院放寒假之际，创作了大量新诗。这些诗作后来经梁实秋、郭沫若帮助介绍，于1923年结集并在上海出版，即他的第一本新诗集《红烛》。《红烛》一共103首诗，既有中国古诗的遗风，又有现代新诗的特点，想象力丰富，情感炽热，文辞富丽，诗才横溢，主旋律是爱国主义，燃烧着诗人对祖国炽热的爱。《红烛》一经出版就震惊了中国诗坛，从而奠定了闻一多在中国新诗发展史上的地位。

3. 创新格律诗

1926年，闻一多与徐志摩等人创刊《晨报·诗镌》，发布《文艺与爱国——纪念三月十八》，表达爱国思想，还发表诗论《诗的格律》及著名的诗篇《死水》。1928年1月，他的第二本诗集《死水》出版，收集了他

1926 年至 1928 年创作的诗歌 28 首。与《红烛》的基调一致，《死水》主要抒发了诗人的爱国感情，他把愤怒和爱国激情一股脑地全部注入他的诗作中。较之《红烛》，《死水》中的这种感情更加丰富、更加深刻，艺术上也更加成熟，是诗人提倡的新格律诗的重要实践，标志着闻一多诗派——新格律诗的形成，开一代诗风。

4. 加入大江会，倡导文化国家主义

1924 年，闻一多在芝加哥与梁实秋、罗隆基、潘光旦等人组成国家主义民族主义团体——"大江会"。这是闻一多参加的第一个政治性社团，代表他思想发展的一个重要阶段。《大江》季刊创刊就发表了闻一多《长城之下的哀歌》《我是中国人》《洗衣歌》三首爱国诗歌，诗人闻一多含着血泪控诉帝国主义和殖民统治者的罪恶。在"大江会"期间，闻一多将其对传统文化的热爱，演变为倡导"文化的国家主义"。他愤懑地说："鸣呼，我堂堂华胄，有五千年之政教、礼俗、文学、美术而竟为……彼所藐视、蹂躏。""我乃有国之民，我有五千年之历史和文化，我有何不若彼美人者？……总之，彼之贱视吾国人者一言难尽。"闻一多一直喜欢戏剧，留学期间几个志同道合的同学在一起，闻一多负责舞台设计、布景、服装等，才能发挥了出来。用英文排演中国古装戏《牛郎织女》，特别是《杨贵妃》的公演，得到许多华侨和美国人士的交口称赞，报刊上满是赞誉之声，获得很大成功，可以说是中国戏曲第一次在美国上演。闻一多等人受到极大鼓舞和启发，致力于传播民族文化，决定回国从事"国剧运动"，于是提前结束了留学并回国。

三 学者：教书育人，专心学术研究（1925～1943）

1925 年 5 月 14 日闻一多出发，于 6 月 1 日到达上海，回到祖国的怀抱，一到上海码头，闻一多就把洋装脱下扔到海里，从此就穿长衫、布鞋。

1. 回国初的动荡

闻一多回国后，经历了几个大的挫折，工作不顺心，理想抱负破灭，加上 7 年间失去了两女一男三个孩子，失望、苦闷、彷徨，这是他最为痛苦的时期。这期间，他思想和研究路径上发生的改变，在某种程度上，也是一代知识分子思想演变曲折的过程体现。

一是相当长时间工作不安定，7 年时间换了 7 个工作，到过北京、上海、武汉、南京、青岛五个城市。多是因为校园错综复杂的人事斗争而辞职，这也让闻一多醒悟自己个性不适应社会的一面，意识到自己不适合"向外"，从而转向"内向"的学术研究工作。

1925 年，闻一多在北京艺术专科学校任教务长，创建戏剧系。

1926 年秋，应潘光旦之邀，闻一多到上海吴淞国立政治大学做训导工作。（不久，因小女立瑛夭亡，闻一多痛心不已，从上海回到故乡浠水）

1927 年春，应国民革命军政治部主任邓演达之约，闻一多出任武汉总政治部艺术股股长。

1927 年秋，闻一多在南京国立第四中山大学（中央大学）任外文系主任。

1928 年 8 月至 1930 年 6 月，闻一多出任武汉大学文学院院长，开始专攻唐诗、楚辞，并实现从诗人到学者的转变。

1930 年秋，应杨振声之邀，闻一多到青岛大学任文学院院长兼国文系主任，继续研究中国古代文学，还在外文系讲授英国诗歌。1930 年 12 月至 1932 年 6 月，闻一多身处三次学潮旋涡，因不赞成学生南下请愿和坚持学分淘汰制，受到学生攻击。1932 年 8 月，应清华大学之邀，闻一多回母校任教。

二是现实黑暗。时局动荡，先是冯玉祥兵变，孙中山去世，后是国民大革命，国共合作破裂，国民党一党专政。经历"三一八"惨案、宁汉对立、"四一二"大屠杀，社会黑暗，有志者抱负无处施展。

三是理想破灭。按照清华规定，公派留学为五年，闻一多为了开展国剧运动提前回国，振兴戏剧艺术接连受挫。他创办的《新月月刊》也被查禁。闻一多陷入矛盾、困惑、迷茫之中，自此对政治不感兴趣，这段经历也是一批知识分子彷徨时所走过的艰难道路。

1928 年 1 月，新月书店出版闻一多的第二本诗集《死水》，诗集反映了其留美后期和回国初期的生活和思想。既有人间情感流露，也有日常生活杂感；既有浓郁的乡情和强烈的爱国激情，也有对普通人民的深厚同情，更有对黑暗现实和统治者暴行的控诉和抗议，如实地反映了他这时灰心、失望甚至绝望的心情。世界成为"一沟绝望的死水"，《死水》成为闻一多最后一部诗集，他的新诗创作就此停止。闻一多的兴趣从文学创作转向文学研究。1928 年他出任武汉大学文学院院长，开始专攻古代文化，这是他生命历程中的一个重要转折，完成了从诗人到学者的转变。

2. 清华执教五年

1932 年秋，闻一多回到阔别十年的母校国立清华大学任中国文学系教授，同时还在北京大学、燕京大学、北京艺术专科学校兼课，专心于《诗经》《楚辞》等中国古典文学研究。抗战前在清华的 5 年，闻一多在学术上获得重大成果。丰厚、稳定的教授工资，宽敞的住宅，温暖幸福的家庭，成就了潜心研究的象牙塔生活。几经搬家到新南院 72 号，带草坪的别墅式的平房，红砖灰瓦，大小有十几个房间，院内种了一片竹林，闻一多尤其喜欢。抗战胜利了，吴晗等人来告别，他只说看看竹子还在不在。闻一多这段时期虽扎进故纸堆潜心研究，但不是不问政，而是问政不参政，他的爱国心，如同烈火一样，随着时局演变、日军侵略脚步越来越近而更为强烈。

1937 年卢沟桥的炮声打乱了他的研究计划，抗日战争爆发后，闻一多带着家人及少数重要的稿件，从北京回到故乡浠水。1937 年 12 月，南京失守，长沙临时大学奉命南迁昆明。1938 年 2 月，闻一多随临大学生"湘黔滇旅行团"长途跋涉三千五百余里，抵达昆明。

3. 西南联大执教

抗日战争爆发，1937 年秋，南迁的北京大学、清华大学和南开大学三校组成国立长沙临时大学，闻一多赴长沙，在文学院任教。1937 年 12 月，南京失守，长沙临时大学奉命南迁昆明。1938 年 2 月，闻一多主动报名参加由师生组成的"湘黔滇旅行团"，徒步横过湖南、贵州、云南三省，长途跋涉三千五百余里，历时 68 天，于 4 月 28 日抵达昆明。闻一多与同行的学生们讲"我们读屈原的书，就要走屈原的路"，"国难当头，应该认识认识祖国了"。沿途所见加深了他对中国的认识，人民的贫困、文化的落后、政府的腐败等，使他痛心；祖国壮丽的河山、多姿多彩的民俗文化、全国抗战的热情，激发了他对祖国无限的眷恋，爱国之情汹涌澎湃，为今后思想转向民主进步运动奠定了深厚的基础。

1938 年 5 月，临时大学西迁昆明改为西南联合大学，闻一多任教授，继续潜心研究。随后，闻一多安排家人随受聘到西南联大外文系任教的弟弟闻家驷一起到了昆明，一家人终于团圆在一起。此后他一直在西南联大执教。

闻一多继续致力于古典文学研究，尤其是对《周易》《诗经》《庄子》《楚辞》四大古籍的整理研究。在云南蒙自时从早到晚除了吃饭、上课、如厕外，他趴在书桌上几乎不下楼，潜心研究，"何妨一下楼"雅号不胫而走。其间取得丰硕成果，1942 年，十年研究成果《楚辞校补》出版，后又汇集成为《古典新义》，在中国古代文学及古代文化研究领域取得了创造性的重大成就，做出了开拓性的贡献。闻一多对古代神话浪漫主义和对以《诗经》的"风"为源起的现实主义深有研究，提出批判性地继承中国古代文化遗产。

他在西南联大开设诗经、楚辞、尔雅、古代神话、中国文学史分期研究等课程，深受学生喜欢，文学院、理学院、工学院的学生不惜穿过一座昆明城，也不愿错过闻一多先生的一堂课。他的学生回忆先生讲课，说："《诗经》虽老，一经闻先生讲说，就会肥白粉嫩地跳舞了；楚辞虽旧，一经先生解过，就会五彩斑斓地鲜明了。哈哈，用新眼光看旧东西，结果真是'倍儿棒'哪。"朱自清日记载："（1942 年）11 月 6 日，晚间听一多演讲，妙极。非常羡慕他，听众冒雨而来，挤满教室。"

1941 年因战争而物价飞涨，货币贬值，一个月的薪水难以养活八口之家，为补贴家用，闻一多开始操刀治印。因有深厚的古文字功底，专攻过美术，注重艺术构图与线条的配合，印章具有很高的艺术价值，加以闻一多文学名家和教授的名声，很多人慕名求印。闻一多也没有完全把刻印当作谋生手段，赠送朋友图章较多，两年多时间刻章达 500 方以上。这保障了一家的生活费用，供养五个孩子读书。后来又到昆华中学兼国文教员，既解决了一家住宿的问题，又离学校较近。亲身经历下层苦难生活，没有了象牙塔的安逸，目睹了政治腐败、奸商囤货居奇、大发国难财等社会现象，闻一多观察问题的角度和方法被深深触动了。

四 战士：拍案而起 参加民主运动（1943～1947）

1. 闻一多思想的变化

抗战前期，在衡阳、蒙自、昆明看不到战火的硝烟，还算是世外桃源，西南联大是安静的。闻一多也耐得住寂寞，一心扑在书桌上，研究古典文学。闻一多在清华文学院是用功出名的人，除了上课，轻易不出门，把时间都用于研究古典文学和整理旧文稿。饭后大家喜欢散步，闻一多总不去，郑天挺教授劝他说："何妨一下楼呢。"大家都笑了起来，于是成了一个典故在校园传开，也形成了形容闻一多专注于学术研究的一个雅号——"何妨一下楼主人"。但随着时局的变化，闻一多等教授与普通民众一样，经受着日军的轰炸，家庭生活也十分困难。和许多爱国的知识分子一样，他开始观察和思考现实，走出书斋，为寻找"咱们的中国"而献身。

2. 目睹时局政治腐败

闻一多不下楼并不是不关心时局。1943 年春，蒋介石的《中国之命运》一书在昆明发售，书中全力宣扬中华民族所谓"固有的德性"，闻一多对此提出异议说："《中国之命运》一书的出版，在我个人是一个很重要的关键。我简直被那里面的义和团精神吓一跳，我们的英明的领袖原来是这样想法的吗？五四给我的影响太深，《中国之命运》公开向五四挑战，我是无论如何受不了的。"闻一多是五四运动的积极参与者，他认为五四新文化运动就是新思想运动，也是新政治运动。自此，闻一多应学生们邀请，开始参加座谈会、朗诵会等活动，他又写了一系列针对现实的杂文，在联大的课堂上呼吁，在报刊上撰文呐喊，他认识到，"现在只有一条路——革命"。抗战后期，闻一多有感于国民党抗战不力，统治腐败，民不聊生，于是投身民主运动，为反对国民党反动派的专制独裁而斗争。

3. 中共组织的影响

1943 年 9 月，周恩来派华岗来到昆明，华岗是中共南方局派到云南龙云处的代表，主要开展高层人士的统战工作，带来了周恩来同志的指示信，大意是说，"像闻一多这样的知识分子，对国民党反动派的腐败是反抗的，他们也在探索，在找出路，而且他们在学术界、在青年学生中，还是有广泛的社会联系和影响的，所以应该争取他们，团结他们"（楚图南《记和华岗同志在一起工作的日子》）。在与华岗、周新民、刘浩等共产党人交流深谈后，闻一多感觉"找到了光明，看到了希望"。

从 1944 年开始，曾经宁静的西南联大，成为坚强的民主堡垒。这一年，也是闻一多开始从学者自觉走向民主战士的一年。在昆明纪念五四运动 25 周年集会上，闻一多发表演说，说："五四的任务还没有完成，我们还要干！我们还要科学，要民主。"他开始从书斋走到民主运动的人群中。此后，闻一多参加了一系列的民主活动。

1944 年夏，闻一多参加了中共党员和民盟同志一道发起组织的"西南文化研究会"（中共地下组织），开始接触到从延安传过来的《论联合政府》《新民主主义论》《论解放区战场》等党内的文献和《新华日报》《群众》等进步刊物以及《西行漫记》，闻一多对时局的认识和对政治的了解日渐加深，思想开始发生深刻的变化。同时，在昆华中学兼任国文教员时，闻一多住在昆华中学，阅读了大量的马克思主义和共产主义著作，如《联（布）共产党史》《列宁生平事业简史》等，他对共产主义理念十分认同，并很快将其升华为信仰。闻一多后来对地下党的同志说，只有共产党能进行自我批评。国民党腐败、独裁，靠国民党，国家没有前途，抗战胜利要靠共产党，抗战胜利后建国也要靠共产党。（唐登岷《回忆民主战士闻一多》）

闻一多在云南的民主活动得到了中国共产党人的高度肯定和关注。10 月 15 日，延安《解放日报》发表《慰问闻一多先生》一文称："闻先生近来忧时之念很深，一股正义的热情，更使人感动。当今的学者以更加民主的前途为虑的人虽很多，但能像闻先生这样正直敢言的却很少。"

4. 加入民盟有组织的斗争

形势的复杂让闻一多考虑到，"在中国当前的政治情势中，要参加有组织有纪律的政治活动，只有参加共产党或民盟"。吴晗受民盟委托，邀请闻一多加入民盟。其间，共产党人周新民也找闻一多谈了很久，闻一多知道周新民是中共党员，表示要加入共产党，但请示组织，回复说加入民盟有利于发挥作用。1944 年秋（8 月），在罗隆基、吴晗的介绍下，闻一多秘密加入民盟，他说："国事危急，好比一幢房子失了火，只要是来救火，不管什么人都一样，都可以共事。"并表示自己是马列主义者，"将来一定请求加入共产党"（与吴晗一起的约定）。

闻一多加入民盟后，对民盟工作极为热心。在教学的同时，他积极参与民盟的事务，宣传民盟，动员朋友、学生加入，同时积极参加政治活动，并同吴晗协助云南民主青年同盟（简称民青，是中共云南省工委外围秘密组织）的建立，与其负责人洪季凯、马千禾（马识途）、袁永熙、李凌等秘密配合，为开展云南民主运动做了大量工作。

由于共产党反对独裁、反对内战的政治观点和对现实民生的关注符合当时的实际，民盟和一部分无党派人士支持共产党的意见，反动派借此大造舆论，说民盟是共产党的尾巴。闻一多斩钉截铁地说："谁的意见正确，我们就支持谁。如果这样就叫作当尾巴，我们就是共产党的尾巴。"从此，他在共产党的秘密领导下全身心地投入反对帝国主义侵略和反独裁、反内战的运动洪流中。他的喊声越来越大，影响也越来越大。他说："此身别无长物，既然有一颗心，有一张嘴，讲话定要讲个痛快。""砍我的头，我也要说。"

1944 年 11 月，闻一多被推选为中国民主同盟云南支部执行委员。民盟机关刊物《民主周刊》创刊，旨在反对独裁专政，提倡民主自由。闻一多任编委。次年担任社长。他为之付出了巨大的精力，使之成为民盟的喉舌。《民主周刊》刊发了许多抨击国民党独裁统治、呼吁民主政治的文章，在政治上发挥了巨大的作用。此后，闻一多以民盟云南领导人的身份积极投身民主革命运动，成为广大盟员和革命青年敬仰爱戴的导师和旗手。他积极参加各种政治活动和集会，写社论，发文稿，在各种集会上发表演讲，始终冲在斗争的最前列。

1944 年 12 月 25 日，云南各界举行护国起义 29 周年纪念大会，闻一多在会上做了《护国起义与民主政治》的演说，指出，护国起义的经验告诉我们，"要民主就必须打倒独裁"。由吴晗、闻一多润色誊录的《云南各界护国起义纪念大会宣言》，郑重提出结束一党训政、召集人民代表会议和组织联合政府三项主张，表明了这次纪念大会与中国共产党各民主党派完全一致的明确立场。从此，他更坚决彻底地走上了为民主事业而奋斗的道路。

1945 年 8 月 15 日晚上，西南联大、云南大学、中法大学三校的学生会集在联大东会堂，举行"从胜利到和平"的时事晚会。吴晗谈到了胜利后的内战危险和如何反对内战的问题。李公朴说闻一多的胡子剃早了。闻一多很是愤慨，说"抗战八年，中国人民遭受了多么惨痛的牺牲，多么深重的灾难，好容易盼到了胜利。但是，抗战胜利没有给我们带来和平"。最后，闻一多以使反动派战栗的高亢的声音说："谁不要人民，人民就不要谁!"

1945 年 10 月，中国民主同盟第一届全国代表大会在重庆特园召开，闻一多作为云南支部的代表，因故未能出席，但仍被增选为民盟中央执行委员。

对于自己的转变，闻一多在 1946 年 7 月 9 日发表的《民盟的性质和作风》中说："从不问政治到问政治，从无党派到有党派，这一转变，从客观环境说，是时代的逼迫，从主观认识说，是思想的觉悟，我们为自己今天的觉醒而骄傲。"

5. 支持学生民主爱国运动

闻一多在昆明以民主教授和民盟云南省支部领导人的身份，积极参与社会政治活动，成为广大革命青年衷心爱戴和无比尊敬的良师益友。1945 年四五月间，西南联大、云南大学、中法大学及英语专科学校四校学生自治会组织的五四运动 26 周年纪念周的活动，把云南以昆明为中心的爱国民主运动推向了新的高潮。

这里摘录当时在西南联大经济系读书、1947 年于北京大学经济系毕业，后在北大任教的张友仁教授《怀念闻一多老师》中所记，可见闻一多参加和支持学生活动的情况：

1944 年 2 月 3 日晚，在联大昆华北院大教室做《舞与诗》的讲演。从原始社会人民的劳动讲到舞蹈的起源，又从舞蹈讲到诗歌，生动而科学地阐述了它们之间的关系。

5月3日晚，在联大新校舍南区十号大教室举行的五四历史座谈会上讲参加五四运动的经过。

5月8日晚，在联大新校舍图书馆前草坪举行的联大文艺晚会上做题为《新文艺与文学遗产》的发言："我是干破坏的，破坏旧的东西。""破坏了，我们还要来！五四的任务没有完成，我们还要来！五四的任务没有完成，我们还要干！我们还科学！要民主！"

10月19日晚，昆明各大学学生自治会在云南大学至公堂举行纪念鲁迅先生逝世八周年纪念晚会，闻一多做精彩演讲，表示要向鲁迅学习。引发全场高唱《义勇军进行曲》。

11月29日下午，西南联大新校舍东饭厅举行鼓励学生从军的演讲会，闻一多做动员，动员同学们在祖国危难之际挺身出来。

12月12日晚，在联大昆北大教室讲《士大夫与中国社会》，分析儒家对中国社会的功过。

12月13日晚，联大学生自治会在新校舍举行时事座谈会，闻一多做题为《一年来的中国文化》的发言，还做总结性发言。

1945年4月5日，联大在校内举行文艺晚会，闻一多出席并讲话。

4月9日，联大新诗社举行一周年纪念日活动，举办"中国新诗集展览"，得到闻一多先生的指导和协助。

5月2日晚，西南联大五四运动26周年纪念会，闻一多在新诗朗诵会上朗诵艾青的《大堰河》。

5月3日，联大历史学会举办五四历史晚会，闻一多就"青年怎样推进民主运动"发言。

5月4日下午，昆明各校学生五千余人在云南大学操场集会，举行五四纪念大会，闻一多向来注重青年学生的力量，对青年寄予希望。当时天降大雨，有的学生开始四散躲雨，闻先生立即借用历史典故，大喊："同学们，这是天洗兵！是对我们出征前的洗礼。"同学们听了，情绪大振，演讲完毕，大家一致决定冒雨游行。

5月5日晚，中华文化抗敌协会昆明分会暨西南联大国文学会等七个文艺团体联合举办"纪念五四26周年及全国第一届文艺节文艺晚会"，闻一多出席并做《艾青与田间》的讲演，对解放区两位新诗人的诗歌并做了很高的评价。

6月18日晚，联大同学举办高尔基逝世39周年纪念晚会，闻一多出席。

7月7日晚，联大举办七七纪念晚会，闻一多出席并发布了《抗战八周年纪念日中国民主同盟云南省支部宣言》，表示反对内战，要求成立联合政府。

9月3日晚，西南联大新诗社举办"为胜利、民主、团结而歌诗歌朗诵会"，闻一多出席并题字："真心为人民服务，向人民学习。"

9月4日晚，联大学生自治会举办抗战胜利纪念会，闻一多主持并讲话，宣读《昆明教育文化界庆祝胜利大会宣言》。

10月1日，闻一多先生等十位教授联名致电蒋介石、毛泽东，提出对国是的主张，要求立即召开各党派和无党派人士的政治会议，共商如何成立联合政府。

11月25日晚上，昆明各校的学生在联大的操场上举办反内战时事晚会，以云南省代主席李宗黄、警备司令关麟征和第五军军长邱清泉为首的反动派调动军队，开枪开炮威胁、驱赶学生。之后昆明学生集体罢课，抗议云南省政府的禁止集会游行的命令。闻一多参与起草《国立西南联合大学全体教授为11月25日地方军政当局侵害集会自由事件抗议书》，称"对此不法之举，表示最严重那好的抗议"。

12月1日，国民党反动派公开用刺刀和手榴弹对付赤手空拳的昆明学生，打死四人，打伤数十人，制造了震惊中外的"一二·一"惨案。

12月2日，面对残酷的暴行，闻一多十分激愤，坚决支持广大师生的正义斗争，竭力主张声援学生罢课。

12月3日，闻一多到设在联大图书馆内的四烈士灵堂致祭，亲题挽词"民不畏死，奈何以死惧之"，悼念为真理、正义牺牲的学生。

12月16日晚，昆明学生在联大新校舍图书馆前的草坪上举行罢课座谈会，闻一多出席、指导，愤怒地痛斥"'一二·一'是中华民国历史上最黑暗的日子"。

1946年2月17日，闻一多作为主席主持了"庆祝政治协商会议成功，抗议重庆'二·一〇'惨案，坚持严惩'一二·一'惨案祸首大会"，走在队伍前列游行。

3月17日，在举行四烈士葬礼的当天，他穿着单薄的长衫走在队伍的前阵。

…………

从闻一多参加和支持学生民主爱国活动的情况可以看出，闻一多深受中国传统文化的影响，对祖国充满感情；同时参加五四新文化运动以来的经历和接触到的西方民主思想，使其内心充满对国家和平、民族团结、人民安定、社会繁荣的期盼。

五　斗士：以身殉志，爱国思想的爆发

1. 走在民主斗争的前阵

几年来，闻一多以笔为武器，写了不少杂文，揭露国统区的黑暗。国民党特务嫉恨闻一多，扬言要以40万买他的头颅。闻一多依然频频出现在每一次集会演讲中和每一次游行队伍中。每一篇文章都是一把刺向敌人要害的匕首，每一次演讲都是鼓舞群众前进的响亮号角。炯炯的目光、破旧的长衫和一根白藤手杖屡屡吸引着人们追逐的目光；激愤的情感、有力的语调和精彩的演讲每每抓住每一颗爱国者的心。闻一多在昆明民主运动中的影响越来越大，在人们心目中，他就是正义和良心的化身。

"一二·一"惨案前后长达4个月的学生运动中，民盟配合民青的运动，学生和市民反内战、反独裁、争和平、争民主的声音响彻昆明。闻一多在斗争中发挥了巨大作用，思想也更加进步、积极，斗争变得更勇敢、更坚强。闻一多已成为一个思想成熟、意志坚定的民主斗士，也实现了从一个冷峻的学者到一名斗士的转变。

1946年3月30日，闻一多在给堂兄闻家录的信中说："两佺所走路线，完全正确。"（两佺为闻立志、闻立法）在给闻立志（后改名黎智）

的回信中说："我身在昆明，心向北方。"

在现实的教育和中共党人的影响下，闻一多看到了蒋介石政府的倒行逆施给国家和人民带来的深重灾难。在1946年4月14日的一次集会上，闻一多禁不住公开痛骂"蒋介石是个混账王八蛋"。正是因为对光明的热爱和追求，他才深切地痛恨制造黑暗、阻止追求光明的反动派。在当时的黑暗时期，这样赤裸裸地表达内心的思想和感情，是需要勇气的。也正是这种精神，铸造了闻一多刚正不阿的品格和民主斗士的风骨。

1946年5月4日，这一天既是五四运动27周年纪念日，也是西南联大奉命结束的日子。清华、北大、南开各校师生决定分批北归。在此前后，有不少教授应聘到国外任教，美国加利福尼亚大学聘请闻一多为中国文学的教授，闻一多拒绝了，留在了民主运动风起云涌的昆明。

正在此时，民盟中央的李公朴从重庆又回到了昆明，增强了昆明的民主力量。闻一多以《民主周刊》（民盟刊物）社社长的身份，联合其他周刊于6月7日发表《对目前国内情势的五项意见》，再三声明，民盟是一个非暴力的革命团体，反对暗杀和暴力，倡导以和平的方式争取民主。

6月20日，学校分配给闻一多两张机票，他让两个儿子立雕、立鹏先随友人许维遹飞赴重庆，在那里等人到齐再回北平。

1946年5月，蒋介石彻底撕毁了政协决议。6月下旬大举围攻中原解放区，全面内战爆发了，民主之城笼罩在白色恐怖之中。国民党反动派的倒行逆施激起了全国人民的极大愤慨。一方面是日益高涨的民主运动，到处都是反内战、要和平的呼声；另一方面，国民党当局也加紧了对云南地下党人的调查和对民主运动的打击破坏。

1946年6月27~29日，民盟云南支部先后举行了三个"招待会"，分别向社会各界宣传民主运动的意义，楚图南用"民主团结，和平建国"申述了民主运动的主张；费孝通指出了内战情况下实现民主政治的重要性。李公朴和闻一多向各界人士发出倡议，"争民主、要和平、反对内战，是全国人民的共同要求，呼吁各界人士共同努力"，"为了民主与和平，我们愿意和一切人合作，把中国建设得幸福繁荣"，号召"各界朋友们亲密地携起手来，共同为反内战、争民主，坚持到底"。民盟云南支部和各界人士在昆明发起反内战万人签名运动，要求和平。

随着联大宣布解散，师生纷纷北上，国民党政府认为这是铲除民主斗士和骨干分子的好机会，于是秘密组织了两个行动小组，拟定了逮捕、暗杀民盟负责人的名单。其中李公朴先生被列为第一名，闻一多先生为第二名。

7月9日，闻一多在《民主周刊》上发表的《民盟的性质与作风》一文中谈道："今天我们再不是袖手旁观或装聋作哑的消极中立者了，今天我们要站出来，做活动与两极之间的积极的中间人。但是所谓的中间人并不是等于无原则的和事佬。我们要明是非，辨真伪，要以民主为准绳来做两极之间的公断人。"

联大的学生一走，反动派就要下手。许多好心人都担心闻一多的安危，其中就有与闻家住在一起的华罗庚，他劝闻一多早些北上。闻一多从容地回答："要斗争就会有人倒下，一个人倒下去，千万人会站起来！"

7月11日早晨，西南联大最后一批学生离开了昆明，当天晚上，李公朴和夫人在外出归途中，在青云街大兴坡遭国民党特务暗杀。闻一多知道后赶到医院，抚着李公朴的遗体痛哭流泪。

第二天早晨，闻一多从医院回来，就与楚图南、冯素陶等人讨论并起草了《中国民主同盟云南省支部发言人为李公朴被暴徒暗杀事件之严重抗议》和《李公朴先生被刺经过》，及时印发，"以特务恐怖政策摧残人权，破坏民主和平运动，并不惜以最阴险狠毒之手段杀害民主人士，乃是政府一贯的政策"，深刻揭露了反动派的卑鄙伎俩，强烈抗议国民党的法西斯暴行，要求严惩凶手。

14日早晨，闻一多的大儿子立鹤出门时，那个装作"女疯子"的特务丢给他一封信，信中威胁说："如不悔改，你父子命在旦夕。"闻一多淡然一笑，把恐吓信扔在纸篓里，照样去了《民主周刊》社。友人潘大逵得知特务黑名单里首批暗杀4人中有闻一多的名字，特来告知，叮嘱为了安全，少活动，避一避。还有的朋友买来西装，让他化装躲避，他说："死，并不可怕！""李先生为民主可以殉身，我们不出来何以慰死者？"怀着满腔的悲愤，继续投入紧张的工作。

2. 血洒千秋，最后一次演讲

7 月 15 日上午 10 时，民盟云南支部和学生联合会共同发起组织的李公朴治丧委员会，在云大的至公堂举行追悼大会。当李夫人张曼筠泣不成声地介绍李公朴先生殉难经过的时候，会场上也是一片抽泣声，许多人都哭了。这时，事先进来的特务们突然起哄，在会场叫嚷、吹口哨、打闹。尽管纠察人员一再制止，他们仍是不停，气焰十分嚣张。这时，本来答应家人和学生只出席不讲话的闻一多气得脸都白了，他被特务们的猖狂无耻行径激怒了。他先上去把李夫人搀扶下来，又急匆匆走上讲台，拍案而起，昂然而又愤怒地说：

　　这几天，大家晓得，在昆明出现了历史上最卑劣最无耻的事情！李先生究竟犯了什么罪，竟遭此毒手？他只不过用笔写写文章，用嘴说说话，而他所写的，所说的，都无非是一个没有失掉良心的中国人的话！大家都有一支笔，有一张嘴，有什么理由拿出来讲啊！有事实拿出来说啊！（闻先生声音激动了）为什么要打要杀，而且又不敢光明正大的来打来杀，而偷偷摸摸的来暗杀！（鼓掌）这成什么话？（鼓掌）

　　你们杀死一个李公朴，会有千百万个李公朴站起来！你们将失去千百万的人民！你们看着我们人少，没有力量？告诉你们，我们的力量大得很，强得很！看今天来的这些人都是我们的人，都是我们的力量！此外还有广大的市民！我们有这个信心：人民的力量是要胜利的，真理是永远是要胜利的，真理是永远存在的。历史上没有一个反人民的势力不被人民毁灭的！

　　…………

　　我们不怕死，我们有牺牲的精神！我们随时像李先生一样，前脚跨出大门，后脚就不准备再跨进大门！（长时间地鼓掌）

　　…………

这是愤怒的控诉，是正义的号召，是讨伐反动派的檄文，在场的群众用暴风雨般的掌声表达了他们的热烈拥护，表达了对闻一多的信任和支持，也昭示出反内战、争和平的人民的决心和力量。特务们慌了，一个个夹着尾巴溜了。

李公朴先生遗体火葬后，当日下午1：30，闻一多又和民盟的楚图南一道前往《民主周刊》社，出席记者招待会。散会后，长子立鹤来接他一道回寓所，即联大西仓坡教员宿舍，行至离宿舍十步左右处，突然响起枪声，预先埋伏在西仓坡附近的几个特务对闻一多开枪了，闻一多身中十几弹，当即牺牲，立鹤亦受重伤。

闻一多具有"杀身成仁，舍生取义"的生死观。在祭奠"一二·一"四烈士时，闻一多就感慨说："他们死得多么光荣啊！""一个人能这样牺牲，多么光荣啊！"他曾说："一个人如果得了一场伤寒死了，多不合算，不如为民主遭暗杀！"他评价屈原说，屈原一方面有"竭忠尽智以事其君"的集体主义精神，也有"露才扬己，怨怼沉江"的个人理想，援引高尔基的话说，他是"一个为争取人类解放而具有全世界历史意义的斗争的参与者"，如果说我也是"屈原崇拜者"，我是特别从这一方面着眼来崇拜他的。

闻一多被刺逝世，举世震惊，全国人民无比愤慨。社会各界人士极为重视，纷纷发表通电，要求惩办凶手。中国共产党中央领导人毛泽东、朱德、周恩来等都发电慰问，强烈谴责反动派的暴行。在国际上，美国外交官也十分重视（闻黎明《美国对李公朴、闻一多被刺事件的反映和对策》）。重庆、成都、上海、延安、香港、新加坡等地举办追悼会。在西南联大"一二·一"殉难墓地建了一个衣冠冢，火化后骨灰一部分带回北平，新中国成立以后埋葬于八宝山革命公墓。新中国成立后，在先生生活、工作的地方——浠水、武汉、青岛、上海、昆明、北京等地竖起了一座座闻一多雕塑。

闻一多是享誉海内外的名人，秉性耿介正直，襟怀坦荡无私，待人热忱敦厚，深受人们的尊敬和爱戴。他的牺牲是中国人民的重大损失，中国人民永远怀念他，纪念他。

参考文献

───── ❀ ❀ ❀ ─────

一　专著、译著类

《列宁全集》第 38 卷，中共中央马克思恩格斯列宁斯大林著作编译局编
　　译，人民出版社，1956。

《马克思恩格斯选集》第三卷，中共中央马克思恩格斯列宁斯大林著作编
　　译局编译，人民出版社，1972。

鲍鹏山、王骁：《附庸风雅：第三只眼看〈诗经〉》，重庆出版社，2006。

岑家梧、李则纲：《图腾艺术史·始祖的诞生与图腾》，上海文艺出版
　　社，1988。

岑奇：《闻一多之歌》，花城出版社，1986。

曾沛然选编《闻一多》，文汇出版社，2002。

陈凝：《闻一多传》，民享出版社，1947。

陈子展撰述《诗经直解》，复旦大学出版社，1983。

陈醉、李成贵：《维纳斯面面观》，上海文艺出版社，1988。

方仁念编《闻一多在美国》，华东师范大学出版社，1985。

郭沫若：《历史人物》，中国人民大学出版社，2005。

郭绍虞主编《中国历代文论选（一卷本）》，上海古籍出版社，1979。

郭淑云：《原始活态文化——萨满教透视》，上海人民出版社，2001。

何新：《诗经（情诗）新解：风与雅》，时事出版社，2007。

何新：《诸神的起源》，时事出版社，2002。

季镇淮主编《闻一多研究四十年》，清华大学出版社，1988。

里克编选《历代诗论选释》，昆仑出版社，2006。

梁实秋：《谈闻一多》，台北：传记文学出版社，1967。

刘介民：《闻一多：寻觅时空最佳点》，文津出版社，2005。

刘晶雯整理《闻一多诗经讲义》，天津古籍出版社，2005。

刘文英：《漫长的历史源头》，中国社会科学出版社，1996。

夏甄陶主编《认识发生论》，人民出版社，1991。

汪流等编《艺术特征论》，文化艺术出版社，1984。

刘烜：《闻一多》，人民出版社，1986。

鲁迅：《鲁迅全集》第一卷，人民文学出版社，1956。

陆耀东、李少云、陈国恩主编《闻一多殉难60周年纪念暨国际学术研讨
    会论文集》，武汉大学出版社，2007。

陆耀东、赵慧、陈国恩主编《闻一多国际学术研讨会论文选》，武汉大学
    出版社，2002。

茅盾：《中国神话研究初探》，上海古籍出版社，2005。

勉之：《闻一多》，香港：新中国书局，1949。

屈小强：《〈诗经〉之谜》，四川教育出版社，2000。

时萌：《闻一多朱自清论》，上海文艺出版社，1982。

史靖：《闻一多》，湖北人民出版社，1958。

史靖：《闻一多的道路》，生活书店，1947。

宋兆麟：《寻根之路——一种神秘巫图的发现》，学苑出版社，2004。

唐鸿棣：《诗人闻一多的世界》，学林出版社1996。

王大有：《三皇五帝时代》（上、下），中国时代经济出版社，2005。

王大有：《上古中华文明》，中国时代经济出版社，2006。

王康：《闻一多传》，湖北人民出版社，1979。

王康：《闻一多颂》，湖北人民出版社，1978。

王松林主编《远去的文明——中国萨满文化艺术》，黑龙江人民出版
    社，2004。

闻黎明：《闻一多传》，人民出版社，1992。

闻立雕等编《诗人学者民主斗士：闻一多》，中国摄影出版社，1996。

闻一多著，孙党伯、袁謇正主编《闻一多全集》第一卷，湖北人民出版社，1993。

闻一多著，孙党伯、袁謇正主编《闻一多全集》第二卷，湖北人民出版社，1993。

闻一多著，孙党伯、袁謇正主编《闻一多全集》第三卷，湖北人民出版社，1993。

闻一多著，孙党伯、袁謇正主编《闻一多全集》第四卷，湖北人民出版社，1993。

闻一多著，孙党伯、袁謇正主编《闻一多全集》第五卷，湖北人民出版社，1993。

闻一多著，孙党伯、袁謇正主编《闻一多全集》第六卷，湖北人民出版社，1993。

闻一多著，孙党伯、袁謇正主编《闻一多全集》第七卷，湖北人民出版社，1993。

闻一多著，孙党伯、袁謇正主编《闻一多全集》第八卷，湖北人民出版社，1993。

闻一多著，孙党伯、袁謇正主编《闻一多全集》第九卷，湖北人民出版社，1993。

闻一多著，孙党伯、袁謇正主编《闻一多全集》第十卷，湖北人民出版社，1993。

夏纬瑛：《〈诗经〉中有关农事章句的解释》，农业出版社，1981。

萧兵：《楚辞与神话》，江苏古籍出版社，1987。

萧兵：《孔子诗论的文化推绎》，湖北人民出版社，2006。

谢泳：《血色闻一多》，同心出版社，2005。

杨扬：《现代背景下的文化熔铸：闻一多与中外文学关系》，福建教育出版社，2001。

叶舒宪：《〈诗经〉的文化阐释：中国诗歌的发生研究》，湖北人民出版社，

1994。

叶舒宪：《文化人类学探索》，广西师范大学出版社，1998。

金克木译《印度古代文艺理论文选》，人民文学出版社，1980。

尹荣方：《神话求原》，上海古籍出版社，2003。

余嘉华：《闻一多在昆明的故事》，云南人民出版社，1980。

俞兆平：《闻一多美学思想论稿》，上海文艺出版社，1988。

张巨才、刘殿祥：《闻一多学术思想评传》，北京图书馆出版社，2000。

张岩：《图腾制与原始文明》，上海文艺出版社，1995。

赵沛霖：《先秦神话思想史论》，学苑出版社，2002。

赵沛霖：《现代学术文化思潮与诗经研究：二十世纪诗经研究史》，学苑出
    版社，2006。

朱狄：《艺术的起源》，武汉大学出版社，2007。

张之沧：《后现代理念与社会》，南京师范大学出版社，2005。

〔波兰〕沃拉德斯拉维·塔塔科维兹：《古代美学》，杨力、耿幼壮、龚见
    明、高潮译，中国社会科学出版社，1990。

〔德〕黑格尔：《小逻辑》，贺麟译，商务印书馆，1980。

〔德〕黑格尔：《美学》第二卷，朱光潜译，商务印书馆，1979。

〔俄〕列夫·托尔斯泰：《艺术论》，丰陈宝译，人民文学出版社，1958。

〔法〕德里达：《一种疯狂守护着思想：德里达访谈录》，何佩群译，上海
    人民出版社，1997。

〔法〕柏格森：《形而上学导言》，刘放桐译，商务印书馆，1963。

〔法〕葛兰言（Marcel Granet）：《中国古代的节庆与歌谣》，赵丙祥、张宏
    明译，广西师范大学出版社，2005。

〔法〕列维-布留尔：《原始思维》，丁由译，商务印书馆，1981。

〔美〕托马斯·芒罗：《东方美学》，欧建平译，中国人民大学出版社，
    1990。

〔美〕弗朗兹·博厄斯：《原始艺术》，金辉译，贵州人民出版社，2004。

〔美〕威廉·A.哈维兰：《文化人类学》，瞿铁鹏、张钰译，上海社会科学
    院出版社，2006。

〔瑞士〕J. 皮亚杰，B. 英海尔德：《儿童心理学》，吴福元译，商务印书馆，1981。

〔苏〕Д. E. 海通：《图腾崇拜》，何星亮译，广西师范大学出版社，2004。

〔意〕维柯：《新科学》，朱光潜译，人民文学出版社，1986。

〔英〕爱德华·泰勒：《原始文化》，连树声译，上海文艺出版社，1992。

〔英〕鲍桑葵：《美学史》，张今译，商务印书馆，1985。

〔英〕詹·乔·弗雷泽：《金枝》，徐育新、汪培基、张泽石译，中国民间文艺出版社，1987。

二　论文类

白宪娟：《新文化运动影响下的古典文学研究论——以 20 世纪二三十年代的〈诗经〉研究为例》，《内蒙古社会科学》（汉文版）2007 年第 3 期。

宾恩海：《试论闻一多诗歌的文化特征》，《广西师范学院学报》（哲学社会科学版）1997 年第 1 期。

曹万生：《闻一多诗学的价值》，《江南大学学报》（人文社会科学版）2004 年第 5 期。

曾方荣：《闻一多早期诗艺理论的建构与西方现代文艺思想的影响》，《邵阳学院学报》（社会科学版）2005 年第 6 期。

曾祖荫：《"宇宙意识"考——关于闻一多与中国古典美学的札记》，《华中师范大学学报》（人文社会科学版）1999 年第 5 期。

陈本益：《论闻一多"格式"论的贡献和局限》，《汕头大学学报》（人文社会科学版）2002 年第 5 期。

陈国恩：《"文学是生命底表现"——论闻一多的生命诗学观》，《长江学术》2007 年第 2 期。

陈国恩：《论闻一多的生命诗学观》，《文学评论》2006 年第 6 期。

陈卫：《诗与音乐的联姻——论闻一多的音乐化诗学思想》，《武汉大学学报》（人文社会科学版）1999 年第 1 期。

陈卫：《意象转型之思——论闻一多的诗歌意象》，《广西师范大学学报》

（哲学社会科学版）2001 年第 10 期。

韩湖初：《闻一多"盘古即伏羲"说难以动摇——兼评盘古神话由印度传入"已作结论"说》，《华南师范大学学报》（社会科学版）2001 年第 1 期。

程光炜：《闻一多新诗理论探索》，《文学评论》1998 年第 2 期。

程凯华：《闻一多对屈原和〈楚辞〉研究的重大贡献》，《邵阳学院学报》2002 年第 5 期。

储冬爱：《茅盾、闻一多神话研究的比较》，《广西民族研究》2004 年第 4 期。

戴建业：《用"诗"的眼光读诗——论闻一多对古代诗歌的诠释》，《华中师范大学学报》（人文社会科学版）1998 年第 5 期。

邓乔彬：《传统与现代的完美结合——闻一多的古代文学研究方法论》，《江汉论坛》2006 年第 11 期。

段双全：《论闻一多〈楚辞〉研究中的创见》，《浙江海洋学院学报》（人文科学版）2006 年第 3 期。

范黎来：《论闻一多诗歌的色彩美》，《武汉科技大学学报》（社会科学版）2006 年第 1 期。

方丽萍：《闻一多的"诗缘情"论》，《暨南学报》（哲学社会科学版）2006 年第 6 期。

龚贤：《闻一多的唐诗学观》，《衡阳师范学院学报》2005 年第 1 期。

郭小聪：《21 世纪视野中的闻一多》，《徐州师范大学学报》（哲学社会科学版）2006 年第 6 期。

郭之瑗：《论闻一多杂文的思想内容及艺术特色》，《云南师范大学学报》（哲学社会科学版）2001 年第 2 期。

韩亚楠、姚素英：《论王统照与闻一多诗歌的绘画美》，《吉林师范大学学报》（人文社会科学版）2007 年第 2 期。

郝明工：《诗人之"人"的创造——郭沫若与闻一多的诗文化比较》，《西南师范大学学报》（人文社会科学版）2005 年第 3 期。

侯美珍：《古典的新义——谈闻一多解〈诗〉对弗洛伊德学说的运用》，

《河北师院学报》（社会科学版）1997 年第 1 期。

胡光波：《闻一多的新诗理论和唐诗观》，《湖北师范学院学报》（哲学社
　　会科学版）2005 年第 2 期。

胡金轩：《情感与想象的孕育——闻一多诗歌意象审美特征探析》，《邵阳
　　师范高等专科学校学报》2001 年第 3 期。

胡秦葆：《青年闻一多对西方文化的接纳与排拒》，《广州大学学报》（社
　　会科学版）2005 年第 7 期。

胡绍华：《论闻一多学术研究的时代性》，《湖北三峡学院学报》2000 年第
　　1 期。

胡绍华：《闻一多诗歌与英美近现代诗》，《外国文学研究》2006 年第
　　3 期。

胡绍华：《闻一多早期诗歌活动的现代品格》，《三峡大学学报》（人文社
　　会科学版）2003 年第 1 期。

胡言会：《来自生命的矛盾来自矛盾的残破——论闻一多诗歌中的"残破"
　　现象》，《南京师范大学文学院学报》2005 年第 3 期。

黄曼君、梁笑梅：《闻一多殉难的文化意义解读》，《徐州师范大学学报》
　　（哲学社会科学版）2007 年第 1 期。

黄曼君：《闻一多文化诗学论》，《东岳论丛》2006 年第 2 期。

黄曼君：《闻一多现代学术品格论》，《华中师范大学学报》（人文社会科
　　学版）2000 年第 2 期。

黄玉珍：《闻一多在贵州的七幅速写》，《贵州文史丛刊》2004 年第 4 期。

江锡铨：《闻一多：诗画歌吟——闻一多与新诗绘画美关系述略》，《江苏
　　教育学院学报》（社会科学版）2006 年第 5 期。

江锡铨：《闻一多与新诗的"标准化"》，《江苏教育学院学报》（社会科学
　　版）2004 年第 6 期。

孔令环：《杜甫对中国现代新诗的影响——以胡适、闻一多、冯至为例》，
　　《中州学刊》2007 年第 5 期。

李丹：《感性形式与理性形式的交融——论闻一多〈死水〉的形式美》，
　　《陕西师范大学学报》（哲学社会科学版）2002 年第 2 期。

李凤玲：《治杜的态度：了解之同情——闻一多先生的杜甫研究（一）》，
　　《杜甫研究学刊》2004 年第 3 期。

李光荣：《闻一多的戏剧活动对当今戏剧创作的启示》，《云南艺术学院学
　　报》2005 年第 4 期。

李光荣：《彝族歌舞与闻一多〈《九歌》古歌舞剧悬解〉》，《民族文学研
　　究》2002 年第 1 期。

李红秀：《闻一多：爱国的诗人与革命的学者——对诗集〈死水〉和〈诗
　　经〉研究的比较分析》，《西华师范大学学报》（哲学社会科学版）
　　2005 年第 4 期。

李佳憶：《闻一多与唯美主义》，《湘潭师范学院学报》（社会科学版）
　　2006 年第 4 期。

李乐平：《差异自有契合在——鲁迅和闻一多艺术态度及人格之比较》，
　　《河池学院学报》2006 年第 3 期。

李乐平：《唯美、颓废和爱国的统一——闻一多〈死水〉论》，《江南大学
　　学报》（人文社会科学版）2005 年第 1 期。

李乐平：《闻一多"唯美主义"研究的分类和反思》，《学术交流》2002 年
　　第 3 期。

李文平：《抗战时期闻一多的学者生存方式》，《重庆师范大学学报》（哲
　　学社会科学版）2004 年第 6 期。

林碧珍：《闻一多：一生因爱而精彩》，《江西师范大学学报》（哲学社会
　　科学版）2005 年第 3 期。

刘殿祥：《略论闻一多诗学理论的特性与价值》，《山西师范大学学报》
　　（社会科学版）2000 年第 2 期。

刘殿祥：《闻一多与中国现代学术文化》，《江汉论坛》2006 年第 11 期。

刘海波：《论闻一多诗学的现代性》，《上海大学学报》（社会科学版）
　　2001 年第 4 期。

刘静：《闻一多〈女神〉批评与〈红烛〉创作考论》，《重庆教育学院学
　　报》2005 年第 1 期。

刘勇、杨志：《文化的民族主义、唯美主义和基督教信仰——论前期闻一

多的思想构成及其特点》,《清华大学学报》(哲学社会科学版) 2006
年第 2 期。

龙文玲:《闻一多〈伏羲考〉与中国神话学研究的转型》,《民族艺术》
2004 年第 4 期。

卢惠余:《论〈闻一多诗歌〉的象征艺术倾向》,《盐城师范学院学报》
(人文社会科学版) 2006 年第 1 期。

卢惠余:《闻一多诗歌中的象征笔法》,《南昌大学学报》(人文社会科学
版) 2005 年第 3 期。

陆铭:《闻一多爱情诗的审美特质》,《学术交流》2006 年第 8 期。

陆耀东:《闻一多新诗与中国古代诗歌的联系》,《武汉大学学报》(人文
社会科学版) 1999 年第 3 期。

陆耀东:《闻一多研究的回顾与前瞻》,《江汉论坛》1999 年第 12 期。

罗昌智:《生命意识:闻一多诗歌与荆楚文化内在精神的契合与同构》,
《中国文学研究》2002 年第 4 期。

吕进:《由红到黑:对闻一多诗歌意象的一种阐释》,《西南师范大学学报》
(人文社会科学版) 2006 年第 4 期。

马奔腾:《闻一多的〈庄子〉研究》,《北京大学学报》(哲学社会科学版)
1999 年第 6 期。

马春时:《论闻一多诗歌的生命主题》,《襄樊学院学报》1999 年第 1 期。

毛海莹:《中西合璧的"宁馨儿"——从闻一多格律诗的后续影响谈起》,
《贵州教育学院学报》2003 年第 3 期。

梅琼林:《论闻一多诗骚学研究方法及其对传统训诂学的创造性超越》,
《学术探索》1997 年第 6 期。

梅琼林:《闻一多:文学人类学的探索向度——以其〈诗经〉〈楚辞〉研
究为视域中心》,《黄冈师范学院学报》1999 年第 1 期。

闵良臣:《如何看闻一多之死——读谢泳〈血色闻一多〉》,《社会科学论
坛》2005 年第 10 期。

磨有积:《从读者接受心态看闻一多诗歌流行的原因》,《河南广播电视大
学学报》2005 年第 4 期。

欧阳骏鹏：《闻一多新诗叠句探析》，《湖北经济学院学报》（人文社会科学版）2007 年第 7 期。

彭春华：《闻一多新诗"绘画美"原则的质疑》，《广西师范学院学报》（哲学社会科学版）2007 年第 2 期。

邱紫华：《论闻一多的文化阐释批评》，《华中师范大学学报》（人文社会科学版）2000 年第 2 期。

权绘锦：《鲁迅、闻一多新诗理论与创作之比较》，《中国文学研究》2005 年第 3 期。

任玉强：《胡适、闻一多关于新诗"具体的做法"比较分析》，《黄冈师范学院学报》2006 年第 2 期。

任玉强：《宗白华、闻一多新诗"绘画美"理论的比较分析》，《太原大学学报》2006 年第 3 期。

荣光启：《试论闻一多的诗美理想与诗学主张》，《南宁师范高等专科学校学报》1998 年第 3 期。

沈红：《闻一多新诗观渊源初探》，《上海师范大学学报》（哲学社会科学版）1997 年第 3 期。

沈理玮：《试论闻一多诗学实践中的"东方色彩"》，《天津电大学报》2005 年第 4 期。

宋凤英：《郭沫若、闻一多爱国主义诗歌的审美差异》，《昆明师范高等专科学校学报》2002 年第 1 期。

宋曦业：《永生的鼓手——闻一多与中国传统文化》，《太原师范学院学报》（社会科学版）1997 年第 1 期。

苏志宏：《论闻一多的〈周易〉研究》，《学术月刊》2000 年第 1 期。

苏志宏：《闻一多和〈九歌〉研究》，《北京大学学报》（哲学社会科学版）1999 年第 6 期。

孙党伯：《论闻一多的文化思想》，《武汉大学学报》（人文社会科学版）1999 年第 3 期。

孙德高：《再论闻一多的"文化国家主义"》，《贵州社会科学》2005 年第 2 期。

孙玉石：《论闻一多的现代解诗学思想》，《文学评论》2000 年第 2 期。

孙玉石：《论闻一多对新诗神秘美的构建》，《荆州师范学院学报》1999 年第 6 期。

田兆元：《神话意象的系统联想与论证——评闻一多先生的神话学研究》，《文艺理论研究》2005 年第 2 期。

万龙生：《新诗格律建设的理性思考——闻一多先生三首旧诗解读》，《重庆教育学院学报》2002 年第 4 期。

王光明：《闻一多诗学的意义》，《江南大学学报》（人文社会科学版）2004 年第 6 期。

王桂妹：《"东方色彩"的自觉追求与建构——闻一多诗美实践与诗学理想再阐释》，《武汉大学学报》（人文科学版）2005 年第 3 期。

王桂妹：《"诗中有画"的界限与适度——对闻一多〈秋色〉的另一种解读》，《贵州社会科学》2005 年第 2 期。

王进：《论闻一多诗学的现代性品格》，《广州大学学报》（社会科学版）2005 年第 2 期。

王向阳：《文化国家主义的诉求：闻一多"大江"时期诗作的审美内核》，《名作欣赏》2007 年第 8 期。

王晓鹍：《从〈诗经〉研究看闻一多对传统治学方法的继承与扬弃》，《西北师大学报》（社会科学版）1999 年第 6 期。

王以宪：《闻一多〈诗经〉研究的两大贡献》，《江西师范大学学报》（哲学社会科学版）1999 年第 3 期。

魏洪丘：《论闻一多新诗批评的中国传统文化内核》，《涪陵师范学院学报》2005 年第 5 期。

文春霞：《古典新义——闻一多整理古籍的成就》，《广西右江民族师专学报》2004 年第 5 期。

闻彩兵：《论闻一多的〈诗经〉新训诂方法》，《武汉教育学院学报》1997 年第 5 期。

闻立鹏：《流星瞬现 辉光亘明——闻一多 20 世纪 20 年代的美术成就》，《中外文化交流》2007 年第 2 期。

闻立鹏：《艺术家闻一多——20 世纪 20 年代一闪而过的艺术新星》，《美术研究》2007 年第 1 期。

翁金坤：《闻一多与〈诗经〉研究》，《南平师专学报》2007 年第 1 期。

吴投文：《沈从文论闻一多的新诗创作》，《安庆师范学院学报》（社会科学版）2005 年第 3 期。

吴艳：《论闻一多诗学的"多元意识"》，《江汉论坛》2004 年第 6 期。

吴艳：《现代/传统的顺应与互动——艾略特、闻一多诗论比较》，《外国文学研究》2001 年第 4 期。

谢中元：《论古史辨派〈诗经〉研究的诗学取向、价值与缺失》，《广东教育学院学报》2007 年第 2 期。

徐希平：《严谨求实　勇于创新——闻一多古代文学研究略论》，《江南大学学报》（人文社会科学版）2004 年第 6 期。

徐肖楠：《闻一多的古典主义精神》，《诗探索》2004 年第 Z1 期。

许霆：《闻一多、徐志摩诗律论比较》，《江苏社会科学》2006 年第 1 期。

许正林：《宗教文化视野中的闻一多人格精神》，《上海大学学报》（社会科学版）2002 年第 4 期。

阎琦：《说闻一多"诗唐"说》，《陕西师范大学学报》（哲学社会科学版）2004 年第 3 期。

杨涛：《徘徊在理智与情感间的低吟浅唱——论闻一多的爱情诗》，《重庆三峡学院学报》2006 年第 6 期。

杨天保：《论闻一多先生关于古籍整理"三项课题"的思想》，《广西师范大学学报》（哲学社会科学版）2004 年第 2 期。

杨迎平：《论闻一多的戏剧观及其局限性》，《海南师范学院学报》（社会科学版）2005 年第 5 期。

俞兆平：《新人文主义与闻一多的〈诗的格律〉》，《江南大学学报》（人文社会科学版）2005 年第 1 期。

袁千正：《文学史家闻一多》，《武汉大学学报》（人文社会科学版）1999 年第 3 期。

张德明：《一项难以实现的诗学规划——闻一多"三美"主张新论》，《湛江师范学院学报》2006 年第 4 期。

张吉兵：《试论闻一多的主体精神论》，《扬州大学学报》（人文社会科学版）2004 年第 4 期。

张吉兵：《闻一多艺术类型论研究之一：读〈字与画〉》，《湖北师范学院学报》（哲学社会科学版）2004 年第 1 期。

张吉兵：《闻一多艺术思想之理论探源》，《黄冈师范学院学报》2003 年第 1 期。

张吉兵：《舞蹈的发现——闻一多艺术类型论研究之二：读〈说舞〉》，《荆州师范学院学报》2003 年第 6 期。

张吉兵：《艺术是本体的自我赋形——闻一多艺术本体论思想论析》，《黄冈师范学院学报》2003 年第 4 期。

张建宏：《郭沫若、闻一多、艾青爱国新诗内容之比较》，《襄樊学院学报》2004 年第 1 期。

张静琴：《闻一多幻象说初探》，《贵州师范大学学报》（社会科学版）1997 年第 2 期。

张俊才：《民族性视野中的闻一多诗论》，《文艺研究》2006 年第 10 期。

张启成：《论闻一多〈诗经〉性文化研究》，《黔南民族师范学院学报》1998 年第 1 期。

张文刚：《在"古典盛宴"和"现代窗口"之间吟唱的诗人——闻一多诗歌审美意象解析》，《河南大学学报》（社会科学版）2002 年第 4 期。

张文莉：《论闻一多新诗格律的民族化建构》，《燕山大学学报》（哲学社会科学版）2006 年第 3 期。

章原：《闻一多和朱自清治学方法比较》，《兰州大学学报》（社会科学版）2002 年第 4 期。

赵晓岚：《孟郊与贾岛：寒士诗人两种迥然不同的范式——试论闻一多的中唐诗坛研究及其学术意义》，《华东师范大学学报》（哲学社会科学版）2000 年第 5 期。

赵晓岚：《宇宙·历史·人生——对闻一多论陈子昂的阐释》，《湖南师范大学社会科学学报》2001 年第 2 期。

周晓瑜：《闻一多的〈周易〉社会史史料学研究》，《周易研究》2006 年第
　　1 期。

周彦：《中西合璧的宁馨儿——闻一多诗歌色彩论》，《广西民族学院学报》
　　（哲学社会科学版）2001 年第 3 期。

朱华阳：《论闻一多思想的现代性构建及其表述》，《涪陵师范学院学报
　　2005 年第 6 期。

朱金发：《闻一多〈诗经〉研究著作考辨》，《南阳师范学院学报》2004 年
　　第 2 期。

庄锡华：《非常时代的审美自觉——论闻一多的文学思想》，《文艺研究》
　　2006 年第 10 期。

邹建军：《论闻一多的艺术探索》，《荆州师范学院学报》1999 年第 6 期。

后　记

14年前，我在华中师范大学文学院攻读博士研究生时受教于许祖华教授。许先生严格地规定我从多个角度学习和研究中国现当代文学的历史、人物和作品。我已逝的家翁邱紫华教授则鼓励我从事跨学科的研究。在他们的指导和帮助下，我将自己的博士研究选题确定为对闻一多先生和他遗下的学术研究成果的研究。由于自己的功力浅薄，三年之中尚未完全达成两位先生指定的学术目标，只能说粗略地对闻一多先生的相关学术研究进行了研习和探索，初窥门径。

毕业后，在湖北省第二师范学院任教期间，我担任了"中国文化史"等课程的教学和科研任务。在这个过程中，我对闻一多先生对于中国文化研究方法及研究思路有了更深的理解和体悟，而这些理解和体悟催生了这部尚不成熟的著作。在我心目中，它只能算是对两位先生迟交的作业。

无论从学术研究的角度管窥一位中国现代著名学者，还是从近现代史角度剖析中国知识分子的心路历程，闻一多都是一个很好的典型。研究闻一多的学术研究，是一件极富挑战性的工作，闻一多先生一生治学严谨，留下了极其丰富的文化遗产，无论是一位优秀学者所具备的对跨学科、跨专业知识的融会贯通，还是作为中国知识分子的责任担当和使命感，都在闻一多先生身上体现得淋漓尽致。

毕业多年，我参加了两次大型的闻一多国际学术研讨会，多次参观闻一多先生的故居和纪念馆，参与蔡志荣教授主持的"民盟历史人物闻一多的爱国人生与学术成就"课题，并与闻一多先生的曾孙女闻亭女士有诸多交流，与本书的责任编辑吴超老师探讨，由衷感谢这些对此书出版给予帮助的师长和朋友们。

陈　欣

2020 年 12 月 12 日

图书在版编目（CIP）数据

借鉴与传承：闻一多的文化阐释批评研究／陈欣著
. -- 北京：社会科学文献出版社，2021.9
ISBN 978 - 7 - 5201 - 9262 - 0

Ⅰ.①借…　Ⅱ.①陈…　Ⅲ.①闻一多（1899 - 1946）
- 文学研究　Ⅳ.①I206.6

中国版本图书馆 CIP 数据核字（2021）第 211487 号

借鉴与传承：闻一多的文化阐释批评研究

著　　者／陈　欣

出 版 人／王利民
责任编辑／吴　超
文稿编辑／李帅磊
责任印制／王京美

出　　版／社会科学文献出版社·人文分社（010）59367215
　　　　　　地址：北京市北三环中路甲 29 号院华龙大厦　邮编：100029
　　　　　　网址：www. ssap. com. cn
发　　行／市场营销中心（010）59367081　59367083
印　　装／三河市尚艺印装有限公司

规　　格／开本：787mm × 1092mm　1/16
　　　　　　印　张：13　字　数：200 千字
版　　次／2021 年 9 月第 1 版　2021 年 9 月第 1 次印刷
书　　号／ISBN 978 - 7 - 5201 - 9262 - 0
定　　价／99.00 元

本书如有印装质量问题，请与读者服务中心（010 - 59367028）联系

▲ 版权所有 翻印必究